[美国]罗伯托·冈萨雷斯·埃切维里亚 著　金薇 译

现代拉丁美洲文学

牛津通识读本·

Modern Latin American Literature

A Very Short Introduction

译林出版社

图书在版编目（CIP）数据

现代拉丁美洲文学 /（美）罗伯托·冈萨雷斯·埃切维里亚著；金薇译 —南京：译林出版社，2020.3

（牛津通识读本）

书名原文：Modern Latin American Literature: A Very Short Introduction

ISBN 978-7-5447-8101-5

I.①现… II.①罗… ②金… III.①拉丁美洲文学-文学研究 IV.①I730.65

中国版本图书馆 CIP 数据核字（2020）第 000648 号

著作权合同登记号　图字：10-2013-27 号

现代拉丁美洲文学 ［美国］罗伯托·冈萨雷斯·埃切维里亚 / 著　金　薇 / 译

责任编辑　於　梅
装帧设计　景秋萍
校　　对　戴小娥
责任印制　董　虎

原文出版　Oxford University Press, 2012
出版发行　译林出版社
地　　址　南京市湖南路 1 号 A 楼
邮　　箱　yilin@yilin.com
网　　址　www.yilin.com
市场热线　025-86633278
排　　版　南京展望文化发展有限公司
印　　刷　江苏扬中印刷有限公司
开　　本　635 毫米 ×889 毫米　1/16
印　　张　18
插　　页　4
版　　次　2020 年 3 月第 1 版　2020 年 3 月第 1 次印刷
书　　号　ISBN 978-7-5447-8101-5
定　　价　39.00 元

序　言

张伟劼

大概也就是从十年前开始，拉丁美洲文学在中国重新火了起来，以至于谁要是不能说出两部以上马尔克斯作品的名字，都没有资格宣称自己是文艺青年。我的一个德语系同事哭笑不得地告诉我说，给本科一年级新生上德国文学研讨课，很多学生表示没怎么读过德语文学，对拉丁美洲文学还是比较了解的，比如马尔克斯、博尔赫斯……

此二“斯”，大概是在中国销量最高、影响力最为广泛的两位拉丁美洲作家了，包括莫言在内，多少中国作家是以此二“斯”为师的啊！这两位大师颇能代表拉丁美洲文学表现出来的一些对立又统一的倾向：书写社会现实和探索玄幻世界、寻找本土文化之根与承继西方文化传统、视文学为反压迫反强权的武器和视文学为文学本身……不过，他们还不能完全代表现代拉丁美洲文学。马尔克斯以长篇小说见长，博尔赫斯以短篇小说为人熟知。不可否认，小说仍然是我们今天这个时代最主要的文学体裁，但同样不可否认的是，小说不是文学的全部。

在这本小而精的拉丁美洲文学史著作中，耶鲁大学教授、著名的西班牙语文学研究专家罗伯托·冈萨雷斯·埃切维里亚向我们展示了从19世纪初至本世纪初的拉丁美洲文学全景，从“诗的步履”开始，经历散文的兴盛和现代主义诗歌的繁荣，到新小说的完美绽放和更新一代叙事文学的崛起。不同文学样式呈现出的这种此消彼长，是文学的规律，正如王国维的名言“一代有一代之文学”，或如雅各布森关于每个时代的艺术中均有一种艺术作为主导的论断。

如此广袤的一片大陆，加上加勒比海上的那一连串岛屿，何以形成一种南北呼应、步调统一的文学？换句话说，一部由大多数拉丁美洲国家的文学生产共同造就的文学史，是如何成为可能的？我们可以在这本书中找到答案。反过来说，拉丁美洲文学共同遗产的继承、跨国写作共同体的维系，又不断地维护着拉丁美洲共同体的存在。乌拉圭文论家安赫尔·拉马曾指出，新旧殖民主义使拉丁美洲在政治上长期处于巴尔干化的状态；一个拉丁美洲国家和另一个拉丁美洲国家的相似之处之所以还能表现得如此明显，首先应当归功于文学。通过文学来了解拉丁美洲，是许多从事拉丁美洲政治经济研究的优秀学者的不传之秘。在埃切维里亚的这本书中，我们读到的不仅是文学史，也是社会史、思想史。在拉丁美洲时而混乱无序的权力变动之下，感知和思想的暗流在沉静地流淌。把握了这些地下暗河的走向，也就更易于看清政治潮流的经脉了。

除此之外，我们还能从中读到一些有趣的文学地理学现象，或者说世界文学现象：拉丁美洲文学主要的生产空间，一度是远隔重洋的巴黎；美国似乎在和法国暗中较劲，既为拉丁美洲作家提供灵感和参照，也慷慨给予赞助和庇护所。作者凭借他开阔的视野和深厚的阅读素养，向我们展示了拉丁美洲文学与法国文学、英语文学之间的隐秘联系，也揭示了拉丁美洲文学从学徒式模仿到自主创新的艰难历程。对于也曾学徒般模仿马尔克斯和博尔赫斯的中国作家来说，拉丁美洲文学的道路不也很有启发意义吗？

此书篇幅虽小，但涉及大量专有名词，有些人名和书名在中国还鲜为人知，另一些则有了在业界之内约定俗成的译法，翻译这样一本书并非易事。好在译者金薇女士是西班牙语语言文学科班出身，又从事西班牙语文学编辑工作多年，作为非常称职的译者，提供了准确而流畅的译文。此书在南京出版，恰逢第一届中国西葡拉美文学研究会在南京成立40周年，当年参会的前辈，如今有几位已经在天堂图书馆中与博尔赫斯、马尔克斯相会了。这几位我们的老师若是能看到此书的出版，一定会为我国拉丁美洲文学译介和研究事业的继续发展而感到欣慰的。

2019年9月于南京大学

谨以此书纪念图库曼[1]文学大师

奥克塔维奥·科尔巴兰

① 阿根廷西北部的一个省。——书中注释均由译者所加，以下不再一一说明

目录

致　谢

牛津大学出版社的编辑南希·托夫女士让我相信，撰写这本《现代拉丁美洲文学》是一项很有意义的尝试。她说得没错。将跨越两个多世纪的拉丁美洲文学浓缩进一本小书，其难度可想而知；待真正落到笔尖，更是困难重重。这迫使我努力阐明各类概念，希望读者可以清晰地理解。同时，我不得不以最严苛的标准，在现代拉丁美洲文学史中挖掘出最耀眼的作品，逐一评判其文学性及影响力，并做出取舍。评估是文学批评中盛行的一种研究方法，尽管最不讨好，并且讨论也最少。可以肯定的是，许多拉丁美洲文学研究者会对本书撷选的作家、作品持不同观点，甚至对一些未入选的“心头之爱”深表惋惜。或许只有邀请他们一同来尝试，受限于这短小的篇幅，方可体会编选的不易。我始终以为，批评只是讨论的起点，而非终点。大众读者会愉快地忽略这些争议。我真诚地希望，在读完这本书后，读者会迫不及待地想要真正进入拉丁美洲文学的殿堂。

在撰写这部通识读本期间，我听闻我博学的同事、好友罗莱

纳·阿多尔诺也在撰写一本殖民地时期的拉丁美洲文学史。我们商定共同以安德烈斯·贝略为连接点，这样一来，无论读者捧
iii 起哪一本，都能够领略这位委内瑞拉文学大师的独特魅力。在写作过程中，我每一步都与罗莱纳探讨切磋，深深被她的睿智、博学和精准品位折服。在她的提点之下，本书仍然可能有疏漏纰缪之处，但这些当然完全是我的失误。

感谢年轻学者、我的得力助手詹妮弗·达瑞尔，她的勤奋认真、聪慧博学为本书增色不少。她为本书的撰写和出版忙前忙后，精心选择插图、联系购买版权，对此我谨表示由衷的感谢。

2010年春假，在佛罗里达州的安娜玛利亚岛，我趴在出租公寓的餐桌上动笔撰写这本《现代拉丁美洲文学》。我深爱的太太伊莎贝尔从我身旁经过，不时劝我注意劳逸结合——我要感谢她的陪伴与支持。那年夏天，在我们于智利圣地亚哥和康塞普西翁休假的两周中，我又提笔继续写作。在那里，我们的东道主、我的朋友、智利天主教大学教授罗贝托·奥咨文与我就书中的观点和选目展开了激烈讨论。我由衷感激他的洞见。同时，感谢哥伦比亚大学的古斯塔夫·佩雷斯–菲尔马特，在与他的讨
iv 论（或曰“争论”）中，我和我的作品获益良多。

第一章

引　言

20世纪60年代，世界范围内掀起了一股前所未有的“拉丁美洲文学热”：豪尔赫·路易斯·博尔赫斯、加夫列尔·加西亚·马尔克斯、胡里奥·科塔萨尔、马里奥·巴尔加斯·略萨、卡洛斯·富恩特斯、巴勃罗·聂鲁达和奥克塔维奥·帕斯陆续进入西方受教育阶层读者的视野。米格尔·安赫尔·阿斯图里亚斯、聂鲁达、加西亚·马尔克斯、帕斯相继斩获诺贝尔文学奖；据说在当今中国，加西亚·马尔克斯已成为最受追捧的殿堂级作家。2010年，巴尔加斯·略萨也摘得诺贝尔文学奖桂冠。然而，在西班牙语世界以外，孕育这些伟大作家的叙事传统，却鲜有人真正了解。

尽管拉丁美洲的文学起源可以追溯到遥远的过去，拉丁美洲文学界却是直到19世纪50年代才首次萌生了“本土文学”的集体意识：一群来自拉丁美洲几个国家的流亡作家与外交官在巴黎集聚并共同创刊，以批判的视角重新审视殖民遗产，视其为新发现的文学传统的发端。这种对自我和对殖民者的重新认

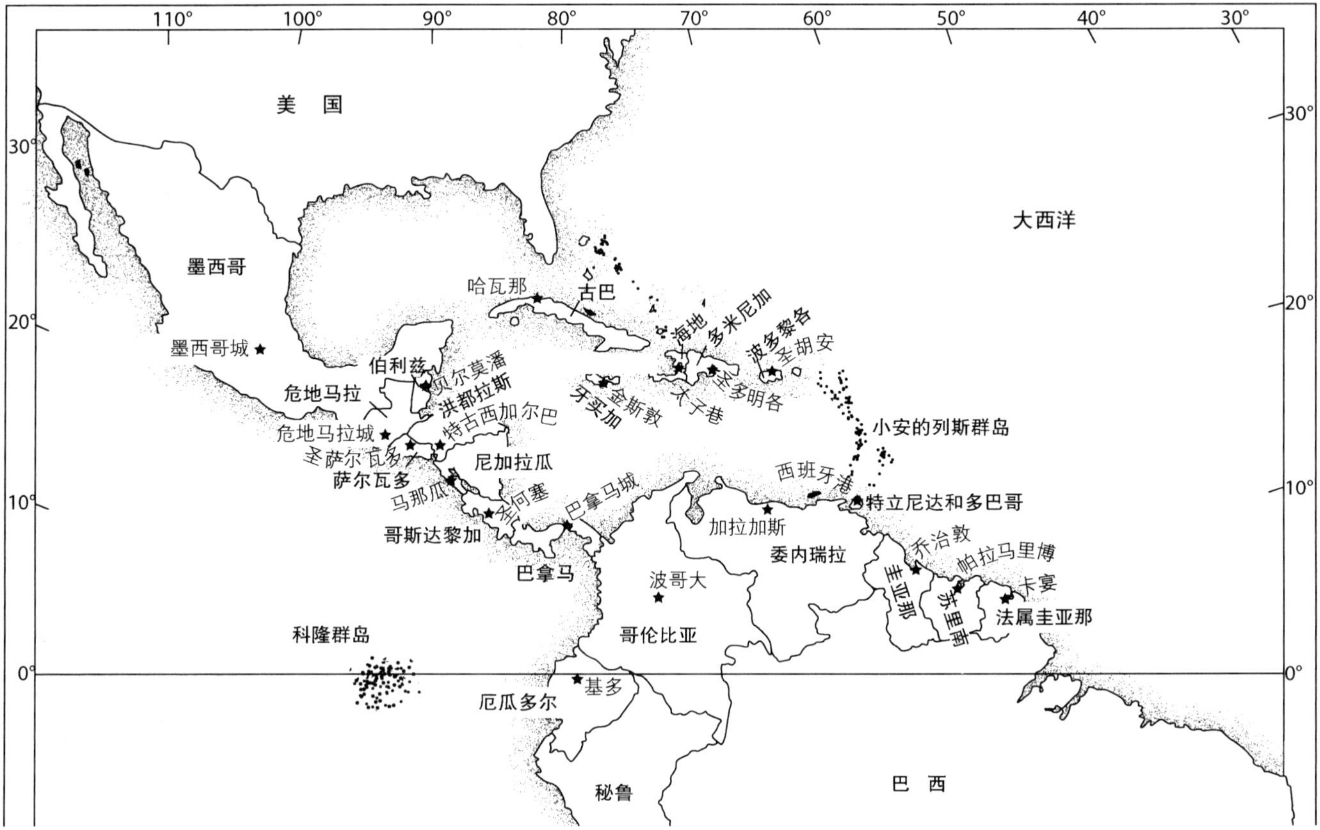

110°
100°
90°
80°
70°
60°
50°
40°
30°
20°
10°
0°
美　国
墨西哥
墨西哥城
大西洋
哈瓦那
古巴
海地
多米尼加
波多黎各
圣胡安
伯利兹
贝尔莫潘
危地马拉
洪都拉斯
特古西加尔巴
牙买加
金斯敦
太子港
圣多明各
小安的列斯群岛
危地马拉城
圣萨尔瓦多
萨尔瓦多
尼加拉瓜
马那瓜
圣何塞
哥斯达黎加
巴拿马城
巴拿马
西班牙港
特立尼达和多巴哥
加拉加斯
委内瑞拉
乔治敦
圭亚那
帕拉马里博
苏里南
卡宴
法属圭亚那
波哥大
哥伦比亚
科隆群岛
基多
厄瓜多尔
秘鲁
巴　西

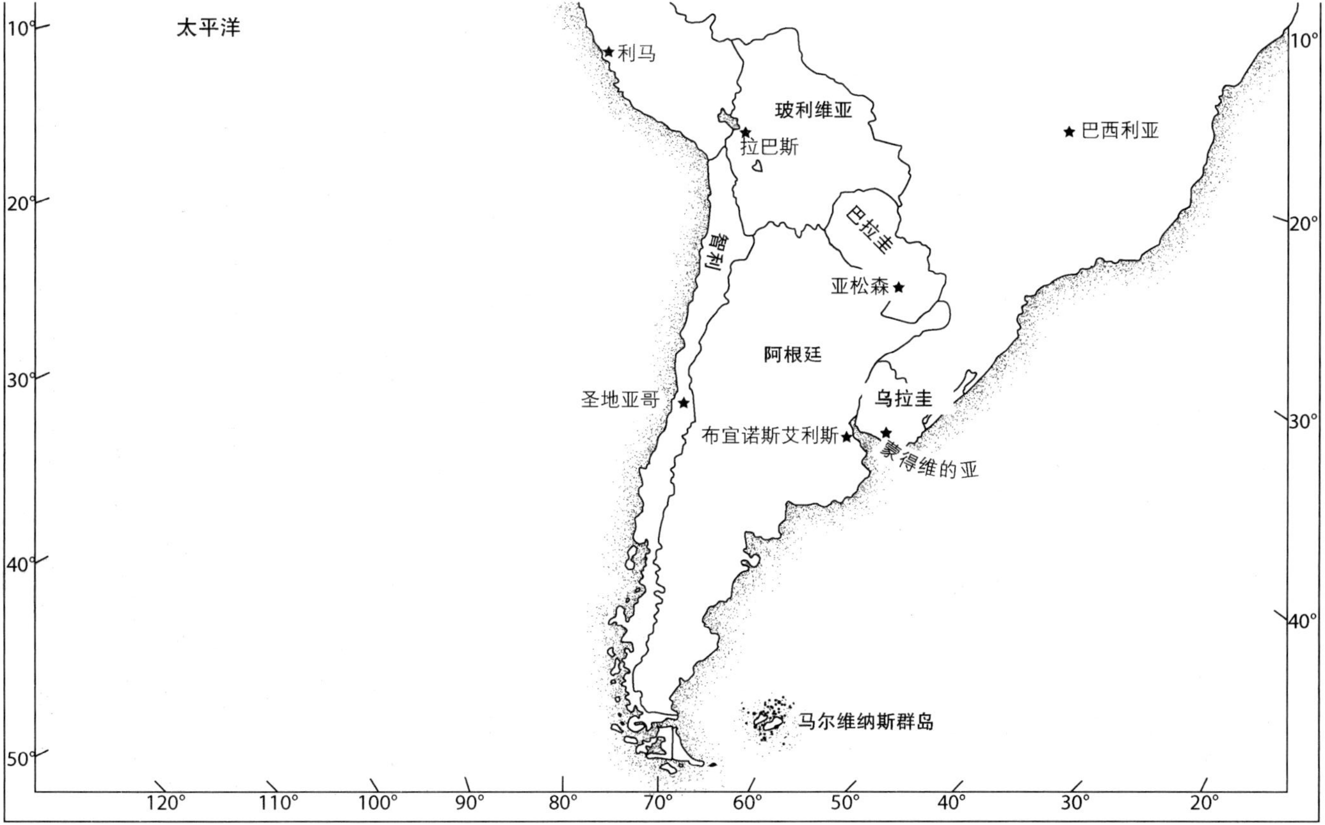
太平洋
利马
玻利维亚
拉巴斯
巴西利亚
巴拉圭
亚松森
智利
阿根廷
乌拉圭
圣地亚哥
布宜诺斯艾利斯
蒙得维的亚
马尔维纳斯群岛
10°
20°
30°
40°
50°
120°
110°
100°
90°
80°
70°
60°
50°
40°
30°
20°

图1　当代拉丁美洲版图

知，脱胎于拉丁美洲摆脱殖民统治的独立浪潮，逐渐孕育出众多声势浩大的文学新风潮和新实践并延续至今。

最早的风潮之一，是拉丁美洲文学摆脱了政治骤变时期各
1 国零散创作的局面，意识到自己已经形成了贯穿大陆的统一文学场域。这期间，各国纷纷寻求独立，百废待兴。美西战争[①]的到来不仅大为削弱了西班牙帝国的实力，也在英语美洲与西语美洲、宗主国西班牙与美洲殖民地之间划下了无法逾越的鸿沟。文化差异孕育出拉丁美洲的第一场文学运动——西语美洲现代主义运动。20世纪初，第一次世界大战的落幕、苏维埃和墨西哥革命的爆发，带动了“先锋派”文学的兴起，诗歌作品大量涌现，散文次之。第一次世界大战带来了深重的灾难：欧洲在19世纪建立起来的理想信念和远大抱负轰然崩塌，科学新发现的全盛时期如昙花一现，帝国主义肆意扩张的美梦也随之戛然而止。

西方国家陷入了困顿。一种主张打破常规的艺术形式——“先锋派”应运而生，其中包含了欧洲艺术。先锋派运动遍及欧洲，流派迭出，刺激了文学活动的繁荣。西班牙内战（1936—1939）期间，来自世界各地（包括拉丁美洲）的作家齐聚伊比利亚半岛，借笔声援西班牙共和国政权。西班牙本土作家与拉丁美洲作家（尤其是诗人）的融合，培育出广泛的政治和美学共识，碰撞并开辟出西班牙语诗歌的黄金时代。20世纪60年代，伴随着古巴革命而来的去殖民化趋势，催生了被称为“文学爆炸”的拉丁美洲小说的大繁荣。

---

① 1898年，美国为了夺取西班牙在美洲和亚洲的殖民地而发动战争，战争的结果是西班牙承认古巴独立，将关岛和波多黎各割让给美国。

就在世界格局骤变、拉丁美洲大陆的集体创作逐渐成形的同时，在各国政府的催发下，各国都有自己的国家文学，出现了一批有本土特色的知名作家。各国取得独立后普遍采用中央集权模式，作家和知识分子往往身兼国家公职，职务从显 4
赫的外交官到普通的教师或政府官员。相较而言，大国文学更为繁荣，尤其是殖民时期总督府所在区域（墨西哥、秘鲁、拉普拉塔河流域）；哥伦比亚、智利和古巴亦拥有优渥的文学土壤（古巴文学的繁荣源于其特殊的地理位置：首都哈瓦那为一年两度西班牙舰队驶回本土的重要港口）。但是，国土面积或旧时的战略地位，绝非本土文学大家产生的唯一条件。1867年，鲁文·达里奥在小国尼加拉瓜出生，后成为继加尔西拉索·德·拉·维加（1501—1536）之后西班牙语诗界最具影响力的诗人。

由这群聚首巴黎的作家和知识分子引发的另一股风潮，是越来越多的拉丁美洲艺术家开始拥向法国首都，并随时将他们的文学与艺术思潮从那里推向世界。选择遥远的巴黎作为据点，与拉丁美洲天然的政治地理情况有关：广袤的土地上分布着19个大大小小的国家，缺乏一个具有号召力和辐射力的核心大都市——像纽约之于美国人，伦敦之于英国人那样。除却地理因素的限制外，在这些作家和知识分子的心目中，巴黎象征着挣脱出西班牙传统的自由，它拥有西班牙所不具备的、无与伦比的世界主义精神。因此，拉丁美洲的知识分子和艺术家纷纷被吸引至此，名作家中鲜有人不懂法语——这一传统甚至延续至今。

除了大陆一体意识、世界主义倾向外，拉丁美洲文学还形成了一种使自己区别于美国文学的独特创作风格。19和20世纪，拉丁美洲文学一直被笼罩在美国文学的阴影之下，但拉丁美洲文学最终走上了完全不同的道路。美国文学更倾向于表现城镇生活，而拉丁美洲文学常常通过作品来歌颂乡村图景和自然风光。在拉丁美洲文学作品中，自然界以丛林或广袤的平原的形象出现，是一种诱人的、险恶的力量，守护着个人和集体身份中的隐秘；鲜有拉丁美洲作家将其展现为田园诗般的风貌。

拉丁美洲作家在巴黎掀起的第三股风潮，是以文学刊物为核心阵地，推广他们一致认可的哲学和美学观点。可以说，现代拉丁美洲文学史，就是伴随这些刊物在美洲大陆的传播而发祥的。首本刊物的创刊地不在巴黎，而是由委内瑞拉作家安德烈斯・贝略在流亡伦敦时发行，名为《美洲文荟》（1826—1827）。但这本刊物的创办仅是一项个人的创举。紧接着，布宜诺斯艾利斯的《南方》、哈瓦那的《起源》、墨西哥城的《当代人》和波多黎各圣胡安的《探路人》等，纷纷创刊。时至今日，文学刊物仍有多种，墨西哥的《自由写作》便是一例。这些刊物多由作家个人发起，但其中也有官方支持的，如哈瓦那的《美洲人之家》便是由卡斯特罗共产主义政府出版的官方文学刊物，用于文化宣传。

另一股基于巴黎的19世纪拉丁美洲文坛的重要风潮，是作家们试图以殖民地文学为起点，展开一场追本溯源的“寻根运动”。怀抱着一种浪漫主义精神，他们试图从故土的文学创作中找到引领新叙事传统的本源，就像欧洲文学在“本土史诗”（《熙德之歌》、《罗兰之歌》、《尼伯龙人之歌》和《贝奥武夫》）中寻到的一样。考虑到殖民地文学创作于西班牙统治时期，作者多为西班牙人，“寻根”对于拉丁美洲而言确属不易。作家们想出的对策，是强调发现和征服美洲时所创作的纪事文学中，日后成为拉丁美洲的这片土地上发生的事迹，这些文字被赋予了史诗般的意义。他们同时指出，“印第安式”巴洛克风格（一股席卷17世纪新大陆的艺术风潮）的诗人和艺术家恰恰将自己美洲人的身份视作巴洛克风格的精髓。这些殖民时期的经历多次被写 6
入小说，使读者对这一时期产生了强烈的兴趣。

同北美作家一样，这些拉丁美洲叙事传统的奠基人怀有展现这个新世界原始生命力的伟大抱负——时至今日，众多拉丁美洲作家依然将此视为写作的原点。在后来的发展中，对西方历史完全陌生的美洲作家身上继续体现出了这一点——无论是原住民还是非洲后裔，因为他们的祖先都不具有欧洲血统。这种对本土文化的孜孜以求，以各种方式一路延续至今，尽管事实上拉丁美洲文学写作所使用的语言来自西方，文学体例也是完全西式的。沃尔特·惠特曼的诗作既是个人心灵发展的史诗，也是美国民族发展的史诗，他所倡导的勇于探索新世界的精神，同样反映在拉丁美洲文学的作品（如聂鲁达的诗歌和马尔克斯的小说）中。对于拉丁美洲所面临的困境——一方面根植于欧洲体系，另一方面试图创立新传统——博尔赫斯给出的解决方案是将西方传统视为本源却并不奉为圭臬，通过自由的书写，在交锋与融合中进行重塑。这一讨论在拉丁美洲也成了一个永恒的话题，文人们不断就国家和拉丁美洲的身份认同等问题展开论述，不同国籍的作家往往能够给出不同的见解。

那么，拉丁美洲究竟是什么，又为何如此得名？我们得从殖民时期说起。西班牙帝国凭借侵略扩张的三件法宝（西班牙语、罗马天主教会和法律），赋予了新大陆和而不同的一体性。这三者与殖民时期的教育范式等诸多体系一起，共同构成了拉丁美洲文化的核心，使它与西方牢牢联结。（在一些特定的文学作品
7 如《漫歌》和《百年孤独》中，作家呈现出对拉丁美洲的整体性思考，摆脱了对西班牙帝国或罗马帝国以来天主教普救论的留恋。）各国的独立运动并未粉碎这一整体性，这也正是为什么拉丁美洲纵然有19个不同的西班牙语国家，却始终有一条拉丁美洲的文化脉络和思想及艺术的持续交流联结着拉丁美洲各国及其与西班牙的关系。

至于拉丁美洲的得名，则来自19世纪中叶在墨西哥登陆的一群法国殖民探险者。此时的墨西哥已从西班牙殖民者手中获得独立，而这群法国冒险家正欲鲸吞这块沃土。他们想到，法语和西班牙语同属拉丁语系，试图借此建立起一个可以抵御英语美洲（即美国）的联盟。当然，“拉丁美洲”的叫法在当时并不合理，不仅因为拉丁美洲生活着的大量人群并非欧洲后裔，也因为拉丁语系的发端遥不可及，且并不具有政治含义。类比来说，英语属于日耳曼语系，但没有人会想要称美国人和加拿大人为“日耳曼美洲人”。尽管这一命名方式充满漏洞，“拉丁美洲”依然作为西班牙帝国曾经统治过的这块土地的名称而被沿用下来（当然，也有关于“西语美洲”、“伊比利亚美洲”甚至“印第安美洲”的分歧和争论）。无论如何，现代意义上的“拉丁美洲”大致从“拉丁”这个词被赋予这片土地的时刻开始形成。因此，我们沿用此称呼并非全错，但也应始终认识到，没有哪个名称是能够完整囊括和定义这片土地、土地上的各个国家或民族群体的实质的。

那么，巴西呢？巴西文学是除美国文学外，美洲大陆第二大繁荣的文学，它与美洲其他国家的文学之间保持着大量断断续续的交流。但巴西文学自成一家，用一种与西班牙语同语系、同语族却不相同的语言进行创作——尽管的确是拉丁美洲文学的一脉重要分支，却并不能被简单划归在西语美洲文学的门类之下。 8

第二章

诗的步履：从浪漫主义到西语美洲现代主义（从安德烈斯·贝略到鲁文·达里奥）

人类艺术感知力的细微提升，总是最先在诗歌中迸发光芒：19世纪初拉丁美洲文学创作的新风向，便最先体现在诗歌这一体裁中。最初表现出转变的诗人尚未脱离新古典主义风格的影响，这并不利于充分引介这一“新世界”；他们所采用的韵律格式和引喻手法承袭自古希腊和古罗马，依然与18世纪的欧洲诗歌（尤其是西班牙诗歌）一脉相承。

纵观19世纪，拉丁美洲的诗歌一直试图摆脱基于欧洲传统现实和思维模式的语言风格，找到某种真正属于自己的表达方式。这一努力往往与争斗相关，首先是脱离西班牙的战争，然后是与各地区地理和人口特征相适应的国家和大陆政府形式的探索之争。

厄瓜多尔诗人何塞·华金·奥尔梅多（1790—1847）以创作赞颂独立战争的诗篇闻名。他最著名的诗作（定本出版于1826年）赞颂了解放者西蒙·玻利瓦尔及其在秘鲁胡宁区大败
9 西班牙人的光荣事迹。这是一部史诗级的作品，名为《胡宁大

捷：玻利瓦尔之歌》。全诗沿用新古典主义的创作手法，时间跨度从前哥伦布时期到胡宁战役，实可谓鸿篇巨制。

这首诗的创作受命于玻利瓦尔本人，附带的条件是“不出现他本人的事迹”——这自然是无法做到的。通过对罗马诗风（特别是维吉尔）的模仿，奥尔梅多聚焦于对解放者英勇形象的书写，他认为玻利瓦尔建立统一新大国“大哥伦比亚”（包括今天的委内瑞拉、巴拿马、哥伦比亚、秘鲁、玻利维亚和智利）的宏大构想，足以与《埃涅阿斯纪》中所歌颂的罗马的建立相媲美。战争的恢宏场面通过响亮的头韵和大量的拟声词得到展现，战争的崇高通过类比西方古典神话得到强化；很显然，作者试图将胡宁大捷这一美洲事件置于西方文明历史的核心位置。然而，迫于现实历史事件的压力，作家在创作中进行了一处最大胆的转折处理。

胡宁战役打响于1824年8月6日，由玻利瓦尔领军指挥。但实际上，真正将西班牙人彻底逐出南美洲大陆的决定性战役——阿亚库乔（秘鲁）战役，发生于同年的12月9日。后一场战役的领袖人物是年轻将领安东尼奥·何塞·德·苏克雷（而非玻利瓦尔），玻利瓦尔当时并不在场。这使奥尔梅多的创作陷入了两难，一方面，他需要将玻利瓦尔塑造成一位绝对英雄；另一方面，歌颂胡宁大捷的诗篇已经完工，而新古典主义的传统要求时间与地点的完美统一。奥尔梅多采用了史诗常用的一种手法，让战士看见印加帝国最后一位统治者瓦伊纳·卡帕克的幻象并听见他的预言：即将到来的阿亚库乔之战，将是赶走西班牙入侵者的最后战役。这段对印加帝国统治者的描述，使奥尔梅多得以用大量笔墨记叙殖民时期的惨痛历史，痛斥西班牙征服

者对印第安人的暴行（印第安人的保护者巴托洛梅·德·拉斯卡萨斯神父被剔除在外）。此外，奥尔梅多还想象了一幅玻利瓦
10 尔与印加帝国统治者共同置身天堂的画面。

玻利瓦尔将军是奥尔梅多的第一个批评者。这位解放者对印加帝国统治者的“植入”并不满意，认为对这位人物的冗长描写产生了喧宾夺主的效果。他显然不愿与其他人共享这份无上的荣耀。无论如何，《胡宁大捷：玻利瓦尔之歌》仍不失为一部非凡的现代史诗之作，在新国度建立的重要历史时刻，华丽的基调及风格与建国的宏大主题相得益彰。诗作引经据典，熟练运用倒装的拉丁句式，修辞工整，用词相对晦涩艰深。

这一诗作中的新古典主义风格，还体现在作者对岁月静好、铸剑为犁的渴望之中。当然，奥尔梅多也有不少跳出文体限制、展现独特自我才学的时刻。他写道：人们因贪慕虚荣而建造的纪念碑“被时间嘲笑/时间用它纤美的羽翼，将它们一一摧毁”。诗中还有不少对美洲水果（如罗望子果、菠萝等）的细致描写，它们悦耳的名称和愉悦的感官联想，在美洲大陆并入世界的当口，为整首诗奠定了清新的基调，为现代拉丁美洲文学带来了一个永恒而又明确的主题。

委内瑞拉作家安德烈斯·贝略（1781—1865）是现代拉丁美洲的第一位知识分子和诗人。他广闻博学，同时身为语法学家、哲学家、立法者、研究学者、翻译家、散文家和诗人。他致力于编写西班牙语语法，协助起草智利司法法典，创办智利大学，曾任玻利瓦尔的私人顾问，创办了重要文学期刊《美洲文荟》，并出版了一系列有重大影响力的新古典主义诗作。贝略的创作风格界于启蒙与浪漫主义文学之间。作为玻利瓦尔的副手，他

于1810年前往英格兰，在伦敦一直待到1829年。

旅居英格兰期间，贝略成果颇丰，这也是他的写作风格形成的重要时期。在那里，他全身心地投入语言、文学、哲学和法律 11
的学习，开始接触一些早期浪漫主义自然诗，并翻译了拜伦的作品。但最令他心驰神往的，要属新古典主义学派。1829至1865年间，他居于智利，潜心起草智利法案，创办智利大学并成为第一任校长（直至离世）。与此同时，他与阿根廷流亡作家多明戈·福斯蒂诺·萨米恩托之间展开了一场旷日持久的论战，后者喜用法国浪漫主义手法进行创作，对贝略的新古典主义文风颇有指摘。

从某种意义上来说，安德烈斯·贝略也是浪漫主义的追随者，不过他吸收的是英国浪漫主义流派的精神（尽管他也同时改编过维克多·雨果的作品《为万民祈祷》）。贝略的浪漫主义更多地体现在哲学理念而非文学创作中。在那本令人称赞的新西班牙语语法书中，他强调，西班牙语语法不应死板地模仿拉丁语语法，也不应将西班牙本土使用的西班牙语视作唯一标准。这种以美洲为本的观念展现了贝略的浪漫主义本土情怀，也体现在他于智利大学建成典礼的致辞中。他说，美洲科学应该勇于发出自己的声音，更加注重创新，而非囿于欧洲传统裹足不前；欧洲传统应当被尊重，但绝非原样照抄。

与此同时，贝略倡导从西班牙殖民编年史中汲取养料，提出将拉丁美洲的本土历史追溯至哥伦布时期。这一主动将殖民地文学纳入拉丁美洲传统的做法极具颠覆性和创新性，为各国独立后与前宗主国之间的关系定下了基调，避免了两者的断裂或冲突。

图2 《美洲文荟》首期卷首图（本页）及扉页（下页），该刊由委内瑞拉作家安德烈斯·贝略创办，1826年于伦敦出版

EL

REPERTORIO

AMERICANO.

TOMO PRIMERO.

OCTUBRE DE 1826.

LONDRES:
EN LA LIBRERIA DE BOSSANGE, BARTHÉS I LOWELL,
14, GREAT MARLBOROUGH STREET.

1826

只是，这一充满革新意味的“美洲精神”，在贝略自己的诗歌创作中却几乎完全缺席。他的代表作是他的两首席尔瓦：《致诗神》（1823）和《热带农艺颂》（1826）。席尔瓦采用文艺复兴风格的诗节（即七音节和十一音节交替的自由诗体）写就。作者原计划创作一部以《阿美利加》为名的宏大诗篇，但尚未完成，《致诗神》是其中的一部分。该诗主张摒弃欧洲宫廷文学，转而在美洲本土寻求独创力。《热带农艺颂》是贝略最为重要的席尔瓦诗作，因其迥异的语言风格和创作理念，始终无法与《致诗神》相合并。诗作中，贝略并不着意书写作为神秘与诗意的奇妙源泉的自然界，而是歌颂人们开发美洲自然给社会带来福祉的行为。诗作格律工整，引经据典，令人联想到贺拉斯和维吉尔的创作。贝略的诗作发人深省，说教和劝诫意味较浓。

在这首席尔瓦的部分诗句中，美洲自然的召唤使贝略得以暂时挣脱新古典主义的束缚。与奥尔梅多一样，贝略的笔端畅游于美洲独有的、富有异域气息的水果和植物词汇之中。贝略有时会突破古典主义的韵律规则和修辞技巧。譬如，他用“处于热恋中”来形容炎热地区的太阳；他用迷人的对比修辞手法来描绘自然：“开得最艳的花儿，刺也最锋利。”在以宏大的历史视角叙事时，贝略的诗句同样富有强大的感染力：“伊比利亚的血液已餍腻/阿塔瓦尔帕和蒙特苏马的魂灵已安息。”贝略的诗作展现出其多面手的创作特质，作品多含泛美主义思想。

摆脱新古典主义传统并向浪漫主义诗歌迈出决定性一步的是古巴诗人何塞·玛利亚·埃雷迪亚（1803—1839），尽管其作品时常披着新古典主义的形式外衣。埃雷迪亚早年成才，孩童时就喜欢研读拉丁美洲文学作品，青年时期开始诗歌创作；20岁前，已经出版了几部颇有影响力的诗集。与奥尔梅多或贝略不同的是，埃雷迪亚的祖国古巴当时尚未独立，但他很早就立场鲜明地站在了西班牙政权的反面。他参与的反殖民活动使他不得不流亡异国——先是美国，然后是墨西哥。在流亡的日子里，他有了名气并完成了大多数的作品；同贝略一样，埃雷迪亚自此成了最先被迫流亡的拉丁美洲作家中的一员，而他们的流亡处境反而成为其写作的重要主题；同时，流亡异国赋予他一种特殊 15
的诗性立场或人格。这与19世纪早期主导西方艺术和文学的浪漫主义的疏离感颇为契合。埃雷迪亚还是一个著名的“激进分子”，作为反叛者被西班牙政府迫害。他后来跻身墨西哥政界高层，但最突出的贡献却不在政治，而在诗歌：他笔下的诗作是现代拉丁美洲时期公认的开荒之作。

同奥尔梅多和贝略一样，埃雷迪亚也曾为玻利瓦尔书写赞歌。在这首赞歌中，埃雷迪亚痛斥了数百年来西班牙殖民统治的暴戾，讴歌了为拉丁美洲带来独立的解放者。他也为乔卢拉宏大的阿兹特克神庙（或称金字塔）创作了一首赞歌，批判古印第安人祭典的残酷仪式，赞扬神庙的宏大精妙，并对其已成为废墟的事实扼腕长叹。

这些诗作保留了埃雷迪亚一贯的新古典主义书写风格和韵律格式，诗作的情感基调独特，彰显出个性化的创作特征。埃雷迪亚的创新之处，恰恰在于诗歌语言与诗歌主题的高度统一：其诗作关注自然，尤其是反映诗性自我不安状态的动荡自然。这种自然不同于华兹华斯笔下轻柔唤起自我反思的自然，而是动荡的自然，它动摇了地球的根基，唤起了恐惧、敬畏的心绪和全知全能的、怒不可遏的神明的幻象。其中最负盛名的一首诗在拉丁美洲家喻户晓，名为《尼亚加拉瀑布颂》(1824)。

《尼亚加拉瀑布颂》因诗人对瀑布激流精妙的动态描写，成为震撼文坛的力作。汹涌的激流激发了诗人的创作灵感，迫使他审视苦痛的内心世界，生发出崇高的美感。面对震人心魄的
16 北部风景，望着瀑布边的松林，诗人胸中涌起一股思乡之情，他以无限的柔情，怀念起自己的祖国古巴：在那里，炽烈的热带阳光下点缀着摇曳的棕榈树。这段追忆构成了诗作最出彩的章节，其中有三句这样写道："迷人的棕榈树/在祖国母亲那炎炎平原/是太阳的孩子，在欢笑，在生长。"埃雷迪亚是拉丁美洲第一位值得大力书写的浪漫主义诗人，从某种意义上来说，甚至可被视作浪漫主义运动中最重要的人物。

在拉丁美洲南部(尤其是阿根廷)，浪漫主义以一种相对激进的方式横扫文坛。埃斯特万·埃切维里亚(1805—1851)向拉丁美洲引入了浪漫主义。他20岁时前往巴黎待了四年；其时，缪塞[①]、拉马丁[②]、大仲马、雨果和其他法国诗人正处于创作高峰期，他们的作品令他大开眼界。一回到布宜诺斯艾利斯，他便开始以浪漫主义的基调和风格发表诗歌；不仅如此，他还成立了一个推进新运动的文学俱乐部"五月协会"("五月"得名于阿根廷获得独立的月份)。"五月协会"是一个兼负政治

① 19世纪法国浪漫主义诗人、小说家、剧作家，主要作品有长诗《罗拉》、诗剧《酒杯与嘴唇》等。

② 19世纪法国第一位浪漫派抒情诗人、作家、政治家，主要作品有《新沉思集》、《诗与宗教的和谐集》等。

使命的文学组织，从事反对胡安·马努埃尔·德·罗萨斯[1]独裁暴政的斗争和文学活动，很快发展壮大，影响力扩大至各省乃至邻国乌拉圭。身为自由主义和前马克思主义社会主义的践行者，埃切维里亚积极投身反独裁运动，后流亡蒙得维的亚，直至去世。

巴黎之旅与余生不懈的政治、文学活动，使得埃切维里亚成为拉丁美洲典型的作家和知识分子，直到今天仍被许多人追随。拉丁美洲其他国家也纷纷成立了自己的“五月协会”：作家们（尤其是诗人们）聚在一起交流思想、交换阅读他们正在创作的作品，密谋反抗独裁政权。

埃切维里亚发表的诗作数量不多，但影响力却极为深远。其中，流传最广的一首长篇叙事诗《女俘》，收录在诗集《诗韵集》（1837）中。该诗描述了玛利亚与丈夫伯里安历经阿根廷与印第安土著的战争，出逃潘帕斯草原的故事。战争中，土著居民抱着对白人的复仇心理顽强作战，而白人也以同样的方式与之对峙。伯里安身负重伤，在他弥留之际，玛利亚穿过汹涌激流和烈火草原，漏夜将他带离危险地带。最终，他仍因伤势过重死去，而玛利亚被士兵搭救后，得知儿子已被印第安人杀死，当即倒地而亡。这对夫妇被埋在一个十字架和一株翁布树下，树长得强壮而结实，象征着他们的英勇行为。该诗颇有奥维德的遗风。

尽管《女俘》的情节有些夸张，甚至有些老套，诗中展现的一些创新之举却不能不提。与贝略、奥尔梅多和埃雷迪亚相比，

① 阿根廷独裁者。

埃切维里亚摒弃了流行诗作中使用的传统的短诗行和典故。或许更重要的是，诗中描绘了阿根廷的自然环境，包括美洲特有的动植物，它们的俗名来自印第安语言的方言（如“翁布树”）。但诗中最令人叹服的，还要数被潘帕斯无垠草原激起的无尽之感：那是一片无沙的“沙漠”，丰盈的草植延伸至天际。埃切维里亚的浪漫主义情怀在这种找不到方向的宇宙空虚感中得以升华：“沙漠/广袤无垠，辽阔无疆/又充满奥义。”

19世纪中叶，文坛出现了一批有志于追随贝略的主张和着力构想“拉丁美洲文学”的诗人、评论家和学者。他们或作为外交官驻守他国，或因自己国家的独裁政权而流亡；他们在巴黎及
18 拉丁美洲其他国家的城市聚集；他们怀揣浪漫主义情怀，多为阿根廷人，其中也不乏秘鲁人、智利人、委内瑞拉人和哥伦比亚人的身影。他们对于彼此文化和政治的认同感，在其结集出版的散文和诗歌中得到充分展现。这些作者来自拉丁美洲国家，但编辑却不是。

哥伦比亚作家何塞·玛利亚·托雷斯·卡塞多（1830—1889）也是一名外交官，同时写作散文和评论，他于19世纪中叶居于巴黎，与那里的拉丁美洲文人相交甚笃，出版了一套名为《拉丁美洲主要作家、历史学家、诗人、知识分子之传记与评论》的丛书。此外，托雷斯·卡塞多在巴黎还办有刊物《海外信使》，刊登拉丁美洲作家的作品。智利人迭戈·巴罗斯·阿拉纳（1830—1907）策划了一套丛书《美洲图书馆：美洲作品拾遗》，计划在巴黎出版16至17世纪的美洲佳作（尽管最终得以出版的只有费尔南多·阿尔瓦雷斯·德·托雷多将军的一部作品《不屈服的普伦》）。

所有的出版作品中，最杰出的要数阿根廷著名作家胡安·玛利亚·古铁雷斯（1809—1878）的文集《诗意美洲》，作者与埃切维里亚同属布宜诺斯艾利斯文学圈。作品最初发表于作者的流亡地智利的瓦尔帕莱索。《诗意美洲》开篇以贝略的《致诗神》作为解释性引言，彰显了古铁雷斯试图为美洲诗歌建立传统的宏伟雄心。这股浪漫主义潮流在拉丁美洲还感染了多位文坛巨匠，并催生出19世纪最为杰出的浪漫主义诗作：何塞·埃尔南德斯的高乔[1]文学史诗《马丁·菲耶罗》。

在众多浪漫主义作家中，古巴诗人赫特鲁迪斯·戈麦斯·德·阿韦亚内达（1814—1873）可谓拉丁美洲继17世纪墨 19
西哥女诗人索尔·胡安娜·伊内斯·德·拉·克鲁斯后最杰出的女诗人。戈麦斯·德·阿韦亚内达出生于太子港（今卡马圭省）省会，母亲为古巴人，父亲为西班牙人。她22岁离开古巴，创作高峰期基本都在西班牙。她创作诗歌、小说，剧作也小有名气。戈麦斯·德·阿韦亚内达的个人感情经历颇为丰富，有过两段婚姻、一个非婚生女儿，以及若干情人。或许是由于青年时大量阅读西班牙新古典主义诗作，她的写作风格浪漫而克制。她在西班牙文坛颇有名望，西班牙文坛已将她纳入“西班牙作家”之列，但因身为女性，未能获准进入西班牙皇家语言学院。

她的诗作颇有学院派风格，格律不一，笔法精湛。她于1859年回到古巴，受到知识界和文化圈的热烈欢迎。戈麦斯·德·阿韦亚内达一直将自己视为古巴人，对祖国怀有强

① 拉丁美洲的一个民族，保留了较多印第安的文化传统。

烈的热爱，这种热爱在她的作品中表现得淋漓尽致——尤其体现在她于22岁登上驶离古巴的海船时写下的一首十四行诗《在我远行时》（1836）中。她还为埃雷迪亚写过一篇动人的挽歌，表达了古巴对于失去一位伟大爱国诗人的悲恸之情。戈麦斯·德·阿韦亚内达身为西班牙军官的女儿，也嫁给了一名军人，但仍然坚定地支持古巴独立，她还写过一首庄严的十四行诗以歌颂乔治·华盛顿，赞美他是一位伟大的国家解放者。她于1864年再次回到西班牙。

戈麦斯·德·阿韦亚内达的诗作展现出一种与19世纪中叶盛行的浪漫主义不同的、精致细腻的创作风格。她的诗作《献给他》描述了一段单向的恋爱，男方始终没有付出真心，最终选择了分手。尽管对男方有着深深的迷恋，当不得不分开时，她更多表现出了失望而非绝望。戈麦斯·德·阿韦亚内达并非情欲诗人，但确实创作过不少热情洋溢的爱情诗。在《致诗歌》中，她以自己的创作观类比上帝的创世指南，主张通过诗歌向自然赋予美和意义。她的艺术理念倾向于倚重诗歌的力量，与宗教主义或浪漫主义相比，更多地带有新柏拉图主义、泛神论思想的味道，更加世俗化。作者借诗歌歌颂抽象意义的上帝，其动人之处相较于诗中的热情更多地在于对美的描摹。可以说，在19世纪沉闷的西班牙文学圈，戈麦斯·德·阿韦亚内达是一颗耀眼的明星。

何塞·埃尔南德斯（1834—1886）的《马丁·菲耶罗》（1872）在19世纪诗歌中有着独特的地位，这不仅因为它拥有史诗般的分量，而且因为它终于达到了19世纪诗人都在追寻却鲜有人触及的目标：拥有了真正广泛的读者群，成功融入了国家传奇。这首诗拥有一本书的体量，在阿根廷全境狂销十万余本（即使在最偏僻的乡村书店，而这首诗的背景就是乡村，主人公也在乡村游历）。埃尔南德斯把高乔人写活了，这对于一个现代诗人来说着实不易：作者能够惟妙惟肖地模仿高乔人的语言；同时由于从小在各省份耳濡目染，他可以流畅地将行吟诗人巴雅多尔[1]创作的吟诵英勇事迹的民歌融入诗中。埃尔南德斯善于倾听高乔人颇具古风的谈话，诗中很多带有乡土气息的语言源自游牧民族的牛马文化。高乔人是实打实的“马背上”的民族，与美国牛仔类似，但他们更加游牧化，大多居无定所。实际上，他们极为热爱这种自由的生活方式，这也构成了埃尔南德斯诗作的核心及其浪漫主义的本源。

“马丁·菲耶罗”的得名绝非偶成：“马丁”源自战神玛尔斯，而“菲耶罗”在古西班牙语中意为“铁”。主人公马丁·菲耶罗性格坚忍，同时情感丰富：他的吟唱像是“一只孤独的小鸟舔舐自己的羽翼”。这首诗警句频出，对土地的爱与恨以及高乔人的日常生活都通过大众化的诗节来表现，使用富含乡村风格的转义比喻和民间词语，但绝不过度渲染感情、深表歉疚或居高说教。菲耶罗的不幸遭遇源自政府：他被强征去与仍控 21
制着阿根廷大片领土的印第安人作战，这使得他在离开后失去了自己的房子、妻子和孩子。他做了逃兵，由于在一场争吵中杀死了一个黑人，又成了一名逃犯。自此，他成了一个典型的浪漫主义意义上的法外之徒，而国家原本是希望他成为一名士兵的。

① 潘帕斯草原上牧民中的行吟诗人，不仅是出色的歌手，也是无畏的勇士。

埃尔南德斯笔下这位心怀愤恨的主人公，象征了一个国家传奇想要展现出的阿根廷人的主要特质：独立、英勇和坚忍。埃尔南德斯不仅写就了一部阿根廷国家传奇，为后世文学树立了榜样（豪尔赫·路易斯·博尔赫斯的创作便深受这部作品的影响），而且创造了拉丁美洲第一个文学神话，一部具有强大生命力的不朽之作。在《马丁·菲耶罗》的续篇《马丁·菲耶罗归来》（1879）中，埃尔南德斯让主人公重返家园，以一种劝导者的姿态，投身到国家的构建中。浪漫主义孕育出中世纪欧洲国家早期一座座语言和文学的丰碑（如《熙德之歌》、《罗兰之歌》），而埃尔南德斯则赋予了阿根廷和拉丁美洲文学一部属于自己的现代史诗。这部巨著的出版恰好处在拉丁美洲文学即将孕育出第一场文学运动（即西语美洲现代主义运动）之际，20世纪拉丁美洲文学的大门随之缓缓开启。

鲁文·达里奥（1867—1916）的《蓝……》于1888年在智利的瓦尔帕莱索发表，是后世公认的西语美洲现代主义的发端之作。达里奥出生于尼加拉瓜的马塔加尔帕，本名菲利克斯·鲁文·加西亚·萨米恩托。他拥有西班牙、印第安和非洲血统，后沿用父系的名字，改名为更加简短上口、为后来读者所熟知的“鲁文·达里奥”。他在尼加拉瓜的雷昂市长大，这座城市在政治和文化上都相当活跃。达里奥在童年和少年时期接受了良好的文化教育，对法国诗歌颇为着迷。他大量阅读，对西班牙诗歌几乎所有类型的格律和韵脚如数家珍。他或可被称为“西班牙语诗界的莫扎特”：在一生的创作中，他使用过37种不同的格律和136种诗节形式，其中不乏他的诸多独创。在当地报纸上发表诗作后，他搬往智利寻求更好的创作机会。

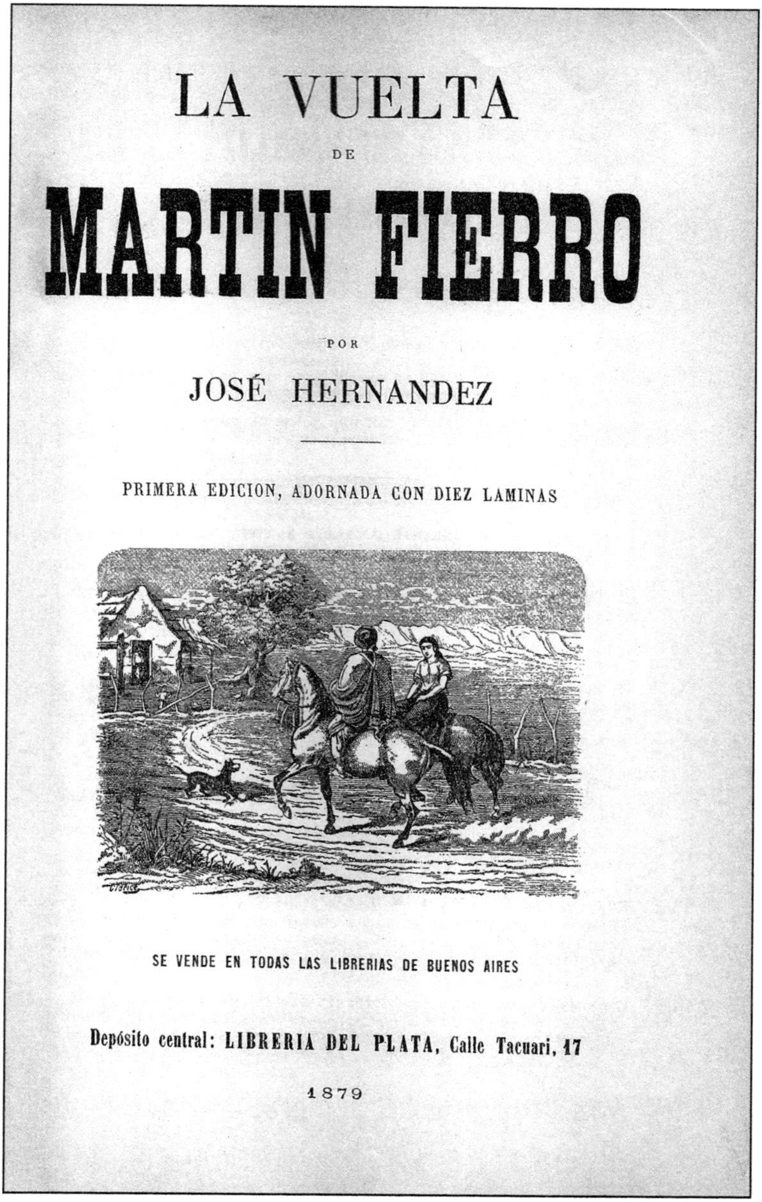
LA VUELTA

DE

MARTIN FIERRO

POR

JOSÉ HERNANDEZ

PRIMERA EDICION, ADORNADA CON DIEZ LAMINAS

SE VENDE EN TODAS LAS LIBRERIAS DE BUENOS AIRES

Depósito central: LIBRERIA DEL PLATA, Calle Tacuari, 17

1879

图3 《马丁·菲耶罗》续篇《马丁·菲耶罗归来》的扉页。此为阿根廷作家何塞·埃尔南德斯于1879年出版的一部关于高乔人的史诗级畅销作品

达里奥的诗歌在西班牙语世界流传极广，这首先得益于宗主国西班牙在拉丁美洲强制推行统一的文化和语言，其次要感谢传播技术的迅猛发展。这一切取代了帝国官僚体制强制推行的秩序。19世纪，蒸汽动力与印刷机的结合使古腾堡的活版印刷术得到大规模应用，大批量印刷第一次成为了现实。蒸汽船载着书籍和作家远渡重洋，使得任何一场文学运动的影响力能够即刻广泛辐射。这些蒸汽船使得19世纪50年代拉丁美洲作家和知识分子在巴黎的聚会成为现实。大西洋下的海底电缆向全世界的报纸传递着要闻。住在纽约或巴黎的诗人能够在阿根廷布宜诺斯艾利斯的《国家报》或智利圣地亚哥的《信使报》上刊登作品。由此，达里奥的声名随着他的世界之旅迅速传遍整个拉丁美洲和西班牙。他成为了第一位西班牙语文学名人，他的影响不仅波及其他拉丁美洲国家，而且传到了西班牙，达里奥本人也在西班牙生活了数年。作为一名高产作家，达里奥有着独特的个人魅力；而他对奢华颓废的生活的向往，以及与政客（其中不乏一些小独裁者）的相交甚笃，又多少令他的仰慕者失望不已。

《蓝……》是一本仅有134页的小册子，最初只在地下印刷，而后一举成为横跨大西洋两端的西班牙语文学史上具有划时代意义的作品。作品最初收到的评价不高，甚至受到攻击：西班牙大思想家和诗人米盖尔·德·乌纳穆诺[①]讽刺作者的印第安
24 出身，称“从达里奥的帽子里探出一根羽毛”；而西班牙历史上最负盛名的评论家和学者马塞利诺·梅嫩德斯·伊·佩拉约则

① 西班牙文坛领袖，“98年一代”作家群的核心人物，代表作有《生命的悲剧意识》、《迷雾》等。

选择在19世纪80年代达里奥和西语美洲现代主义运动崭露头角之时，停止编纂手中的拉丁美洲诗歌史（第一部出版于1893年）。尽管如此，这位勇敢的尼加拉瓜诗人毅然决定将作品寄给西班牙最权威的作家和评论家胡安·巴莱拉[①]。巴莱拉利用身为作家、评论家及西班牙皇家语言学院成员的影响力，亲笔给达里奥回了两封信（后被作为前言收入后来版本的《蓝……》中），为其写作生涯鼓劲助力。尽管对达里奥喜爱法国诗人颇有微词，巴莱拉依然肯定了他的创作天分，并预言了他的光明前程。

《蓝……》将诗作与散文（短篇故事）巧妙结合，精心雕琢出一个神话般的永恒世界，仙女、公主和艺术家在这里追寻美学理想，对美的憧憬将失落的统一与和谐还给世界。这是艺术的最高使命，达里奥对此怀有宗教般虔诚的热情。《蓝……》中的艺术家的诉求频频被一群愚钝无知、缺乏品位的贵族挫败。达里奥的作品里常常出现一道理想与现实间的鸿沟，略带忧伤的氛围构成作品的底色。达里奥的诗作与散文用词考究，语言精致、新颖，将精妙的诗作提升至一种不可思议的完美境界。但在完美之外，字里行间也流露出一种憧憬、思忖，甚至自我怀疑。这也是为什么达里奥选用“天鹅”这一意象作为其美学象征的原因：它们的造型和白色的羽毛彰显了艺术的纯洁，弯曲的颈项好似一枚愁闷的问号。达里奥大量借鉴了古典神话和前哥伦布时期的神话，整个西方历史与文化流淌在他的笔端。

创作期间，达里奥逐渐摆脱了西班牙式浪漫主义（乃至一切意义上的浪漫主义）；它往往多愁善感、辞藻华丽却陈腐老套，以

① 西班牙19世纪著名作家、文学评论家、政治家，代表作有《贝比塔·希梅纳斯》、《高个子姑娘小胡安娜》等。

情感压制美的传达。西语美洲现代主义试图用美的形式来终结浪漫主义诗歌中热烈奔放的情感。它的“现代性”体现在：个人悲伤的展现须得服从诗歌语言的力量，这也与19世纪下半叶崇尚科学和技术、压制自然力量的社会风气相吻合。即便在达里奥最广为传颂、争相品评和谐仿的名作《小奏鸣曲》中，也能读到这样的句子：“公主很忧伤，她究竟怎么了？/叹息从她那草莓般的嘴唇中吐出/那嘴唇失去了笑，也失去了颜色。”叹息——公主发自肺腑的情感——从草莓色的嘴唇中轻吐。“草莓般的嘴唇”是一个巧妙且惊人的转折，将读者的注意力集中于嘴唇的形态和颜色，而非叹息的根源和内容。我们不再关心公主的心事究竟为何，而是转而着力欣赏她那发出叹息的草莓色红唇的美。作者渴望将整首诗打造成一场音乐的盛典（从诗题《小奏鸣曲》中即可窥见），诗作中关于嘴唇的比喻，将语言和意义的源头，转变为对颜色和味道的展现；而达里奥又以其精湛的表达技巧，使得这一转变在不知不觉中悄然发生。

达里奥的诗歌创作生涯历经两个阶段。第一阶段被称为“美学的达里奥”；而在第二阶段，达里奥转向了自己的反面，作品多注重反思，学界称之为“深刻的达里奥”。据达里奥的早期读者群考证，两个阶段的关键转折点在其1905年的作品《生命与希望之歌》的开篇：“我是这样的诗人：刚刚写过……”《生命与希望之歌》中自我批判的立场，使得“两个达里奥”初现雏形：一个醉心于空洞辞藻的堆砌，另一个为个人的、诗歌的、政治的焦虑感所包围。实际上，“两个达里奥”殊途同归，乃是以不同的创作手法表达同样的情感。一个崭新的达里奥出现在其晚期的诗作中，诗歌中的政治意味更加浓厚，彰显出他认为自己拥有

为西班牙语世界发声的文坛声望。 26

1898年，美西战争打响，达里奥和西语美洲现代主义的诗歌理念开始相互靠近。古巴、波多黎各等国相继从没落的西班牙帝国中获得独立，包括达里奥在内的拉丁美洲人为之欢欣鼓舞，但同时也敏锐地为美国这一新兴大国的崛起感到焦灼。在达里奥和现代主义者看来，西班牙语世界在美国的扩张之下竟毫无还手之力，这不仅体现在政治上，而且体现在文化上。承袭自罗马文化和宗教信仰的天主教国家，竟不敌年轻的盎格鲁-撒克逊民族与新教力量构成的殖民势力；与前者的文化完全不同，后者讲求实用主义，注重物质发展。达里奥在一首激昂的颂歌《致罗斯福》中，代表**仍然**向耶稣祈祷的和说西班牙语的美洲，表达出了这些忧虑。“仍然”一词表达出诗人对拉丁美洲未来的担忧。诗中，达里奥将美国称作“未来的侵略者”，实际上在那段时间，美国已多次入侵墨西哥。

另一个在1895年古巴独立战争——三年后演变为美西战争——中起到重要作用的西语美洲现代主义诗人是何塞·马蒂（1853—1895）。他出生于哈瓦那，父母都是西班牙人，早年就感受到了祖国独立事业的召唤。十几岁的年纪，他就因从事地下活动被强制劳动，随后被流放至西班牙。在那里，他继续坚持独立斗争，开始创作诗歌，并获得了法学学位。何塞·马蒂不仅是深受古巴人民爱戴的爱国者和革命家，而且是多产的记者、演说家和诗人，他不断在拉丁美洲各国游历、发表演说和创作文字，他的名声传遍了整个拉丁美洲。他定居纽约，组织安顿了许多来自古巴的流亡者和1868至1878年间独立战争失败后退伍的老兵。1895年早春，他成功地在古巴东部安插了一支武装党派

力量。5月19日，在多什里奥斯发生的一场小规模武装冲突中，
他被多发子弹击中。何塞·马蒂像拜伦这样的浪漫主义诗人一
27 样为事业而献身，因此成为拉丁美洲革命者，尤其是作家和知识
分子中的典范。他去世时年仅42岁，却留下大量传世佳作，以演说、散文、新闻报道（部分为英文）、编年史和诗歌为主。

由于全身心投入政治运动，英年早逝的何塞·马蒂生前只出版了两本较薄的诗集——《伊斯马埃利约》（1882）和《纯朴的诗篇》（1891），但这两部作品足以使他蜚声诗坛：纽约和整个拉丁美洲的期刊都曾登载。《伊斯马埃利约》是一部充满柔情的诗集，讲述了马蒂分居的妻子带着儿子重返古巴的故事，包含了一些展现诗人情感与渴望的佳作。而《纯朴的诗篇》由貌似简朴的四行诗写就，读来颇有西班牙传统谣曲的遗风，成为马蒂当之无愧的代表作品。在其身后出版的两部作品集中，《自由的诗篇》更为大胆成熟，其中一些诗歌（如《大城之爱》）读来竟有20世纪先锋派之风。在纽约，马蒂接触到了一个现代化大都市。他用英文阅读爱伦·坡和惠特曼（并将他们写进自己的作品中）的作品，认为他们摆脱了西班牙语和法语诗诗体及修辞学的束缚。《自由的诗篇》直至1913年才于古巴出版，与《伊斯马埃利约》和《纯朴的诗篇》共同结集，发行量也许有限。

以鲁文·达里奥、何塞·马蒂为代表的西语美洲现代主义，在整个拉丁美洲和西班牙培育了大量诗人。他们多数渴望成为下一个达里奥，其中不乏颇具独创精神、实力足以与主流大师比肩的作家；并且，各国都出现了本国的现代主义大师。另一位古巴作家胡利安·德尔·卡萨尔（1863—1893）在其短暂的一生

中创作了令人赞叹的诗歌和散文。他积极效法法国“被放逐的 28
诗人”（尤其是波德莱尔），文风与达里奥的相比更加颓废。他渴望去往巴黎，但最终只走到了马德里。他的《雪》（1892）和《半身像与诗韵》（1893）包含了极富美感的诗作，令人联想到寒冷环境下的油画和雕像，与古巴的气候形成强烈反差，仿佛存在于独立的氛围中。卡萨尔的诗基调阴郁，正如他自己所形容的，宛如一座“癫狂的冰川之国”。

与马蒂和卡萨尔一样，哥伦比亚诗人何塞·亚松森·席尔瓦（1865—1896）同样英年早逝。他是爱伦·坡的追随者，独辟蹊径地尝试用自由体和非传统的格律写作。最负盛名的代表作《夜曲》充满了黑色的忧愁，诗句长短交错，韵律自由，读来有一种怏怏慢慢、呜呜咽咽之感。席尔瓦擅于使用留白的技巧，营造出一种使人想起音乐的忧郁美感。尽管留世作品不多，但席尔瓦足以被列入西语美洲现代主义代表诗人的阵营。

贝略的现代性在于他有意奠定全新的写作传统，开启美洲诗歌语言，甚至美洲西语创作的新范式：这种写作范式根植于历史，却反映和表达了全新的现实主张。尽管依然与新古典主义紧密相连，他以体例各异、野心勃勃的诗歌创作，记述了知识和政治发展的全新进程。

以达里奥为代表的西语美洲现代主义创作，是19世纪下半叶拉丁美洲科学和工业发展新现实下的产物，此时贝略所歌颂的农业主导下的自然已被全新的、影响力深远的科技所开发，殖民时期拉丁美洲的传统和习俗正不断受到欧洲和美国资本主义风暴的冲击。美西战争的结果标志了这一转变。达里奥及其众
多追随者试图在诗中以美的创造和思考以及唯心论来反对利润 29

导向、实用主义和必然性。《灾难》收录于1905年出版的《生命与希望之歌》中，达里奥在其中针对科学实证主义的极端自信与商业和政治中的一意孤行给出了自己的答案："活着，时刻求知若渴，虚心若愚。"这段颇具20世纪风格的言论，既降低了现代性的确定性，也推开了通往现代性的大门。

第三章

19 世纪的散文：揭开拉丁美洲的神秘面纱

在总督区，尽管诗歌较为盛行，记录了发现和征服的纪事文学仍然以其数量、规模和影响力主导着殖民地文学的全貌。然而纵观19世纪，在拉丁美洲启蒙运动中独占鳌头的文学体裁还要数描写和分析性的散文，即使它会以短篇或长篇小说的形式出现。比起诗歌，散文更易描述政治发展，而整个19世纪正是拉丁美洲各国纷纷寻求独立的时期。政治书写正是一项重要的尝试，其中包括关于创立新制度的论战、书信，甚至是宪法的起草及其他法律法规的制定，这种书写对新大陆后来的文学创作走向影响颇深。

影响拉丁美洲文学的另一种创作模式，得益于新兴的社会科学——社会学、犯罪学，尤其是人类学。拉丁美洲的社会科学常常参考了许多欧洲科学旅行者的著作，他们往来于拉丁美洲，用大量篇幅对拉丁美洲的动植物、地理环境和人口结构进行了细致的描绘。其中最著名的是亚历山大・冯・洪堡，他对新国度的发展起到了举足轻重的作用。19世纪拉丁美洲的文学作品

31 很难用一般意义上的方法加以区分，政治宣言、社会学小册子、人类学研究、公共演讲、随笔、报刊纪事和社会速写等应有尽有，不一而足。

叙事文学（甚至小说）是特定时期历史的缩影，这同时也促使作家回归对本源的探索：我们栖居的世界，究竟是从何时开始的？在殖民地纪事文学中，人们普遍将地理大发现视作基督诞生后西方历史中最为重要的转折点。巴托洛梅·德·拉斯卡萨斯神父持相似观点，他认为，阿兹特克人和印加人在人类历史进程中与罗马人地位相当。这一观点为印加作家加尔西拉索·德·拉·维加所效仿，在其著作《王家评述》中他提到，库斯科和墨西哥城与罗马是如此相像，它们是伟大文明的中心，与欧洲的差别仅仅在于基督教的缺位。到了19世纪，科学家已经通过化石的发现和研究证明，时间可以无限追溯至宇宙起源，这使得历史有了更久远的过去。在各国纷纷独立、打开全新政治格局的背景下，美洲的历史须得用一种全新的方式去书写。

贝略的学生之一，解放者西蒙·玻利瓦尔（委内瑞拉人，1783—1830）站在构想美洲国家未来的高度，率先进行了本土文化身份的反思与重构。他发表了著名信件《牙买加来信》（1815）。其时，这位解放者在圣玛尔塔围城行动遭到反对后被迫前往牙买加避难，在那里，他向“岛国的绅士”（很可能即英国统治者）写就了这篇长信，采用了传统的正式书信的形式。这种巧妙的形式使得他仿佛在与一位有修养的收信人“对话”，他从根本上论述了拉丁美洲的现状与未来。他说明了拉丁美洲独立战争的正确性，声讨了君主制、联邦制和所谓民主，表明了关于建立一个大哥伦比亚共和国的计划，其中包括新格拉纳达（今哥伦比亚）和委内瑞拉。他想要建立一个大国，并定都巴拿马地峡；鉴于地峡优越的地理位置（横跨大西洋和太平洋），他甚至遥想了其最终成为世界中心的可能性。 32

玻利瓦尔提到的一系列内容，展现出一种与贝略类似的、新古典主义教育和浪漫主义倾向的融合。他提到或引用拉斯卡萨斯神父、亚历山大·冯·洪堡、卢梭、孟德斯鸠和圣比埃[①]，对法国启蒙运动思想家提出的各种国家形式都有思考。然而，玻利瓦尔同时宣称，这些代议制的政府形式对于刚刚摆脱西班牙帝国殖民枷锁的拉丁美洲而言或许并不合适，殖民的毒瘤就像"黑色传奇"[②]的阴影一般难以驱散。关于崛起中的拉丁美洲，玻利瓦尔有一段最常为后人引用的论述，其中着力强调了拉丁美洲在历史、地理和自然方面的独特性：

> 我们是人类种族中的一个小分支。我们有一个独立的世界，为大洋所包围；我们在艺术和科学方面几乎从零开始；在公民社会的运转中较为落后。我看着美洲的现状，就像看着刚刚解体的罗马帝国，每个新国度都依照自己的政治理念或遵循领导者、家族或集团的理念，开创新的政治制度。但有一点不同：那些从罗马帝国分离出来的国家，在旧有的制度上直接加入新时代的要求，而我们几乎没有任何过去可以参考——我们既非印第安人，也非欧洲人，而是由

---

① 法国作家、植物学家。

② 16世纪中叶后，西班牙成为欧洲最强大的国家，开始把矛头转向新教，西班牙宗教裁判所成了对付异教徒最尖锐的爪牙。在此背景下，无数新教作家前仆后继，用他们手中的笔描绘出极尽邪恶残忍的西班牙宗教裁判所，称其为"黑色传奇"。

> 土地合法拥有者和西班牙殖民者共同组成的中间民族。

玻利瓦尔点明的这种身份困扰，也成了多数拉丁美洲文学的新起点：如何用不同的方式将欧洲人的积淀用于自身，如何平
33 衡拉丁美洲的现实与欧洲的思维方式（前者由后者中挣脱，甚至与后者相冲突），以及如何将这些关注诉诸笔端。

“文明”（欧洲）与“野蛮”（美洲）的交锋，将成为这一时期拉丁美洲文学论战的核心。走在最前面的是作家多明戈·福斯蒂诺·萨米恩托。同玻利瓦尔一样，他不是旁观者，而是新世界构建事业的热心参与者。而另一些作家，如何塞·马蒂和何塞·恩里克·罗多（1872—1917），将继续这场论战，并将其延伸至小说，甚至诗歌创作中（比如埃斯特万·埃切维里亚选择用长篇叙事诗《女俘》进行阐释）。

如何更好地用文字展现拉丁美洲现实的独特性这一宏大问题，自此主导了拉丁美洲文学；文坛刮起一股现实主义风潮，这就需要作家对地理、文化和人口背景的描述尽量精准和翔实。科学研究笔记的丰富、社会科学研究方法的兴起、文学和艺术中现实主义修辞手法和创作技巧的日臻成熟，使这一切成为可能。现实主义的一个重要分支**风俗主义**将风靡拉丁美洲，正是因为该流派将描绘和展现民风及民俗（尤其是城市边缘人群的生活状态）视为第一要义。

风俗主义源于对普通人及自然方方面面的浪漫主义兴趣和现实主义传统的结合，这一现实主义传统可追溯到西班牙作家塞万提斯。风俗主义倾向于使用短小精辟的描述性文字，这一技巧也被称作“风俗油画”；新闻报刊业的发展也推动了风俗主

图4　西蒙·玻利瓦尔的青铜像，委内瑞拉首都加拉加斯

义的盛行。“风俗油画”这一别称阐明了风俗主义与油画的相似性，主张“以文字作画”。“风俗”即文化习俗，因此风俗主义关注传统习惯和民间活动，作品中常有对民间手艺和贸易活动的描写。这些风俗因具有地方特色而被大肆描摹；书中人物常常为农民、工人或居住在城市贫穷区域的普通人；而作者或目标读 34
者群体则来自社会中上层，即中产阶层或更高阶层。

风俗主义作品的主人公往往形象很多彩（有时他们就是“有色人种”），他们的行为及活动的背景非常生动。风俗主义作家不仅将目光聚焦在人物的行动上，更着意描写人物的穿着打扮、劳作工具、家畜牲口，以及他们的世界中其他的特有物件。风俗主义就像是现实世界的翔实描摹画和原始民族志。

19世纪，尽管并非所有拉丁美洲作家都以风俗主义手法进

行创作，这场文学运动的基本信条却主导了散文小说以及阐释新国家的社会和自然特征的文字创作。在这一时期的一些重要作品（无论是短篇小说还是长篇文体）中，散文小说与风俗主义
35 速写很难区分。但实际上，这一文学手法有利有弊。很多19世纪的拉丁美洲小说中描写的成分过多，这一习惯一直延续至20世纪；另有不少描述性作品中过多地加入了作者认为有趣的奇闻逸事。实际上，在这些冗赘描写的背后，蕴藏着拉丁美洲作家和玻利瓦尔同样的担忧：他们处在这样复杂而奇特的情形下，必须坚持向目标读者和他们自己解释这里发生的一切。

在这样的背景之下，诞生了被誉为“拉丁美洲第一部长篇小说”的重要作品——《癞皮鹦鹉》（1816）。墨西哥作家何塞·华金·费尔南德斯·德·利萨迪（1776—1827）写了不少小册子，同时创作了少量诗歌。他在西班牙流浪汉小说中，找到了可以用来表现和讽刺墨西哥社会的工具。塞万提斯的作品和马特奥·阿莱曼的《古斯曼·德·阿尔法拉切的生平》都通过现实的镜头讲述了年轻、贫穷的主人公如何侍奉多位主人的苦难故事；由此，利萨迪能够在刻画主人公的同时，描绘一幅群像。《癞皮鹦鹉》以第一人称叙述，展现了当时社会的道德景象和主人公受批判的生活；主人公品质恶劣，意志薄弱，易受到坏影响。小说中训诫性的语言随处可见，多有导人向善的教诲，对主人公的塑造反映出卢梭式的教导。这是一部遵循启蒙运动思想的作品，由此顺应了墨西哥独立的意识潮流——尽管作者本人并非启蒙运动的追随者。

在阿根廷，风俗主义获得了更大的成功。第一部风俗主义小说是埃斯特万·埃切维里亚创作的《屠场》，这也是19世纪

拉丁美洲最出色的小说作品之一。《屠场》创作于1838年前后，批判了独裁者胡安·马努埃尔·德·罗萨斯——可惜的是，作品并未在埃切维里亚生前出版。这部短篇小说结构紧凑，内容涉及广泛，讲述了布宜诺斯艾利斯一处屠场中一群恶棍（罗萨斯分子）残忍杀害一位反对派青年的经过。风俗主义元素体现 36
在对屠场血腥恐怖的屠杀行为，以及暗杀团在整座城市的文化和经济中所扮演角色的详细描述中。《屠场》以其出色的描绘文字，成为拉丁美洲政治隐喻作品中的经典。全书最具冲击力的画面，是反对派青年被屠宰的场景：作者模仿屠场屠宰牲口的场面，营造出一种仿若远古祭祀的宗教仪式氛围。屠宰似乎激发了人类的原始兽性，作者借此讽喻了在罗萨斯及其爪牙统治下的阿根廷。

在罗萨斯的独裁统治下，阿根廷另一位重要作家多明戈·福斯蒂诺·萨米恩托（1811—1888）写就了拉丁美洲文学史上最重要的作品《胡安·法昆多·基罗加：文明还是野蛮》（1845）。这部作品深入讨论了“文明与野蛮的斗争”，这对矛盾最先由玻利瓦尔提出，是拉丁美洲文化的核心。这部作品常被称为《法昆多》，涵盖了多种文体形式，以反对罗萨斯独裁统治的战斗檄文开篇。写作时，作者萨米恩托正流亡智利。他意图创作一本关于法昆多·基罗加的传记：这位封建军阀以异常残忍野蛮的手段，一路从一个高乔平民爬到了里奥哈省统治者的高位。萨米恩托意欲借此彰显罗萨斯独裁统治的根源在于潘帕斯草原的野蛮状态：布宜诺斯艾利斯的构建完全以欧洲大都会为模板，潘帕斯草原的野蛮状态不可避免地受到首都城市文明的约束。通过研究法昆多的人物形象，可以发现这一阿根廷人物自潘帕斯草原生活沿袭的野蛮本性，这是萨米恩托作品的核心，也是作品中所运用的方法。

尽管早年通过阅读欧洲文学奠定了理性主义的思维模式，萨米恩托依然富有强烈的浪漫主义情怀。《法昆多》极富柔情又
37 广泛而细致地描摹了阿根廷潘帕斯草原和乡村的景观，聚焦于高乔人方方面面的文化风俗：从对马匹和骑术的热爱，到对困难和痛苦的隐忍和冷漠；从百折不挠的勇气，到使用套索和刀枪的娴熟技艺；从对广袤大陆细致入微的了解和在荒漠地区熟辨方向的惊人本领，到行吟诗人的艺术倾向。萨米恩托选择通过一个个高乔人来分别展现这些特征，详细阐述，并在行文中穿插引人入胜的故事。

书中描写了令人难忘的拓荒者、行吟诗人、地情向导（能从潘帕斯草原的一草一木中判别方向）、探路者（能够追踪逃亡的人或马、牛等牲口，从最细微的线索中捕获信息），以及那些在草

图5　高乔人的聚会，1890—1923年前后

原上培养了一种荒野生存的本能、足以应对随时到来的变数的人。这是萨米恩托试图通过迷人且繁复的细节来描绘的终极主题：一个从潘帕斯草原生长起来，并怡然自得的高乔人的社会。换句话说，萨米恩托热爱他理应鄙夷的东西：野蛮主义。 38

这种文明与野蛮的冲突，成为《法昆多》讨论的核心，也是它如此迷人的原因之一。小说的另一个亮点是对主人公的人物塑造和刻画。萨米恩托借诸多逸事来展现法昆多的残暴，但最后，这位考迪罗成了一个悲剧的象征——不仅因为他被大独裁者罗萨斯背叛并杀害，而且因为他明知自己将在雅科峡谷被伏击，却不愿取消行程或更改出行的路线。和所有的悲剧人物一样，法昆多选择毅然决然地迎接他的命运。自此，他成了一个传奇人物，撑起了整部作品。萨米恩托通过展现普通高乔人的智慧、技能、勇气以及倾尽一生向文明社会靠拢的努力，把对他们生活的描写提升到文学的高度。与玻利瓦尔不同，萨米恩托对文明与野蛮的对抗并未给出非黑即白的结论：他只负责陈述问题，展现阿根廷（乃至拉丁美洲）发展的辩证过程。这部小说一出版便引发了社会热议，成为文学史上一部无法绕开的作品，就连最尖刻的评论家也被其扣人心弦的情节铺陈所吸引。

同玻利瓦尔一样，萨米恩托致力于社会的发展。他是一名教育家（与贝略相仿），大力推进了阿根廷的公共教育，并位至阿根廷总统。此外，他与另一位阿根廷知识分子、诗人、军官、贺拉斯与但丁的译者巴托洛梅·米特雷（1821—1906，也曾任阿根廷总统）共同奠定了拉丁美洲的建国传统，并影响至今。由此，萨米恩托致力于将阿根廷建立为一个欧洲化的国家，以此为目标来实施政策，但他所采取的种族主义政策使他在历史上毁

誉参半。无论如何，对抗印第安民族、努力使阿根廷现代化的主张，早已超越了萨米恩托本人；无论我们现在怎么看，它们塑造
39 了我们今天所见的阿根廷。

我们无法简单地将萨米恩托视为一个亲文明（欧洲人、白人）、贬野蛮（非欧洲人、“有色人种”）的作家；实际上，在阿根廷的“欧化”扮相下，萨米恩托依然对高乔文化的内核充满自豪。在加勒比地区，萨米恩托所面临的情形有所不同，高乔人和印第安人变成了非洲奴隶及其后代，在建国进程中他们制造了冲突。不同地区的历史差异非常明显：非洲奴隶并不像印第安人或高乔人那样生活在自己的国土上；由于蔗糖业的发展，奴隶在加勒比地区数量庞大；此外，加勒比地区当时仍处在西班牙帝国的殖民统治下，并未获得独立。

尽管如此，情形仍有着诸多相似之处：将文化完全不同的民族融入基于西方思想而建立的公民社会中。非洲奴隶背井离乡，被以一种极其野蛮的方式带到这片新土地上，而且种族繁多，从前的文化几乎被摧毁殆尽，重建需要在不熟悉的环境中从零开始。由于国际市场的需求，蔗糖生产工作繁重异常；机器的普及加速了生产过程，工作环境变得更为严苛，克里奥尔人[①]要求从西班牙独立的呼声也越来越高——尤其在古巴，事态不断升级。

很快，争取独立和奴隶解放成为知识分子、艺术家和其他许多人的共同事业，催生出19世纪上半叶古巴文学的新面貌。与在阿根廷和其他拉丁美洲国家的情形类似，风俗主义的创作手

① 指出生于美洲而双亲是西班牙人的白种人，以区别于出生于西班牙而后迁往美洲的移民。

法开始在散文中盛行，并很快确立了废除奴隶制的主题，黑人与穆拉托人[①]成为更有野心的文学作品的主人公，其中包含了风俗主义速写，以及后来的成熟的小说创作。具有反叛精神的政治 40
和文学团体，聚集在委内瑞拉作家、文化运动发起者多明戈·德尔·蒙特于哈瓦那的一处宅邸，与阿根廷的“五月协会”类似。

这批知识分子与阿根廷人一样心怀浪漫主义，他们在黑奴身上看到了文学创作所需要的“社会弃儿”的原型，将黑人和穆拉托人（其中不乏“有色中产阶级”）作为风俗主义描摹和小说创作的迷人主题。其中，安塞尔莫·苏亚雷斯·伊·罗梅罗（1818—1878）以短小精悍的文字和细节描摹出蔗糖工坊中黑奴恶劣的生存环境和被残忍压榨的场景，从中可以看到早期民族志的影子。

苏亚雷斯·伊·罗梅罗有一部非常重要的小说，名为《弗朗西斯科》。这部小说写于1838年，但直到1880年才得以出版。小说对奴隶制予以了无情的抨击。小说讲述了奴隶弗朗西斯科在哈瓦那城的不幸遭遇，他在寡妇门迪萨瓦尔家做工，爱上了另一户人家的奴隶多罗泰娅。然而，多罗泰娅早已被寡妇门迪萨瓦尔的儿子里卡尔多看上，后者是个残忍而轻浮的花花公子。《弗朗西斯科》结构紧凑，情节环环相扣，对蔗糖工坊里奴隶及其白人奴隶主的生活描写得尖锐、详尽，读来意味深长。

这部作品堪称风俗主义写作的范本，蕴含深刻的政治批判意义，可与埃切维里亚的《屠场》相媲美。除了苏亚雷斯·伊·罗梅罗的《弗朗西斯科》，还有一部题材和情节相近的

① 指黑人及白人的混血人种。

佳作名为《萨夫》(1841),作者为赫特鲁迪斯・戈麦斯・德・阿韦亚内达。戈麦斯・德・阿韦亚内达写作技巧娴熟,其另一部小说《海员艺术家》(1861)讲述了法国一名年轻艺术家通过绘制一幅古巴风景画,向父亲争取心上人的浪漫故事。他的父亲是法国马赛的一名商人,曾因商业原因在古巴小住,自此爱上了
41 这一岛国。这部作品比《萨夫》更具价值,因其反奴主题吸引了更多的关注。

相较于另一位古巴作家西里洛・比利亚维尔德(1812—1894)及其作品《塞西丽娅・巴尔德斯》(1882),苏亚雷斯・伊・罗梅罗和戈麦斯・德・阿韦亚内达都要相形失色。比利亚维尔德一生拥护古巴独立,曾流亡美国多年,几乎将毕生精力倾注于《塞西丽娅・巴尔德斯》的创作中。这是一部宏大丰富的小说,在20世纪被改编成音乐剧,主人公也成为全古巴人民的偶像及民族主义的象征。女主角塞西丽娅的美貌,引发了一系列戏剧冲突:她是一位浅色皮肤的穆拉托人,富有的年轻白人莱昂纳多・德甘博对她穷追不舍。从这里可以看到灰姑娘式的桥段,但整部小说所要展现的主题显然要深刻复杂得多,结局也并不完满。

塞西丽娅和莱昂纳多・德甘博却不知道他们实为同父异母的兄妹。她是堂・坎迪多的私生女,而堂・坎迪多是莱昂纳多的父亲,一座蔗糖工坊的主人,同时也从事奴隶贸易等生意。“乱伦”是《塞西丽娅・巴尔德斯》的一大核心主题:莱昂纳多的胞妹之一阿黛拉几乎是塞西丽娅的翻版,莱昂纳多似乎也在与她周旋。与此同时,莱昂纳多的母亲堂娜・罗莎过于溺爱自己的儿子,给他大量的金钱和礼物供他挥霍和玩弄女人:她其

实并不希望看到儿子成婚。莱昂纳多冷漠地与社会地位相当的年轻白人女性伊莎贝尔·依林切达订婚，却仍然与塞西丽娅保持着热切的关系。同时爱上塞西丽娅的还有穆拉托人何塞·多罗拉·皮缅塔，他同时也是音乐家和裁缝。他了解塞西丽娅的种族出身，认为相较于莱昂纳多，自己与她更为相配。冲突在莱昂纳多和伊莎贝尔的婚礼上达到高潮，皮缅塔冲向新郎并把他杀死；而塞西丽娅已为莱昂纳多诞下一女，在医院中饱受精神折磨。 42

比利亚维尔德细致生动地展现了古巴社会的各个阶层：从白人、贵族精英到哈瓦那和蔗糖工坊里的奴隶。这些是《塞西丽娅·巴尔德斯》的故事背景。在古巴首都，书里描绘的所有细节都有迹可循：有富人的豪华舞会、新兴"有色中产阶级"的舞会（奴隶是无法进入的），还有贫民窟内的场景（非法和暴力行为中包含犯罪）。作者对社会各阶层人物的讽刺性刻画，成为整部小说最独特的闪光点之一。同时，比利亚维尔德在细腻而真实的政治环境中表现出所有人物之间的冲突。西班牙殖民者之间的冲突显而易见，而殖民者和当地渴望独立的克里奥尔人之间的冲突实为更甚。堂·坎迪多与在古巴出生的儿子莱昂纳多之间的关系，极为戏剧化地展现了白人精英阶层之间的政治斗争。

奴隶制的蔓延加速了政治危机的到来。堂·坎迪多直接从非洲贩运奴隶，置西班牙和英国间的贩奴禁令于不顾。在古巴，奴隶制是合法的，并且是蔗糖业发展不可或缺的支柱。很多古巴知识分子、艺术家和作家都极力反对奴隶制，同时主张国家独立。这一一触即发的冲突可以说是《塞西丽娅·巴尔德斯》的核心。情色冲突、社会冲突与政治冲突相互勾连，使这部作品成为19世纪现实主义的不朽之作。

19世纪也不乏其他一些经典又传统的拉丁美洲小说，比如阿根廷作家何塞·马莫尔（1817—1871）的《阿玛利亚》（1851—1855）和哥伦比亚作家霍尔赫·伊萨克斯（1837—1895）的《玛利亚》（1867）。这些作品与《塞西丽娅·巴尔德斯》相比，仍稍显逊色，但也是经得起时间考验的佳作。秘鲁作
43 家科洛林达·马托·德·图内尔（1854—1909）的《没有窝的鸟》（1889）是一部立意深刻的作品（与《塞西丽娅·巴尔德斯》的主题相似），开启了现代文学和意识形态的风潮。伊萨克斯的《玛利亚》乍看之下似乎是将法国作家夏多布里昂的《阿拉达》放入了美洲现实的框架之中。在小说中，埃弗拉因常给他的心上人玛利亚朗读《阿拉达》中的字句，书中的情节常常正是他们两人正在经历的。《玛利亚》中，恋人间的对白过分强烈和夸张，尤其是男主人公埃弗拉因的语言，放在现代的语境下稍显别扭。马托·德·图内尔的《没有窝的鸟》讲述了曼努埃尔和玛格丽塔坠入情网，却发现彼此是同父异母的兄妹的故事——他们是被同一个主教蹂躏的两个印第安女人的子女。

另一位秘鲁作家里卡多·帕尔玛（1872—1910）成功扭曲了秘鲁的现实，是19世纪拉丁美洲最重要的文化名人之一。他的主要成就在于创作了《秘鲁传说》，自此开创了一个全新的文学流派。《秘鲁传说》中的作品大多短小精悍，略带讽刺，讲述了殖民时期秘鲁的故事。秘鲁曾长时间被西班牙殖民（首都利马曾经是人口最密集、城市最繁荣的总督区首都城市之一，与墨西哥城的发达程度相当），因此历史和逸事颇为丰富。帕尔玛找到了自己的写作方向，创造出一种具有超高辨识度的情节、

人物和故事相融合的创作模式，讲述了“有色人种”的传奇小故事。

帕尔玛对风格和结构的关注，使他对于拉丁美洲短篇小说的发展作出了重要贡献；同时，作品中的怪诞元素又为魔幻现实主义的萌芽打下了基础。这些传说文字最初在报刊上发表，随后在1872至1891年间结集成卷。其中一卷含有情色意味，直接取名为《青酱里的传说》①。尽管对过去的回忆充满浪漫主义色彩，作品依然侧重于刻画那个缺乏典型社会冲突的殖民时期。通过帕尔玛笔下的微观图景，西班牙统治下的秘鲁成了一个充满传说和传奇故事的奇妙世界。帕尔玛创作这部作品时，秘鲁已获独立，帕尔玛在渴望拥有属于自己的光辉历史的秘鲁中产阶级中找到了自己的读者。与萨米恩托、米特雷和之后的很多拉丁美洲作家一样，帕尔玛除了是小说家外还身兼数职：他同时是参议员、记者、编剧和历史文卷的编撰者。他还是秘鲁国家图书馆的创始人和第一任馆长。 44

另两位散文家何塞·马蒂与乌拉圭的何塞·恩里克·罗多在拉丁美洲同欧洲关系的问题上持鲜明的对立立场，携手为现代拉丁美洲文学的奠基时期画下了句号。两人同时对拉丁美洲的思想和文学产生了深远影响。他们尽管差异很大，却也不乏共通之处：相较于对立，他们的观点更能互补互济。

首先，两人同属西语美洲现代主义文学运动的阵营。马蒂是诗歌运动的领军人物之一，罗多可以说是散文创作的集大成者。其次，他们都继承了玻利瓦尔的“拉丁美洲大一统”理念，

① 青色在西班牙语语境中含有淫秽、下流之意。

主张超越本国国界，将目光投向整个拉丁美洲。在论述中，他们都看到了美国在世界政治和文化层面彰显的强大影响力。马蒂曾在纽约生活15年，对美国的思想和文学了然于心。罗多在美西战争的余波中坚持创作，马蒂则在战争结束后支持古巴独立，直至献出自己的生命。对于玻利瓦尔来说，美国是拉丁美洲脱离宗主国的榜样；到了马蒂和罗多的创作年代，美国已经一跃成为首屈一指的大国，其强大的工业实力和科技发展水平，从轻易打败西班牙的事实中即可见一斑。此外，马蒂和罗多都保持着与萨米恩托的通信，而萨米恩托也一直秉持美国在很多领域值得拉丁美洲学习的观点。

在演讲口才方面，马蒂几乎无人能敌。他最为人知的一些
45 文章，最初是在古巴十年战争①中面向身处美国的古巴工人和老兵做的演说。他的演说掷地有声，旨在鼓励所有人共同去战斗。但他喜爱通过原创的比喻来阐释问题，展现出诗人的天赋。马蒂最著名的诗歌便来源于这些格言式的演说；从其格言中摘取的精华语句，常被人们用于教育和游说。

马蒂生前发表的报刊纪事与散文，是他最伟大的文学成就。这些文字与风俗主义有着异曲同工之处，他将这一风格带到所有他曾经停留的国家（美国、墨西哥、危地马拉、委内瑞拉）。这些文字结合了报道、场景和散文的创作手法：通过强有力的想象、诗意的视角和动人的比喻，马蒂将文字推向极致。他无意站在亲历者的角度书写，而是常常利用通过电报或美国报纸获取的新闻进行再创作。

---

① 古巴人民反对西班牙殖民统治的战争，亦是古巴三十年解放战争的初期阶段。

这些报刊纪事很受读者欢迎，因为作者在美国介绍了如日方升的美国，美国成为大国的事实在拉丁美洲人民心中激荡起敬畏、敬仰、畏惧，以及某些不满的情绪。此时，马蒂就身处这个发展进程与地理面积都远超欧洲的国家。马蒂以一个拉丁美洲人的视角，带着一种既钦佩又批判的态度，分析了美国社会、工业和政治的发展特色。马蒂游离于这些事件，但又没有完全置身事外，因为他居住在美国，这给了他极大的机会和自由，使他得以解放自我。对于求知若渴的大众来说，马蒂作品的魅力简直无法抵挡，而其作品出版的数量之多也证实了他在拉丁美洲报刊编辑心中无可撼动的地位。

在马蒂的笔下，拉丁美洲被描摹得淋漓尽致；他对拉丁美洲
各国的发展史和曾经陷入的政治陷阱了如指掌。他抨击最多的 46
对象，是那群对贫苦大众（尤其是印第安族群）的困难视若无睹的统治精英，而这种社会风气在墨西哥和中美洲国家普遍存在。他同时对军国主义的抬头持警惕态度——军人统治阶级及其后代在古巴独立战争及其后大肆攫取权力。马蒂担忧十年战争时期的领袖会回归军国主义，其时他正试图组织这些人在古巴掀起新一轮独立战争。

实际上，当时军国主义已使这些人之间产生嫌隙，但它却贯穿了独立运动的始终。在马蒂对古巴未来的担忧中，军国主义是首要的危险因素——事实上，古巴独立后，军国主义依然是噩梦般的存在。尽管如此，马蒂对拉丁美洲的未来仍然抱有希望和信心，认为只要遵循自己的特色，依托新世界丰富多样的自然资源，古巴的美好未来指日可待。

马蒂以此构想为基础的、最脍炙人口的散文有一个贴切的

标题——《我们的美洲》，它于1891年在墨西哥报刊上首次发表。这篇散文振聋发聩、鼓舞人心，呼吁拉丁美洲人民勇敢了解和治理拉丁美洲，同时驳斥了萨米恩托的亲欧言论，但认可其在《法昆多》中所支持和实践的对拉丁美洲现实的深入了解。马蒂所阐述的理念与卢梭的截然相反，他认为："不存在文明与野蛮的较量，只有虚假学识与自然的交锋。蒙昧者本无过错，他们接受和尊重高级智慧，只要后者不以此来伤害他们。"

马蒂的民族主义请愿在拉丁美洲吸引了众多追随者——毫无疑问，他在战场英勇牺牲的事迹使他备受推崇，更为有志的革命者树立了崇高的榜样。他的言论在很多方面不乏自相
47 矛盾之处，实际上是玻利瓦尔（甚至萨米恩托）曾经提出的构想的综合；乍看与罗多几年后提出的想法相悖，本质上却殊途同归。

罗多的作品《爱丽儿》（1900）是拉丁美洲散文史上影响力最为深远的作品。"爱丽儿"是莎士比亚戏剧《暴风雨》中一个善良温顺的精灵的名字，她的塑像摆放在老教授普罗斯佩罗（同样是《暴风雨》中的人物）最后一日给学生授课的房间里，使房间增色不少。整部作品是对附着于美国物质和工业发展的实证主义、实用主义和机械论的批判——在刚刚于1898年结束的美西战争中，美国轻易战胜了昔日王者西班牙，这警醒了罗多。相较于帝国主义政策，美国颇具影响力的物质主义文化更令他忧心，该文化正受到整个拉丁美洲的崇拜和效仿。

与萨米恩托不同，罗多对美式生活持尖刻批判的态度。罗多的拉丁美洲主义与马蒂所秉持的也多有不同，他主张依托拉丁美洲特有的自然景观与人种结构，聚焦于欧式，尤其是拉丁

（即源自罗马的）文化。在他的畅想中，这是一种精神上的、艺术性的、理想主义层面的、与美国日益膨胀的物质主义和商业主义截然相反的文化。在罗多看来，这种文化更为高级，比来自北方的文化更值得被大力推广和效仿。实际上，拉丁美洲精神向来根植于其文化基因，被挫败、憎恨，甚至嫉妒等情绪所推动，罗多的倡导激起了极大的共鸣。

作品《爱丽儿》所展现的美国图景，是一幅歪曲变形的讽刺画。美国文化高度重视艺术的价值，这不仅体现在文学界的繁荣（如文豪惠特曼和爱伦·坡以及思想家爱默生），也体现在日常生活之中。我们只需想想19世纪末修建的、令人叹为观止的、48
贯穿美国全境的城市火车站，它们将建筑之美与现代科技相结合，仿若一座座现代教堂。但是罗多需要引用美国的例子来强调自己的观点。他坚定地站在反实证主义哲学一方，这是一场观念而非意识形态层面的论战。与马蒂不同，罗多并没有在美国生活的经历，他居住的区域也不曾领略美国强大军事力量的威胁。尽管如此，他的亲欧价值观在读者中大获成功。他的书在拉丁美洲极为畅销，各地甚至还成立了“爱丽儿俱乐部”来讨论和研究他的作品。罗多最为仰慕达里奥，他成了达里奥之后拉丁美洲最富声望的作家。

罗多是一位卓越的散文家。与马蒂不同，他冷静、节制，擅用韵律和修辞。罗多有时通过故事创作来佐证自己的观点。在《爱丽儿》中，为了描绘精灵的生活，他想象了一座精美的城堡，城堡中有一位与世隔绝的年迈国王。这是一则环环相扣的精美寓言，描述了老教授在虚构的教室中发表他的告别演说。文中不乏晦涩的修辞，它们被用于描绘观点被印入听者灵魂的过程，其中暗藏了一些暴力画面，如敲击硬币在其上印上人像。罗多的行文是纯文学的。在顽固却徒劳地追寻完美表达的过程中，概念和画面相互碰撞。教授普罗斯佩罗的话语中透露出一丝不易察觉的自我冲突，这一冲突也体现在爱丽儿雕塑的重量与其象征意义（灵性和轻盈感）的矛盾之中。在这种深刻的架构之下，《爱丽儿》揭示了现代拉丁美洲作品的某种潜意识，也印证了玻利瓦尔所说的话：即使“在最特殊和复杂的情境下”，拉丁美
49 洲人寻找答案和出路的脚步也永远不会停下。

第四章

诗的步履：从西语美洲现代主义到现代主义

西语美洲现代主义已步入尾声，此时拉丁美洲诗人所面临的最大挑战是如何摆脱达里奥的影子。从深层次上来说，这几乎是不可能的。达里奥为西班牙语诗歌创作创立了一个诗学的立场、一种表达和一种语言风格，并流传至今。新时代的诗人必须想尽办法从他的范式里走出来，但这绝非易事。得益于报纸和刊物的大量刊登和转载，达里奥的诗流传甚广，西班牙语诗歌，甚至流行歌曲，无不深受其影响。怀抱雄心的新时代诗人在追寻原创和新颖的道路上，需要找到全新的方式来表达自己。终于在20世纪20年代，先锋派运动（在英语世界中被称为“现代主义运动”）提供了一种全新的诗学理念，它丢弃了传统的韵律结构，催生了现今我们依然在阅读的、更为繁复的诗歌创作形式。

达里奥——尤其在其诗歌创作后期（如《生命与希望之歌》）——试图将象征主义的创新手法引入西班牙语诗歌，只是这一构想在大西洋的两端都未能实现。这主要说明，诗歌不仅是浪漫主义所倡导的对个体情感的表达和对自然的反映，而且不局限于帕尔纳斯派[1]所主张的“精致语句的堆砌”，而是两者的结合。写诗是为了找寻“美”，这种美是诗歌语言的深层表达，讲求真实和对极致的追求。即便是19世纪伊比利亚半岛最杰出的诗人（如古斯塔沃·阿道夫·贝克尔[2]）也不曾达到这样的高度；而与达里奥同时代的拉丁美洲作家中，也只有马蒂、席尔瓦和卡萨尔偶尔达到过这样的高度。

颓废的生活方式和对诗学的绝对虔诚，是这一追求的一个额外却重要的部分，颇具浪漫主义遗风。然而，全身心地探寻诗歌语言中真与美的终极融合，摒弃多愁善感的基调和口语的使用，这只能与同时代印象派油画运动相媲美。一批年轻的拉丁美洲诗人承袭了达里奥的衣钵，在大陆颇有名望，并和达里奥一样开始被西班牙承认——西班牙的诗歌界在达里奥去世后发生了天翻地覆的变化。

这批诗人秉承了象征主义，象征主义是持续至今的现代诗歌实践的自发主张。象征主义发源于法国，主张打破法语中过于严格的韵律限制，最初强制使用亚历山大体，讲求规定的韵律和节奏模式。西班牙语（英语中早已摒弃传统韵律）诗歌的情况有所不同，出现了丰富多样的韵律和押韵方式。然而，从学院到因循守旧的民间，诗学语言逐渐固化，产生了大量的陈词滥调。达里奥的应对方式是运用一系列诗节、韵律和韵脚的组合，甚至独创韵律。

---

① 19世纪后三十年流行于法国的诗歌运动，推崇“为艺术而艺术”，拒绝进行意识形态方面的思考，十分讲究形式的完美。

② 被誉为“西班牙最后一位浪漫主义诗人”，代表作为《诗韵集》。

在韵律方面，象征主义诗人极力避免墨守成规。他们只遵循一条原则：诗人内心的情感体察。诗人根据自身情感的表达需要，判定诗歌的断行及每行长短；诗句末尾也无须押韵，至多只是谐韵。即便依然保有统一的韵脚，它们的存在也只是为了烘托母题，或出现在诗中随处可见的随性诗句的末尾以示分 51
隔。这在法国作家魏尔伦身上表现得尤为明显，他主张诗歌的音乐节奏是最重要的。另一位象征主义代表诗人是法国作家马拉美，以他为首的诗人群体认为，大千世界只是形象与符号的集合。至于象征的对象，最重要的是决定事物外部形象的深层机理。转瞬即逝的细微之处被用于表达自然、存在和自我最隐秘的法则。事物的表象处于永恒的变化之中，在对变化缘由无尽的探求中，主体似乎消解了。整个自然是一幅不断流动的画面，是永恒法则不确定的、隐秘的象征。

在更复杂的情形下，这个高度抽象化的世界也可以诠释诗人的情感（参照魏尔伦）或观点（参照马拉美）。这一创作思想，达里奥承袭自法国，而他的追随者承袭于他，也像他一样，直接从法国学习。从这个意义上说，达里奥为一切试图超越他的诗人和20世纪拉丁美洲诗歌的平衡奠定了基调。

阿玛多・内尔沃和恩里克・冈萨雷斯・马丁内斯这两位墨西哥作家是达里奥晚期及其后重要的诗人。内尔沃（1870—1919）生前深受读者的喜爱和敬重，至今作品仍广泛收录于各类拉丁美洲诗选，以他为研究对象的学术项目亦是数不胜数。他信奉神秘主义，沉迷于上帝，痴迷东方宗教，也阅读尼采。内尔沃自称满足于自己的命运和自己所处的世界："哭泣？为何？"一封给"那个面色苍白的苦行者"肯培斯的信为世人记诵。肯培斯的代表作《定格的爱人》最为人称颂，在诗中，诗人对已逝的爱人倾吐真心，绝望之余依然保有对生活的热情。内尔沃的诗作无关政治，惯以隐晦的笔调描摹情色主题。他的诗歌简洁平淡，摒弃了西语美洲现代主义惯用的“音乐化”写法。他宣称，在心上人的启发下，“我的诗歌找到了一种只
52 可意会的节奏”。内尔沃在诗作中体现出的平稳及悲凉、对上帝的寻求和通过爱而实现的自我满足，给他带来大批忠实读者，声名一度可与达里奥比肩。他是墨西哥第一位杰出的现代诗人。

墨西哥诗人恩里克·冈萨雷斯·马丁内斯（1871—1952）或许更为出色。他为人熟知的是一首反达里奥的诗作（虽然他的创作本意并非如此），其中最著名的诗句是:“扭断那长着骗人羽毛的天鹅的脖子。”众所周知，天鹅是达里奥诗歌的核心意象，它们美丽，而且脖子形似一枚弯弯的问号。这句诗，以及冈萨雷斯·马丁内斯对猫头鹰（理性和智慧的象征）的偏爱，使他成为终结达里奥时代的重要人物，他的诗作也因此成为西语美洲现代主义走向终点的标志。但实际上，冈萨雷斯·马丁内斯非常仰慕这位尼加拉瓜诗人，尤其喜爱他后期的作品。冈萨雷斯·马丁内斯也遵循了法国象征主义的主题。他从未放弃对深奥的终极问题的严肃探索。正如他自己所言，他的眼睛和他的瞳仁在深夜凝视着夜幕。一首诗中，他遇见一个起死回生的幽灵，后者竟找不到恰当的问题来问他。收录在诗集《隐藏的小径》（1915）里的另一首诗中，一个人物名为“罗梅罗”——词源上意为“一名去往罗马的朝圣者”，作者意欲借此点明诗作探求真理的核心主题。他的诗歌富有音乐性，喜押头韵（如“你的瞳

仁里藏着问号”[①]），包含极富原创性的比喻，如“在水晶般的灵魂深处”等。

同墨西哥一样，在阿根廷、乌拉圭、巴拉圭等南锥体国家[②]，西语美洲现代主义也似狂风般席卷文坛，尤其是在发达的大都市布宜诺斯艾利斯，达里奥曾于1893年来到那里并蜚声遐迩。很多作家都是这位尼加拉瓜大诗人的追随者，但其中最成功的，要数阿根廷人莱奥波尔多·卢戈内斯（1874—1938）。他在阿根廷文坛独领风骚三十余年，后被任命为教育总督察，最终位至国家图书馆馆长。卢戈内斯拥有精湛高超的叙事技巧、精巧细腻的表达、广泛卓越的资源，在散文和小说两种体裁上均颇有建树。身为散文作家，他在演讲合集《行吟诗人》（1916）中将《马丁·菲耶罗》认定为展现阿根廷民族身份的史诗作品，引发了一场广泛而持久的讨论。参政的经历使他逐渐成为一个狂热的国家主义者，支持军政府的独裁专制统治。

因此卢戈内斯颇受时人诟病，但他的文学成就极高，后世重要作家如豪尔赫·路易斯·博尔赫斯尊他为阿根廷文坛的代表性人物；同时，他在拉丁美洲诗歌史中也占据了重要地位。或许是恼于自己的政治选择，或许是经历了一段与一位年轻女性的不完满的恋爱关系，卢戈内斯在1938年服毒自尽。

卢戈内斯的第一本诗集《金色山峰》（1897）使他远离了西语美洲现代主义，他进一步推进了达里奥及其追随者的某些创新手法。下一部作品《花园的黄昏》（1905）体现出他对帕尔纳斯派创作理念的完善和对连续意象的象征主义偏好；一些意象

① 原文为“Your pupils pregnant with problems”。

② 指南回归线以南的拉丁美洲国家，因在地图上呈现出一个倒置的锥体而得名。

清新得令人称奇，如“墙上的吊衣钩上/是钉在十字架上的燕尾服”。下面这段节选自一首感人至深的诗作《单身汉》：

燕子，
穿过粉色的云朵，追逐
看不见的蝴蝶，
勾勒出谜一样的字母
像在书写离别。

我们能从中看到达里奥的影子（粉色的云朵、燕子和蝴蝶），但诗人笔锋一转，让燕子在天空书写，而书写的内容是离别——这太有新意了；这种转喻无疑超越了西语美洲现代主义
54 的修辞范式。这个意象的核心在于被追逐的蝴蝶是看不见的，这就使得燕子的飞行自由而随机，且饱含诗意（尤其是当它们书写时）；而“书写离别”则给全诗蒙上了一层淡淡的忧郁。卢戈内斯的精致优雅可见一斑。

不过，卢戈内斯最著名的作品还要数《感伤的月历》（1909）。诗人不仅吸收了传统象征主义的精髓，还承袭了法国象征主义诗人于勒·拉福格的风格，在作品中引入讽刺元素，这使得他的作品超越了西语美洲现代主义，跨入了先锋派或现代主义的阵营。讽刺的意味在作品标题中就有所体现：卢戈内斯选取了浪漫主义诗歌的常见意象（散发忧郁气息的月亮）和西语美洲现代主义诗歌的常见意象（勾勒出美丽物体形状的银色光芒），并且将月亮仅仅描绘为记录时间的工具。这是一轮通晓潮汐和其他自然轮回现象的月亮，日复一日、毫无新意地升起和落下。“月历”

在西班牙语中并不是一个优雅的词，甚至有点粗俗。卢戈内斯试图将日常用语引入诗作，这一创举并不符合西语美洲现代主义的审美需求，直到先锋派盛行时期才大为流行。标题中加入“感伤”一词，平添了讽刺的意味，因为这无疑给一个普通的计时物件注入了过多的情感。“感伤”一词也使作品标题蒙上了某种媚俗的味道。卢戈内斯的智慧和幽默是普通读者不易察觉的，也是西语美洲现代主义诗歌集体缺失的。他与众不同的创作方式在整个西班牙语世界广为人知，并最终使他成为西班牙语诗坛的权威代表。

与卢戈内斯几乎同时代的另一位乌拉圭诗人胡里奥·埃雷拉·伊·赖西格（1875—1910）来自附近的蒙得维的亚，后者的命运轨迹与前者的截然不同。他一生不曾远行，所到最远之处就是普拉塔河对岸的布宜诺斯艾利斯。尽管在他短暂的一生中，身边有一小群朋友和仰慕者，但在去世后他的名声才广为人知。他出生在一个显赫却败落的家庭，他在父母屋子的顶部建了一方塔楼，那里是他的书房和举办文学沙龙的地方；而在屋子之下，就是蒙得维的亚一所臭名昭著的妓院。这一奇妙的创作空间成为他最负盛名的诗集《斯芬克斯之塔》（1909）的标题来源。 55

埃雷拉·伊·赖西格自幼罹患心脏疾病，常年注射吗啡，是一个离群索居的嗜书者。他疯狂地阅读朋友从巴黎捎来的法国象征主义文学，同时也学习拉丁和希腊文学，因此他对神话典故的运用（尽管有西语美洲现代主义的印记）均取材于原始资料；而田园诗也均有据可考——在引言中有所提及。埃雷拉·伊·赖西格的诗集《石头朝圣者》于1910年在蒙得维的亚出版。之后1913年在巴黎出版的版本中加入了委内瑞拉作家卢菲诺·布兰科·丰博纳所作的精彩序言，这一版本在拉丁美洲广泛流传，并使埃雷拉·伊·赖西格蜚声拉丁美洲。

相较于卢戈内斯，埃雷拉·伊·赖西格将西语美洲现代主义向前更推进了一步；同时，他那富有多重隐喻的大胆创作预示了即将到来的达达主义和超现实主义。此外，他通过怪诞荒谬的人物形象来展现自己的潜意识，并融入了诸多神秘主义元素。由于他需要注射药物，一些评论家将作品中病态的、可怖的写作风格归因于药物的影响，此举或许过于浅薄。即便如此，作品中那种无拘无束的特质将他与达里奥（甚至卢戈内斯）截然区分开来。随后登场的先锋派诗人在埃雷拉·伊·赖西格身上嗅出了同类的味道：他已早早到达先锋派作家想要到达的高处。

达里奥在埃雷拉·伊·赖西格的创作时期仍在积极写作，但此时，由他开启的西语美洲现代主义早已抛下他远去。随后出现的一个杰出诗人群体由四名女性组成，其风格介于西语美洲现代主义与先锋派之间，她们全都来自南美洲（其中三位来自南锥体国家）。女性崭露头角已非新事。古巴女作家赫特鲁迪斯·戈麦斯·德·阿韦亚内达就是19世纪拉丁美洲最杰出
56 的诗人之一；在现代主义女诗人阵营中，同样来自古巴的胡安娜·博莱罗（1877—1896）亦是当之无愧的佼佼者。女诗人的大放异彩从侧面印证了，随着西语美洲现代主义的到来和达里奥的大受欢迎，诗歌这一体裁在拉丁美洲已牢牢生根。女诗人加夫列拉·米斯特拉尔被授予诺贝尔文学奖，这意味着独立于西班牙文学的拉丁美洲文学开始在西方世界受到认可。

更为重要的一点是，这批女诗人为诗坛注入了新的角度和主题。爱与欲望开始以女性的视角得到阐释，出现不同的象征，受到不同的约束；同时，女诗人开始从全新的角度讨论死亡。外表的美及其衰败也成为诗歌的新主题之一。母亲身份与舐犊之爱同样进入诗歌题材，部分采用了摇篮曲的形式。对于男性特权的不满和抱怨情绪开始出现，给诗歌增添了某些政治意味，这是其时的诗歌在很大程度上缺乏的，也为20世纪20年代即将到来的新写作奠定了基础。这些女诗人始终严肃、坚定地追寻着某些终极问题的答案。

达里奥曾在布宜诺斯艾利斯与乌拉圭作家德尔米拉·阿古斯蒂尼（1886—1914）会面，叹服于她迷人的气质、姣好的容貌，也为她的诗作深深着迷。他为她的《空杯》（1913）作序，并以确凿的口吻写道，自圣特蕾莎之后，西班牙语诗歌界再无第二人似德尔米拉这般，拥有强烈的语言。德尔米拉也为这个了不起的男人深深着迷，她本人亦是达里奥的忠实读者。她早熟且热情，诗中出现了当时最露骨的色情描写，这给她带来了一些不幸。在当时，还没有任何一个西语美洲现代主义诗人——除了哥伦比亚同性恋诗人波费里奥·巴尔瓦·雅各布（本名米格尔·安赫尔·奥索里奥，1880—1942）——敢于公开发表如此大胆的情色诗作。在德尔米拉出生和成长的蒙得维的亚，她的诗歌震惊了整个上流社会。

德尔米拉与埃雷拉·伊·赖西格及其创作圈相交甚笃，有机会同他们一起学习和模仿法国最前沿的文学作品。从象征主义作家身上，她学会了使用自由格律，自此她的诗作中充满了令人吃惊和愉悦的节奏，与诗歌主题美妙融合。诗句伴随着激情而生，激情不仅通过意象和修辞手段，还通过韵律来表达。阿古斯蒂尼的情色诗作绝不粗野，反而彰显出她对语言的精当拿捏。但在她的一生中，她经历了混乱的情感关系：结婚仅一个月就与丈夫离婚，但随后又与前夫保持情人关系。在一次秘密会面中，她被前夫枪击身亡，后者随即也结束了自己的生命。

另一位乌拉圭诗人胡安娜·德·伊瓦若（本名胡安妮塔·费尔南德斯·莫拉雷斯，1895—1979）活了很长时间，一生广受赞誉，被誉为“美洲的胡安娜”。她的写作同样充满对欲望的探求，她对自己的肉体、美貌、悸动的渴望和青春的易逝了然于心。她的诗作展现出一种异教式的、令人愉悦的性爱观，不为犹太教与基督教的罪恶观所牵绊，而且包括了泛神论所热烈讨论的自然。在西语美洲现代主义诗歌中她的作品独树一帜，为了自身或欢愉升华了人体之美。她对于肉体愉悦的探求延伸至死后的世界，她认为，死后的躯体依然拥有渴求，会再一次站立。因此，在一首诗中，她要求她的爱人将死后的她埋入一口浅浅的墓穴中，这样她的肉身可以感受生者的脉搏，并得到重生。和阿古斯蒂尼一样，在情色描写方面她毫不避讳：“现在就要我吧，趁还早/趁我手中还有新鲜的大丽花。”晚年的伊瓦若悲伤地凝视着自己苍老的躯体，称自己已经是一个“鬼影”，“在已经枯萎的花瓣中心”感受不到任何情绪。她的名望超越了南锥体，并持续了大半生（尽管晚年逐渐被遗忘）。但她的诗作在拉丁美洲文学史上拥有不可撼动的地位。

阿根廷女诗人阿方斯娜·斯托尔妮（1892—1938）对爱情饱含热望，对男权社会中女性的从属地位感到不安。她的早期创作展现了这些矛盾的情感，并最终将她引向自杀。早年间，她的创作大获成功，成为第一个闯进被男作家垄断的布宜诺斯艾利斯咖啡馆文学圈的女诗人。她的诗和她本人一样，直面情感，敢于创新。她常常表现出对异教式肉欲之爱的索求，及对男性近乎嫌恶的鄙夷。在最知名的诗作中，她谈及自己的父亲和祖父从不哭泣，总是一副“铁人”形象，而当她恋人的眼泪滑入她的口中时，她体验到从未品尝过的苦涩。她是个“柔弱的女性”，但她能够通过咸涩的眼泪悟出“口中的泪仿佛蕴含几个世纪的痛苦”，能够真切地体悟这种情感，而绝非出于同情。她对声名视若无睹，在短暂生命的尽头抛弃了曾为她带来声名的那类诗歌，开始创作一些饱含忧虑的诗句，其中一首卓越的十四行诗《我即将睡去》暗藏了诗人即将赴死的决心。1938年10月，她投海自尽。

据说，智利女诗人加夫列拉·米斯特拉尔（本名卢西娜·戈多伊·阿尔卡雅加，1889—1957）的笔名来源于她最钟爱的两位作家：加布里埃尔·邓南遮[①]和弗雷德里克·米斯特拉尔[②]。也有不同的说法认为“米斯特拉尔”得名于法国地中海地区的密史特拉风[③]。米斯特拉尔出生于省会比库尼亚城一个拥有巴斯克和印第安血统的贫困家庭。她十五岁便自学成才，成为一名教师。教育是她的诗歌中反映出的重要部分，她为墨西哥和智利的教学系统作出重大贡献而享誉世界的同时，也在整个拉丁美洲拥有了大批读者。她曾任智利驻那不勒斯、马德里和里斯本领事，生命中的最后几年居于美国。米斯特拉尔坚持为处于贫困和战

① 意大利诗人、记者、小说家、戏剧家和冒险者，主要作品有《玫瑰三部曲》。

② 法国诗人，主要作品有诗作《黄金岛》、《普罗旺斯》、《米洛依》等。

③ 法国南部干燥寒冷的北风或西北风。

争中的儿童发声，创作了脍炙人口的摇篮曲，在西语美洲世界的
母亲间广为吟唱。身负诗人和外交使者的身份，她于1945年荣
59 膺诺贝尔文学奖。

米斯特拉尔的个人经历造就了她的成功，也有助于理解她的作品。她的第一个恋人举枪自尽，这成为诗人后半生的创伤根源。诗人因此写下首部诗集《死的十四行诗》(1914)，获得地区文学大奖，在智利一炮而红。另一本诗集《绝望》于1922年在美国出版了西班牙语版本，为她赢得国际声名。1924年，以孩童成长为主题的诗集《柔情》出版；1938年，女诗人将主题延伸至母亲身份，于布宜诺斯艾利斯出版诗集《塔拉》。这些都是她的代表作。其时，米斯特拉尔已成为西班牙语诗歌创作界最具代表性的人物，成了像达里奥那样的著名巡回诗人；此后，这一角色将由巴勃罗·聂鲁达和奥克塔维奥·帕斯扮演。

初恋男友的自杀使米斯特拉尔认为，基督教的创世是中断的。她是一名基督教徒，正是这种感受促使她在作品中加入了与上帝的对话。在一篇诗作中，她满怀柔情地追忆往昔，请求上帝原谅她死去恋人的自尽行为(自杀是一项不可饶恕的宗教罪过)，并为他祝福。在创作早期，米斯特拉尔的诗风严肃，但并不阴郁。在早期诗作中，她不仅与上帝对话，也与死去的恋人对话，告诉他她会走入他的坟墓，与他共同“做梦”。在另一些诗作中，她将他想象成需要照顾、宠爱和理解的孩童。米斯特拉尔将诗歌看作祈祷。她在一些诗歌中采用了《圣经》主题和人物，甚至将路德视作自己的化身。作品中展现的对孩童无限的爱，一方面来自她不能为人母的遗憾——她为了死去的恋人，决定终身不育；另一方面来自孩子可以减轻死亡带来的痛楚的想法。

她写给孩子和为孩子而写的诗篇，充满了柔情的母爱和博爱天下的世界主义精神。正如下面一节摇篮曲中所体现的： 60

上帝如父亲
缓缓摇宇宙。
黑暗中，我感到他的手
轻轻摇摇篮。

米斯特拉尔在诗中成功地将痛苦和希望用一种常人能够理解的方式来表达，不向悲伤让步，触及了诗意表达的最高境界。正因如此，她备受世界读者的尊敬与仰慕。

尽管米斯特拉尔直到20世纪50年代还在坚持写作，她的首部诗集发表于1914年，即第一次世界大战打响的那一年。这场战争将19世纪的荣光彻底终结。象征主义者所秉持的诗意的完整性（存在于诗性自我深处及其与以符号表达的表象世界的深层原因的关系中）被一场19世纪帝国列强间的战争粉碎；欧洲大陆遭受重创，西方世界所勾画的人类的美好未来化为泡影。

20世纪的预言者纷纷登上舞台：哲学界有尼采，心理学界有弗洛伊德，1906年爱因斯坦提出了相对论。这一切震撼了人们的心灵，动摇了人类对物质现实的认识。此前，印象主义早已动摇了人们对每日所见，甚至大气和光影变化的感觉和期待。新世纪伊始，新一批的艺术运动将带来全新的世界观，波德莱尔作品中歌颂的“交感世界”已不复存在。

拉丁美洲的诗人发现，自己再也无法从欧洲诗歌中轻易找到创作的基础，只能另辟蹊径。欧洲艺术家共同感受到了缺失 61

和对自由的向往，他们寻求在极端的先锋派派别（如达达主义、未来主义和超现实主义）中表达新自由。反映了这一情况的拉丁美洲先锋派诗歌最先由两位智利诗人领衔创作：巴勃罗·聂鲁达和维森特·维多夫罗。同时，在西班牙出现了一群顶级阵容的诗人，被称为“27年一代”，他们是费德里科·加西亚·洛尔迦、维森特·阿莱克桑德雷、豪尔赫·纪廉、拉法埃尔·阿尔维蒂、佩德罗·萨利纳斯和达马索·阿隆索。

与此同时，西班牙早一代诗人如胡安·拉蒙·希梅内斯（将于1956年获诺贝尔文学奖）和安东尼奥·马查多仍然活跃于文坛并有影响力。这些诗人的共同创作和新的拉丁美洲诗歌——远不止维多夫罗和聂鲁达，还包括塞萨尔·巴列霍、豪尔赫·路易斯·博尔赫斯、奥克塔维奥·帕斯、尼卡诺尔·帕拉和何塞·莱萨马·利马——谱写出了西班牙语诗歌史的“黄金时代”。

如果说，第一次世界大战是一场世界浩劫，那么另两场在西班牙语世界打响的灾难性战争——墨西哥革命（1911—1917）与西班牙内战（1936—1939）——则孕育出西班牙与拉丁美洲诗人间的共同理想和风格。尤其是后一场战争，如同一块巨大的磁铁，将西班牙语世界，甚至其他地域和语言的诗人吸引过来。这是20世纪文学的转折性时刻，对诗歌界而言尤甚；在马德里和巴塞罗那的街头，甚至在战场上，诗人因为共同的政治追求走到一起。在拉丁美洲，先后出现了聂鲁达、巴列霍、尼古拉斯·纪廉、帕斯和其他一些名头稍逊的诗人。西班牙内战使艺术和政治意义上的先锋派运动相互碰撞，迸发出耀眼的光芒，尽管短暂，却产生了旷日持久的影响。

先锋派诗歌紧跟洛特雷阿蒙和马拉美等先驱的脚步，将象征主义对自由的追求推向高潮。它不仅摒弃了格律、韵脚、诗 62 节的条条框框，而且跳出了语法、逻辑和写作原则上的诸多规则。这与立体主义、达达主义和超现实主义所强调的对现实主义绘画的颠覆、对空间和视角的不同理解、用颜色模仿自然界万物的尝试有着异曲同工之妙。诗歌的意义开始通过意象和比喻来表达，而在意象与意象之间、比喻与比喻之间并不存在明显的关联。修辞代表了自由关联或非常规性关联的心境，留待读者依据感知和心境加以整合。实际上，就多数共同标准而言，许多现代主义诗歌很深奥，普通读者很难读懂。诗中的断句和停顿显得随心所欲，有时通过非常规的排版方式制造出不寻常的视觉效果，犹如立体主义绘画中的线条。同样的思潮也发生在小说创作和其他的艺术形式如电影制作（蒙太奇手法的运用）中。到20世纪20年代，新登场的诗人只在一般和抽象意义上继承了达里奥；他们并不像埃雷拉·伊·赖西格或米斯特拉尔那样，从西语美洲现代主义起步。他们一出场，就是羽翼丰满的现代主义文学家。

塞萨尔·巴列霍（1892—1938）出生于秘鲁北部安第斯山区的小镇圣地亚哥德丘科。他的祖父和外祖父都是西班牙神父，祖母和外祖母分别是祖父和外祖父的印第安情妇。巴列霍常不无痛苦地宣称自己以印第安血统为傲，作品里也常常出现盖丘亚语。他在当地接受中学教育，两次进入大学，却由于经济原因从大学辍学。最终他完成了本科阶段的学习，于1915年在特鲁希略大学获得了哲学和文学学位。随后的岁月里，他在同一所大学研修法律。1918年，巴列霍出版了第一部诗集《黑人信使》，这给他带来了些许声誉，并由此获得在学校教书和为报社撰稿的工作。在利马，巴列霍加入了先锋派艺术家和知识分子团体，该团体在秘鲁的经济和社会形势每况愈下的当时，正向
63 政治团体转型。1923年，一段因政治事件而起的短暂的牢狱之灾后，巴列霍辗转去了巴黎，并在那里成为一名政治活跃分子，于1931年加入共产党。他被派往苏联，后来在饱受战争蹂躏的西班牙长时间从事政治工作。巴列霍此后一直没有回到祖国，但秘鲁一直在他心中。

《黑人信使》仍然具有西语美洲现代主义的文风，比起达里奥的诗作，与卢戈内斯的《感伤的月历》更为接近。这部作品的出版在拉丁美洲诗歌史上称得上是一个承上启下的转折点，是西语美洲现代主义向现代主义转向的开端。巴列霍摆脱了句法和韵律的桎梏，这让他的诗很难读。诗歌再也不是原来浅显易懂的文体，即使达里奥晚期最阴郁、深奥的诗作，也不似巴列霍的诗作这般令人费解。诗人的绝望通过碎裂的语法结构和惹人憎恶的人物角色来展现。它是非理性的，拒绝臣服于正统诗体。这里有达里奥创作早期的帕尔纳斯派传统的痕迹（达里奥几乎影响了所有拉丁美洲人的创作），然而《黑人信使》最具现代主义特征之处，在于描绘了一幅世界末日般死气沉沉的战后图景（诗集的标题即已彰显）。正如T. S. 艾略特在《荒原》中所描绘的，西方文明的核心似乎破灭了；艺术的责任是呈现这业已崩塌的世界，而不是用美丽的纱巾将其遮掩。《黑人信使》的头几行，已成为西班牙语文学中描绘忧郁基调的典范之笔：

生命中有如此猛烈的打击……我不知道缘由！

这些打击仿佛来自上帝的憎恨；仿佛在它们面前，
一切苦难经历的深水
都从灵魂里涌起……我不知道缘由！[1]

然而这几句中的悲恸既没扩散也不暧昧；每个读者都能从中读出自己的影子：失去兄弟，抑或失去恋人的哀伤。巴列霍诗歌中的绝望之美，在于它的亲密、热情和强烈，蕴含着被上帝和 64
所有无用的宗教仪式及祈祷背叛的痛苦。

《黑人信使》初步展现了巴列霍独树一帜的创作手法，而下一部作品《特里尔塞》（1922）则更加不同凡响，几乎可以说，当时没有任何一位诗人曾经出版过风格相似的佳作。它成为拉丁美洲先锋派诗歌的发轫之作，西语现代诗歌创作的标杆。诗集名《特里尔塞》本身就表明了诗集中的诗作是完全的独创：这是个生造词，它究竟代表什么含义，评论界一直争执不下。作者仿佛在宣称：他不仅在创造诗歌，而且在创造语言本身。事实上，他就是这么做的。《特里尔塞》在寻常的日常语言中加入了惊人的全新话语模式：句法和拼写被抛诸脑后，这使得诗歌的意义更加晦涩，甚至无从理解。这样的写作手法此前在西班牙语诗歌创作中从未出现过。《特里尔塞》实际上是巴列霍政治觉醒后的一种宣泄，之后他再未发表过其他诗集。他本人最好的作品收录于去世后出版的《人类的诗篇》，诗集名出自他的遗孀；这可能是现代西班牙语诗歌界最好的诗集，足以与洛尔迦、聂鲁达和帕斯的诗集相媲美。

① 译文引自《巴列霍诗选》，黄灿然译，华夏出版社，2007年。

《人类的诗篇》收录了巴列霍从20世纪20年代到去世前的诗作，包括在西班牙内战期间的创作。这些诗作从体例上看更接近散文，一种诗歌化的、情感强烈的、意象密集的散文。巴列霍似乎有意在此重塑诗歌，用日常语言描述见闻，尽力避开格律或在散文和散文化之后才考虑格律。诗作多围绕日常生活（包括他自己的生活）和寻常环境展开，穿插以磨难、时间、生存的乏味、邪恶及悲恸到来的猝不及防、世人不幸的普遍性等超验主题。我猜测，这就是诗集名的由来（尽管并非出自诗人本人），
65 它将人类与圣人、人间与天堂对比。诗集同时包含了一部巴列霍于1938年印刷但从未装订的、献给西班牙共和国前线战士的作品——《西班牙，我喝不下这杯苦酒》。

《西班牙，我喝不下这杯苦酒》包含了西班牙语中最具冲击力、最酸楚也最动人的政治诗篇。它甚至成为毕加索那幅著名的描绘战争的画作《格尔尼卡》的灵感来源。巴列霍的诗作与毕加索的画作共同描绘了一幅世界末日般的图景，是人类面对战争暴力的、超越了党派之争的疾声呐喊。作品富有预见性，尽管诗名源自《马太福音》（36：29），却兼有《启示录》的影子；通过逆向照应[①]层层递进以深化情感的表达，借由极富原创性的人物设定突显作品的意义。其中的部分诗篇可谓新时代的祈祷文，如《我们的父亲》。诗集反映了西班牙内战末期的历史时刻，当时共和派节节败退，巴列霍的诗歌也随着一场场的失败连篇成册，大量展现了战况和史实。肉身与兵器的较量，普通人在战争中的阵亡（尤其是平凡的乡下人，他们对战争的理解更为朴

① 下文的词回指上文的词。

实，赴死时异常坚忍）——这一切，没有人比巴列霍写得更动人。但是，巴列霍的野心不止于展现人类的冲突和苦痛。他的作品里普遍存在着一种有生命的物体与无生命的物体间的对立，交织成一个混沌却耀眼的旋涡。同拜伦一样，他甘愿为自己的浪漫主义精神献身。1938年4月15日，耶稣受难节那天，贫困的诗人在巴黎（对一位拉丁美洲诗人的受难而言，巴黎是座理想的城市）潦倒去世——在经历了多年的穷困、绝望、家庭及爱情的不顺、疲惫的政治激进主义活动之后。

另一位智利诗人维森特·维多夫罗（1893—1948）则幸运得多。他曾在巴黎生活多年。在文学成就上，他无法与巨人巴列霍比肩，但他最能体现出先锋派的创作精神。他的父姓加西亚和母姓费尔南德斯，在西班牙语中是稀松平常的姓氏；于是 66
他通过将字母拆散，再以不寻常的方式组合，给自己改换了一个独一无二的姓氏，展现出对文字游戏极大的热情。他对法国诗歌尤为着迷，甚至开始用法语创作，并在由皮埃尔·勒韦迪[1]创办的法国先锋派刊物《北方南方》上发表。维多夫罗擅于结交朋友，在帕尔纳斯派的先锋作家中，轻松结识了纪尧姆·阿波利奈尔[2]、巴勃罗·毕加索、胡安·格里斯[3]和格特鲁德·斯坦[4]。他宣称自己先于勒韦迪开启了特创论运动，把自己卷入了一场持续多年的论战。事实上，维多夫罗在艺术和政治领域颇有见地，曾竞选智利总统（后败选）。

维多夫罗对自己的诗作作出了理论化总结，有时以宣言的

---

① 20世纪初期法国著名诗人，超现实主义诗歌的先驱之一。

② 法国诗人、作家，西方现代派文学的先驱之一。

③ 西班牙画家、雕塑家，与毕加索、勃拉克同为立体主义风格运动的三大支柱。

④ 犹太人，美国小说家、诗人、剧作家、理论家和收藏家。

形式。他在《诗艺》一诗中写道：诗人是小小的神明，应当有能力从虚无中创造出一个能与我们的现实等量齐观的虚拟现实。他补充道：“你为何歌颂玫瑰，啊诗人！ /让它在诗中绽放。”他的这一“理论”实际上在先锋派作家中并不罕见，他们在诗歌中自由使用语言和其他诗意的元素，不理会传统或特定的意义；诗人作为“小小神明”的概念可以追溯到浪漫主义时期。然而维多夫罗在创作中极具独创性，写就了不少西语现代主义风格的不朽之作。

维多夫罗的《阿尔塔索尔》（1931）可谓拉丁美洲现代主义和20世纪诗歌创作的巅峰之作。维多夫罗称，这首诗大部分创作于1919年。片段曾零散发表于几本刊物，后全诗在马德里出版，随即引发轰动，毕加索还专门为诗人创作了肖像画。诗作全名为《阿尔塔索尔或乘降落伞旅行——七篇》（1919）。“阿尔塔索尔”（Altazor）实际上由两个词拼成：alto（意为高）和
67 azor（意为用于捕猎的苍鹰）。因此，“阿尔塔索尔”或可直译为“高鹰”。“阿尔塔索尔”指高空的捕猎，这也是全诗的核心艺术手法，灵感来源于希腊神话中的蜡翼人伊卡洛斯。《阿尔塔索尔》在很多方面与同时期乔伊斯笔下的《尤利西斯》（1922）有着异曲同工之妙，它无疑是一部充满野心的长篇诗作：第一版有111页。

蜡翼人伊卡洛斯乘伞状的降落伞旅行，这奠定了全诗幽默的基调，也给全诗增添了明嘲暗讽的色彩。坠落的想法及其所有的基督教内涵也让诗作有了一层寓言色彩，只是被讽刺手法冲淡了。诗作像是由主人公的自言自语构成，他与上帝、与读者对话，或是回答一位看不清面貌的对话者抛来的问题。时而诗

作又像是主人公对一系列极其严肃的话题发表的长篇独白。然而作者不断使用双关、重复、列举、逆向照应、断断续续的陈述和随机的词语，行文读来无比幽默。每一章节之间层层递进，尽管长短不一，语调也各不相同。越往后，语言越发被消解：全诗以一连串字母结束，或许是为了表示某种任意发出的声音。人类，据本诗所述，是一种“形而上的动物，极易为悲痛所累”。

从主题上来说，《阿尔塔索尔》有点像海德格尔《存在与时间》（1927）的诗歌版，尽管维多夫罗不太可能读过这位德国哲学家的著作。诗中的自我跌入了时间的河流，试图在一个确定感缺失的世界中寻找意义。当它似乎在飞翔时，它对存在感的诘问，是为了使自己摆脱苦痛的折磨；“苦痛”是一个在诗中反复出现的字眼。叙述者在虚空中，来自无限宇宙也来自浩瀚大海，但拥有清晰的历史坐标。他感叹基督教的没落，却没有什么能够取代它。欧洲掩埋了死去的一切（时值第一次世界大战落 68
幕），诗中反复提到新科技（如飞机），主人公所处的背景令人联想到未来主义。这些科学发明，尤其是天文学的进步，似乎即将带来一切问题的答案，但又似乎为时尚早。

《阿尔塔索尔》是一部结构颇为复杂的作品。它甚至并未从头到尾贯彻诗歌的行文体例，一些片段读上去就像散文诗。事实上，从传统意义上来看，诗歌最初是重复嘲讽的对象，是小提琴、中提琴、竖琴和钢琴之类的乐器的吟唱，从未完成指定的功能。本诗的叙述者阿尔塔索尔仿佛拥有过人的智识，了解万事万物的隐秘属性，这就使得全诗超越了一般诗歌的意义。他口中的处于质变中的世界，令人联想到奥维德笔下的世界。在那里，万事万物被不同寻常的原因扭转，由此呈现的新面貌由文字来表述，这样的文字是词（或被赋予新的含义的词）的组合。阿尔塔索尔知道，他已经深陷文字游戏中不能自拔，他像孩童摆弄玩具一般，努力将文字悉数打散再重新组合，从中体会到无比的乐趣。在一个很长的段落中，“磨粉机”一词与不同的形容词和介词重新结合，以展现机器转动和研磨的场景。在这里，作品与乔伊斯的《尤利西斯》的共通之处十分明显；此外，在主题上还与艾略特的《荒原》极为类似。

尽管维多夫罗在诗歌上取得了不俗的成就，而且交友广阔，但迅即被另一位智利诗人巴勃罗·聂鲁达（1904—1973）抢去了风头。后者可谓诗歌界的一座火山，是20世纪最杰出的诗人和政治人物之一。聂鲁达出生于智利南部小城特木科，本名内夫塔利·里卡多·雷耶斯·巴索阿尔托。为了不让父亲发现他的诗作，他改用巴勃罗·聂鲁达这个笔名：“巴勃罗”是为了纪念保尔·瓦雷里[1]，而“聂鲁达”则源于捷克小说家杨·聂鲁达[2]。
69 1921年，他搬往首都圣地亚哥学习法语，但将主要精力用于创作诗歌，过着一种波西米亚式的生活。1923年他出版了第一部作品《霞光之书》，书名*Crepusculario*为“crepuscular”（黄昏的）与“calendar”（月历）两词的组合，令人联想到卢戈内斯的作品《感伤的月历》。《二十首情诗和一支绝望的歌》于次年出版，风靡西班牙语世界——没有其他任何一部诗集，曾收获如此巨大的发行量。凭借文学上的成绩，聂鲁达获得了一个不太重要的外交职位——驻缅甸外交荣誉领事。这至少给了诗人一个走出国门

① 法国象征派诗人，法兰西学院院士，代表作有《旧诗稿》、《年轻的命运女神》、《幻美集》等。

② 捷克19世纪现实主义诗人、小说家，主要作品有诗集《墓地之花》、《宇宙之歌》等，小说《流浪汉》、《小城故事》等。

的机会，同时成为他长久外交生涯的起点。

随后，聂鲁达凭借在东方写就的诗作《大地上的居所》（1933）蜚声世界，作品中能看出英国诗歌（威廉·布莱克）、法国象征主义、超现实主义、小说家普鲁斯特及乔伊斯等人的影子。一些评论家认为，聂鲁达对西班牙语诗歌的革命性贡献不逊于鲁文·达里奥。1935年诗集再版（较第一版更为丰富），在拉丁美洲和西班牙均产生了深远影响。其中的诗句长短不一，基本为无韵诗，接连出现的比喻使它们艰涩难懂，但读来依然令人心潮澎湃。一些诗句明显带有诗人个人生活的印记，且含有情色意味；诗人通过写作讲述与世界、与自我的疏离，描摹自己如何绝望地追寻与他人、与自然的联系：“我忽然厌倦为人。”

《大地上的居所》中的诗作比任何超现实主义或其他先锋派诗人的作品都更为铿锵有力，这或许是因为聂鲁达对先锋派的浪漫主义本源理解得更为透彻。这些诗句展现了一个废墟中的世界，一个“没有上帝的末世”（亚马多·阿隆索语）。混乱的词语似乎表达了不成熟的热情、畏惧和欲望——用一种贴合情绪的语言，一种如交响乐般抑扬顿挫的语言——仿佛潜意识终于得以摆脱理性和通俗意义，得以自由地挥洒。1934年，诗人被
任命为驻巴塞罗那领事，一年后去往马德里；在那里，他结识了 70
“27年一代”诗人群体，共同创办了《绿马诗刊》，并且目睹了西班牙内战的爆发。

由于政治立场与政府相左，聂鲁达被免除领事职务，但他依然选择留在西班牙，并于1937年协助组办了一次反法西斯知识分子会议，出版了第一部政治诗集《西班牙在我心中》。在巴塞罗那的战场上，士兵用敌方的旗帜、破布、染血的纱布和其他战

利品，摘抄聂鲁达的诗句。自此，聂鲁达与巴列霍并肩成为西班牙语政治诗歌写作的两座高峰。1939年，西班牙内战进入尾声，智利左派政府上台，聂鲁达被再次派遣担任巴黎领事，协助从西班牙逃出的难民移居国外。结束智利的工作后，聂鲁达被任命为驻墨西哥总领事，前往墨西哥。

1943年，他任满离开墨西哥首都重回智利。临行前人们为他准备了一场盛大的告别宴，送别者超过两千人。同年，他出版了《智利漫歌》，后收入1950年出版的诗集《漫歌》。归国途中，他拜访了秘鲁的印加帝国遗迹马丘比丘，并于1944年发表作品《马丘比丘之巅》，后同样收入《漫歌》。1944年，他当选智利参议员；次年加入智利共产党，余生一直是忠诚的共产党员。因与智利时任总统政见不一，他骑马翻越安第斯山前往阿根廷避难，后假用好友、危地马拉小说家米格尔·安赫尔·阿斯图里亚斯的护照，辗转去往巴黎。

《漫歌》是20世纪诗歌界最伟大的作品之一，诗集于墨西哥
71 城出版，配有著名壁画家迭戈·里维拉和戴维·阿尔法罗·西凯洛斯的插画。那一年，聂鲁达46岁。这部巨作回归本源，是一场重生，不仅囊括了聂鲁达最隐秘和最诗意的自我，也是拉丁美洲的一部自然和人文史诗。聂鲁达在诗中展现了先锋派（尤其是超现实主义）的创作抱负，其中蕴含着20世纪三四十年代的政治灾难引发的强烈的历史意识。诗歌阐发了这一希望：在欧洲和整个西方文明陷入浩劫的当下，拉丁美洲未被旧世界的罪恶和错误所沾染，将成为一个新兴的、充满活力的共同体。通过《漫歌》，作者试图建立一个美洲神话，一段美洲历史，找到诠释美洲命运的钥匙。聂鲁达是一个浪漫主义者，因此神话的主体

就是他个人诗意的化身，以神话的视角见证人间疾苦。他将个人经历巧妙编入作品，诗意的语言在虚拟的时间中演化。

“漫歌”的意思为“总歌”，或有比照惠特曼的代表作《自我之歌》之意。既然是“总歌”，那么势必谈及所有事物，既包括物理空间（真实世界），也包括历史长河里的一切（世界的全部历史），这不禁令人联想到殖民时期撰史的雄心。的确如此：《漫歌》从前哥伦布时期（甚至史前美洲）开始谈起（那时人类刚刚从泥土中被创造），一直叙述至诗歌创作的年份——1949年。或许将诗集名翻译为“万事万物之歌”更为恰当，因为其中包含了历史和现实，以及人类的思想、信仰、伦理、恐惧和渴望。《漫歌》是一次对万事万物庄严的咏唱，是一曲重要的颂歌。由重读长句构成的文字铿锵有力，短句穿插其间，以示强调，再加以大段比喻。聂鲁达惯于用比喻丰富诗歌的表达。万事万物都处于流动的状态之中，并时时处于转变为另一样事物或状态的过程之中。这正如美洲不断繁衍的大自然，“生长在富饶的时间长河 72
里”。诗歌摒弃了传统的押韵、格律和分节方式。所叙述的历史虽然追溯至史前时期，却并不以时间为序线性推进。《漫歌》建立了一套只属于自己的韵律，像是在创立一套礼拜仪式，用宏伟的比喻为万物命名并使其神圣化。

《漫歌》中有一首献给斯大林的赞歌。作品大获成功后，聂鲁达作为代表共产党的驻外文化大使，展开了一次欧洲之旅。这一时期，他的诗风有了明显的转变，表达越发简明扼要。1952年，他匿名发表爱情诗集《船长的诗》。1954年他出版了《元素的颂歌》第一辑，后三辑也分别在20世纪50年代面世。诗人想要重新看待现实中的卑微人物，通过对寻常不会入诗的平凡事物（一颗洋葱、一颗洋蓟、一只猫）的再发现，探索其中蕴藏的善与美。

1959年，聂鲁达作为美洲的巡回诗人和政治人物造访古巴，写下了《英雄事业的赞歌》，借以赞颂革命；而后他与卡斯特罗政府的文化政委之间发生了很大的争执。但是诗人随后两部诗集《典礼之歌》和《黑岛的回忆》开始从内心出发，追忆童年往昔，追忆在智利海岸度过的岁月。1971年，聂鲁达受终身好友萨尔瓦多·阿连德（获选为总统）政府派遣，作为智利驻法国大使回到欧洲。这是充满希望和收获的一年，诗人于同年问鼎诺贝尔文学奖。对此，很多人认为，是冷战推迟了聂鲁达获奖的时间。但此时的诗人已身患癌症，他于1972年回到祖国智利，目睹
73 了阿连德的垮台，于1973年9月23日在悲恸中离世。

另一位同样在内战期间奔赴西班牙的古巴诗人尼古拉斯·纪廉（1902—1989）是一名共产党人，他以政治题材进行创作。非洲诗歌在20世纪20年代中期给古巴文化注入了新鲜的血液，身为穆拉托人，纪廉成为非洲-古巴运动中的领袖人物。这场运动获得了作曲家、诗人和小说家的广泛参与，但主要还是一场诗歌运动。纪廉在诗歌中加入了戏仿“非洲-古巴”流行音乐的韵律，以及在古巴使用的非洲语言（多源自宗教仪式）。诗句读来佶屈聱牙，有点像早前维多夫罗那些无意义的音节堆砌。然而这些词语均有特定含义（即使读者并不能完全理解），构成了一种特殊的节奏。纪廉的第一部也是最知名的诗集《松的旋律》（1930），出版后在古巴和安的列斯群岛[①]其他地区引发了巨

① 指西印度群岛中除巴哈马群岛以外的全部岛群。

大轰动。诗集名（*Motivos de son*）很有意思，“Motivos”一词既有音乐主题，也兼有动机或做某事的缘由之意。因此，诗集名可以理解为“这种‘松’存在的缘由”。“松”是古巴流行音乐的一种形式，亦可指广义的音乐，同时是西班牙语中谓语动词“是”的第三人称复数形式。诗集中收录的诗作同样复杂，虽然初看不觉得。它们极具戏剧张力，通常借由男女间夸张甚至滑稽可笑的对话来展现冲突。

纪廉吸收了现代主义的创作手法，将其融入“非洲-古巴”的诗歌创作。他的广受欢迎不仅是因为诗歌中大量使用“非洲-古巴”的地域性词汇且语调富于变化，而且是因为诗作笔触的精湛。在《松戈罗·科松戈》（1931）、《西印度有限公司》（1934）和《给士兵的歌和游客的歌》（1937）中，纪廉诗作中的政治化倾向越来越明显。在西班牙，他出版了《西班牙：四种苦恼和一种希望》（1937），他的诗歌开始在国际上赢得声誉。1937年，他参加了由聂鲁达组办的巴伦西亚反法西斯作家代表大会。纪廉在 74
20世纪30年代就加入了共产党，在卡斯特罗政府执政后即加入其中，担任作家联盟主席直至离世。

年轻的奥克塔维奥·帕斯（1914—1998）与聂鲁达、纪廉等作家一同参加了在巴伦西亚举办的反法西斯作家代表大会。他将成为下一个摘得诺贝尔文学奖桂冠的拉丁美洲诗人。帕斯在政见和诗风上与聂鲁达截然不同，他是一个政治倾向强烈的知识分子，带着坚定的马克思主义倾向来到西班牙，与左翼人士多有往来。他最早的作品之一《不准通过！》（1936）的名称就来源于西班牙共和国政府印发的宣传语。1939年签订的苏德协议促使帕斯与墨西哥左派决裂，并在余生不无苦涩地坚持对它的批判。20世纪40年代，他创办了两本重要刊物《车间》和《浪子》。1943年，他因获得古根海姆奖学金而赴美国考察两年，居于加利福尼亚和纽约。1945年，帕斯开始从事外交工作。他首先去了法国。在巴黎，他加入了超现实主义作家阵营，结识了安德烈·布勒东[1]等人。

20世纪40年代末，他重回祖国，与一群因佛朗哥上台而流亡墨西哥的西班牙作家和知识分子共同创作。这群知识分子都是西班牙哲学家何塞·奥尔特加·伊·加塞特的追随者，后者在20世纪20年代后加入海德格尔学派。流亡墨西哥的这群西班牙人都属于海德格尔派，其中的何塞·高斯于1949年翻译了《存在与时间》。尽管20世纪50年代早期旅居日本和印度的经历使帕斯对东方哲学耳濡目染，超现实主义和存在主义对其创作的影响却更为深远。帕斯在东方玄学中找到了一种用来阐释存在主义的、近乎宗教仪式的语言，同时绕开了在海德格尔时期（或更早的尼采时期）就开始分崩的西方意识形态。存在的虚空
75 可以以诗歌填补，这样的诗歌以东方异域信仰为依托，可以成为映照存在的一面镜子。事实上，东方文化从浪漫主义时期就已传入西方，但帕斯将其原封不动地运用到自己的创作中。

杂文集《孤独的迷宫》于20世纪50年代问世，帕斯通过对墨西哥国民性格精辟的分析，一跃成为不可忽视的公共知识分子。同样在50年代，他出版了一部最富雄心的诗论专著《弓与琴》（1956），代表了整个西班牙语世界当时对诗歌最深刻的探讨。他的下一部作品《淤泥之子》（1974）对现代拉丁美洲诗歌

① 法国诗人和评论家，超现实主义的创始人之一。

的起源和发展做出了详尽的论述。与此同时，他还出版了诸多诗集。事实上，帕斯最重要的诗集《假释的自由》（1949）和《太阳石》（1957）就问世于这一时期。在《太阳石》中，帕斯通过阿兹特克历法引出了对时间和历史含义的深刻冥思。随后帕斯还创作了一系列诗作，但《太阳石》无疑是其所有诗作的核心，是帕斯主要诗学主题的综合：从存在的虚无中自我的不确定性出发，到情欲描写（部分源于远东文学），再到诗歌本质。《太阳石》、《阿尔塔索尔》和《漫歌》并称“现代拉丁美洲诗歌界的三座高峰”，同时也是20世纪世界诗歌史上耀眼的明珠。

在《太阳石》中，有一个沉沦于时间与空间、不知其名的声音贯穿始终。“沉沦”是为诗眼，令人联想到《阿尔塔索尔》和海德格尔的“沉沦”说。但是沉沦也是诗作中宇宙共振的一部分，代表着某种但丁式的天堂游历。但丁曾通过对情色欲望的描写，使文学游历充满生气，推动自我完成旅途：作品中一个焦虑的声音寻求归属感和与他人的交流，广袤空间里历史灾难的宇宙碎片一一划过：我们那时处于太空时代。爱情作为唯一的救 76
赎出现，但是欲望必须在此刻具象化，此刻肌肤之爱会提供某种短暂的秩序感，呈现出一瞬间的完满。两具赤裸的身体相互纠缠，共同跃过时间的缝隙，变得坚不可摧，没有什么可以触碰两人；他们借由彼此、在彼此之中回归本源，从此再没有你我之分，没有明日与昨日之分，没有姓名的指代，两人的本质相融于同一具身体、同一个灵魂，在爱的瞬间完全实现。

然而暴力和献祭成为供奉给饥饿的、难以取悦的神明的礼物。基督教和阿兹特克的神话传说给帕斯带来了灵感。在他的笔下，神话在林肯、蒙特苏马、托洛茨基和墨西哥被刺杀的总统弗朗西斯科·马德罗等从善如流却遭遇刺杀的领袖人物身上有了历史体现。爱欲与善行在天平两端保持着微妙的平衡。在诗的末尾，开头的几句重复出现。由于无法获得永恒的完满，诗中的声音陷入反复，这一充满肉欲的反复在读者脑海中激发出迥然不同的回响，展现出短暂的极乐状态，也构成这首诗区别于其他作品的本质特征。这种反复也铺展出《太阳石》的宇宙结构：全诗共584行，这是阿兹特克历法中一年的天数，也是金星的会合周期（在地球上观测金星运动一个周期的时间）。金星是西方神话中的爱神，是启明星；而声音在时空中的沉沦，总是由爱欲引领的。

《太阳石》彰显了帕斯精妙的布局手法和历史观。剥除华丽的辞藻，诗歌的结构和布局得以清晰呈现。但这一切的实现并非通过诗句本身，亦非对自我的诗意构建。帕斯经历过并懂得人类的欲望与对神圣的渴望——通过无处不在的爱短暂地在古代宗教的废墟或颤抖的身体中表现出来。这种写作手法在诗人20世纪六七十年代的其他诗作中也不断出现，其笔下城市实为
77 历史灾难的遗迹，而东方国度则遍布殖民主义留下的伤痕，持续地充满了神圣感。乌托邦仍充满肉欲。印度古建筑里交媾的人像蔑视着历史的爆炸性能量，回归到诗人可以用神圣性来再次装点废墟的起点。

在《纪念与亵渎》（1960）中，帕斯重写了克维多的一首十四行诗《爱比死更长久》，将这位17世纪的巴洛克诗人视为自己诗歌创作的引路人（实际上，克维多的影响在帕斯早期的创作中便初露端倪）。选择回归巴洛克风格在当时十分典型。现代西班牙语诗人意识到，从西语浪漫主义中沿袭的语言是缺乏

创意的、空洞的，因而纷纷回到克维多及其同时代的对手路易斯·德·贡戈拉和他们的门徒，将他们视作值得效仿的对象和实现了创新的诗人。帕斯在贡戈拉意象派的华丽世界与克维多睿智、冷静却充满矛盾的诗学理念间摇摆；前者后来成为整个“27年一代”所共同尊崇的文学导师，但最终帕斯选择将后者作为指路人，同时对17世纪墨西哥诗人和修女索尔·胡安娜·伊内斯·德·拉·克鲁斯赞誉有加，为其专门撰文作传。克维多的语言可以粗俗，亦可以高雅；他既写憎恶，也写爱与欲望。因此，帕斯着意展现的历史的挫败感可在其框架内得以充分施展。

帕斯一直在印度出任大使，直到1968年因不满政府于墨西哥城特拉特洛尔科广场附近对学生运动的镇压，愤而辞职。随后，他回到墨西哥，通过在自创的刊物《回归》上发文，持续保持着文学和政治上的影响力。《回归》是一份出色的艺术刊物，随后成为整个西班牙语世界最有影响力的刊物之一。帕斯再次出国，同样是作为国际文学界名人。他继承了达里奥的名望，与聂鲁达享有同等声誉，直至后者离世。当一群杰出的拉丁美洲小说家带来了“文学爆炸”后，帕斯作为文学名人，也加入了他们 78
的阵营。一些小说家支持卡斯特罗政权和其他左翼事业，帕斯与他们有过争执，他对1990年的苏联解体持赞许态度。或许是因为帕斯不支持共产主义及其追随者的政治倾向，他获得诺贝尔文学奖的时间推迟了——1990年，他在76岁时荣膺这一殊荣。

古巴诗人何塞·莱萨马·利马（1910—1976）与帕斯齐名；他出生并一直居住在哈瓦那，深爱着这座城市，很少出游（即使相邻的城市也很少踏足）。他是那种潜心钻研语言、全心投入创作的作家，终其一生只有一小群人知道他，奉他为偶像。在古巴，莱萨马有一个属于自己的文人朋友圈，他是其中的领袖；他与何塞·罗德里格斯·菲奥共同在《起源》刊物发表诗作后，这一团体便沿用了“起源”这个名字。《起源》刊物活跃于1944到1954年间，刊登拉丁美洲重要作家的作品，同时引进国外重要作家（如华莱士·史蒂文斯[1]等）的译文。这是一本杰出的文学刊物，有罗马天主教倾向，为艺术而生，坚决不妥协。从现代主义的角度看，在莱萨马的“不合常理”之中就有罗马天主教倾向这一条。但他个人创作最明显的特征还是表意的模糊性，在谈话或书写中、在散文或诗歌中，无不如此。莱萨马固执地追求真和美，即使是以模糊读者的理解为代价。然而一旦莱萨马的语言习惯被读者接受，作品的独特光辉便再也无法被掩盖：或许可以说，莱萨马是塞万提斯和贡戈拉以来，西班牙语创作中最具独创性的诗人。

从第一部作品《那喀索斯之死》到最重要的长篇小说《天堂》（1966），再到最后一部作品《磁石的碎片》（1977），莱萨马始终坚持自己的创作语言。与多数杰出的拉丁美洲作家不同，
79 莱萨马既不曾周游各国，也并不通晓数国语言。他仅短暂地去过牙买加和墨西哥，从未去过巴黎；西班牙语是他的母语，也是他唯一懂得的语言（他只能勉强阅读少量法语）。虽然只懂西班牙语，但他的阅读极为广泛，知识面令人赞叹。他比教堂的神父还要博学广闻，熟读西班牙的经典作品，甚至能够记诵细节。他醉心于拉丁美洲文学，从殖民时期直到当下，同时还不断通过《起源》刊物吸收外国作品（尤其是诗歌）的精华。他与西班牙

① 美国著名现代诗人，普利策诗歌奖得主，代表作有《冰激凌皇帝》等。

众多当代诗人有书信往来，与其中一些人甚至会过面——其时，不少西班牙作家在内战后来到哈瓦那。胡安·拉蒙·希梅内斯1937年曾在古巴首都待过几个月，与年轻的莱萨马建立了深厚的友谊。古巴本地诗人群集于莱萨马周围，以在《起源》刊物上刊登作品为荣。莱萨马在古巴革命前过着相对低调的日子，共产主义政府上台后常因官员的到来而烦扰。

莱萨马反对现代主义的主流意识形态思潮：他并非马克思主义的信仰者；他反对弗洛伊德主义（他认为，精神分析理论将人类发展的一个阶段变成了一个体系），不屑于存在主义学说（他认为人类并非海德格尔所言的“向死而生”，而是终将迎来重生），对先锋派阐述的种种“主义”也置若罔闻。他的语言是伊甸园式的，即一种在堕落发生之前、在原罪发生之前、在法律诞生之前所使用的语言。因此，莱萨马对拼写不以为意，引证随心所至，句法迂回反复（有点类似普鲁斯特的文风，但相对粗糙）。莱萨马同时将不同的修辞风格融合，时而朴实，时而宏大，时而庸俗，时而庄严。剥离掉所有的意识形态和思潮中固有的偏见对于读者来说很困难，而莱萨马笔下的世界却富有条理、体系分明。核心观念是“超目的性”，即超越情节、意图、结构、边界或目标的书写。这是对诗歌写作边界的拓展，也是对广义艺术领域的拓展，主题多涉及重生（即死后发生之事，而死亡是写作的绝对边界）。莱萨马偏爱冗余的手法，这也是为什么他如此 80
崇尚巴洛克主义，遵循其教条进行创作的原因。

智利诗人尼卡诺尔·帕拉1914年生于智利圣地亚哥，是先锋派的幸存者，也是一位大诗人，他的声名被聂鲁达、巴列霍和帕斯所掩盖。他对于诗歌的观念截然不同。他本是理论物理学家，曾在罗德岛的布朗大学攻读理论物理学，并在智利和其他地方的大学任教。他从先锋派运动中汲取了幽默的创作手法，这使得他的诗歌在拉丁美洲显得独特，也预示了小说界的“文学爆炸”的到来。查理·卓别林是帕拉景仰的大师，他在自己的作品中也试图创造出这样的人物：一个急切想要证明自己的、笨拙的主人公如何无力地在阻碍重重的现实中被一次次绊倒。他个人最重要的诗作名为《个人独语》。这是一首长篇诗作，通过滑稽的主人公对整个人类历史中重要时刻的梳理和描述（就好像他经历过一样），用讥讽的口吻来嘲弄人类。考虑到在他身上发生的一切，诗中反复出现的叠句“我是一个人”，成为一句夸耀式的空话。这是一首反惠特曼的诗作，因此也是一首反聂鲁达的的诗作。与聂鲁达不同，帕拉唾弃繁复的修辞，从现代主义诗歌的种种手法中撷取有趣的部分，更加青睐流行音乐的形式（如智利传统民族歌舞昆卡）和大众诗体。《诗歌和反诗歌》（1954）是帕拉最为人熟知的诗集。

与帕拉齐名的还有智利著名先锋派诗人贡萨罗·罗哈斯，罗哈斯生于1917年，逝于2011年4月25日。罗哈斯曾获诸多文学奖项。无论对智利还是对整个拉丁美洲，他都是一个无比
81 重要的人物：他曾于20世纪30年代在智利创立超现实主义团体；皮诺切特独裁政权上台后，他被迫流亡海外，在德国、美国、墨西哥游历，成为拉丁美洲诗学的传播大使。他的创作理念和风格介于聂鲁达和帕拉之间，时而在时间观方面与波德莱尔接近——一部诗集名为《抗拒死亡》（1964），但罗哈斯的风格更积极，也更怪诞（如在诗歌《致静谧》中，静谧被描绘为宇宙中一种无所不包的声响）。

随着帕斯于1998年离世，20世纪拉丁美洲诗歌也宣告落幕。自他故后，后人中没有出现能与他地位比肩者。于诗歌而言，这是一个值得铭记的世纪：始于鲁文·达里奥的追随者，终于莱萨马、帕斯等伟大诗人，超越了西语美洲现代主义大师达里奥的成就，但保留了对美的不懈追求和对诗意语言的细致耕耘。达里奥仍被整个拉丁美洲文坛推崇，即便在西班牙语世界以外，人们对他所知甚少。 82

第五章

20世纪拉丁美洲小说：从地域主义到现代主义

20世纪早期，在拉丁美洲艺术向现代主义迈进的过程中，除短篇小说外，小说创作要远落后于诗歌；直到20世纪40年代，文坛都未出现可与巴勃罗·聂鲁达、塞萨尔·巴列霍或加夫列拉·米斯特拉尔等人比肩的重量级小说家。除一批地域主义小说家小有所成外，现代拉丁美洲文学一直被视作诗歌的天下。聂鲁达和米斯特拉尔身上聚焦了世界的目光，他们旅居西班牙、法国和美国等国家，享有国际声誉。

20世纪60年代，拉丁美洲小说家在全球掀起了一股名为“文学爆炸”的风暴，改变了这一切：得益于现代主义写作技巧的成熟运用，拉丁美洲的小说创作终于追赶上了诗歌创作。与“爆炸”的字面意思不同，这场文学运动并非一蹴而就：从三四十年代的小试牛刀，到50年代的加速推进，直到60年代的全面爆发，经历了一个逐步发展的过程。这一时期，拉丁美洲小说为西方现代小说贡献了自己的特色，但这也部分得益于它对普鲁斯特、卡夫卡、乔伊斯和福克纳之后的创作手法的借鉴与传承。及至21世纪初，拉丁美洲小说已完全与西方主流文学同步，在国际艺术界享有自己的一席之地。

20世纪早期，拉丁美洲的短篇小说创作仍在鲁文·达里奥和西语美洲现代主义的影响之下。短篇小说同诗歌一样，追求简洁的表达，依赖严格的技巧运用，初出茅庐的作家依然选择将大部分精力放在对形式的建构上，他们的后继者也同样遵循这样的创作方式。一些短篇小说作家（如莱奥波尔多·卢戈内斯）同时也是诗人。其时，拉丁美洲最著名、最富影响力的作家要数乌拉圭的奥拉西奥·基罗加（1878—1937），他曾于1917年不无玩笑地撰写了《尽善尽美的短篇小说家十诫》，这部作品常被引用。基罗加的小说中有颠倒的世界、令人毛骨悚然的氛围、饱受精神失常和身体病痛折磨的人物，几乎处处可见埃德加·爱伦·坡的影子。

基罗加的一生充满坎坷：父亲死于狩猎事故，继父和妻子都选择了自杀；他本人也在罹癌多年后，走上了同样的道路。基罗加曾在巴黎度过了一段重要时光，后来选择回到阿根廷北部米西奥斯内斯省的热带丛林度过余生。在他的小说中，看不到煽情的语句和本土化的描写，多的是严酷、悲观、惊悚的主题和病态的死亡。《爱情、疯狂和死亡的故事》于1917年问世，《大森林的故事》于次年问世。基罗加的小说直面拉丁美洲暴力、混乱的自然和人文图景，西语美洲现代主义的精致美学被搁置在一边。基罗加被认为是大师级的小说家，为后世作家所敬仰和模仿。

拉丁美洲的自然和人文图景是20世纪上半叶小说创作的背景，此时的小说视角广阔，以冒险题材为主。基罗加或许影响

了其中一些小说家，但这些作品的美学宗旨与基罗加所秉持的
84 颇为不同。它们普遍遵循19世纪现实主义的创作准则，对小说界现代主义的转向视而不见；多着眼于本国自然环境的独特性，尤其是地理上的特征，主张利用现有的资源进行创作。这些作家认为，土地（即自然）决定了各个国家的属性，是各国社会和政治命运的最终决定因素。因此，他们创作的小说被形象地称为“大地小说”。这些作家心中怀有一项人类学使命：通过研究民俗、方言、信仰、神话，甚至民间诗歌，探寻各自国家的文化，并对其做出全面的文化阐释。这些作家（多来自首都城市）还会主动去往乡间体察民俗（正如他们的前辈——风俗主义作家在19世纪所做的一样），但这一次，得益于社会科学的发展，他们采用了更为精巧的创作手法。

在现代拉丁美洲文学中，小说是各国，乃至整个拉丁美洲找寻文化身份的重要文学载体。这一趋势随着萨米恩托和罗多（及其《爱丽儿》的大获成功）而兴起。不久后，著名学者撰写了多篇相关论文，代表人物有多米尼加散文家佩德罗·恩里克斯·乌雷尼亚、秘鲁马克思主义者何塞·卡洛斯·马里亚特吉、墨西哥知识分子和政治家萨穆埃尔·拉莫斯等。这一趋势随着墨西哥诗人奥克塔维奥·帕斯的《孤独的迷宫》（1950）及古巴诗人何塞·莱萨马·利马的《美洲表达》（1957）达到高峰。帕斯通过精神分析的方法，将西班牙征服者埃尔南·科尔特斯视作野蛮的墨西哥之父，将其印第安情妇、翻译马琳切视作被蹂躏的墨西哥之母。这一分析被广泛传播，影响深远。

论文及其他体裁中关于探寻国家身份的主题虽略有降温，
85 但在20世纪上半叶，依然是拉丁美洲文学主要的创作方向，尤

其体现在小说中。这些作品包含很长的分析，貌似基于第一手的观察资料，如民族志那般（实际上，这些作家很少远离他们的故乡）。

对乡村的研究可能让人意识到，堕落城市的积弊需要清除，田园诗般的场景也不禁让人追忆起古典的旧时光。在很长一段时间里，“大地小说”在拉丁美洲大为盛行，此类小说在各国层出不穷。这一流派主要由三位作家引领，他们分别是里卡多·吉拉尔德斯（阿根廷，1886—1927）、何塞·欧斯达西奥·里维拉（哥伦比亚，1888—1928）和罗慕洛·加列戈斯（委内瑞拉，1884—1969）。

吉拉尔德斯早年居于巴黎，学习法语早于西班牙语。他是向先锋派过渡的重要人物，曾创办两份刊物《马丁·菲耶罗》和《船头》，为新一轮文学运动提供了主要阵地。他最重要的作品是小说《堂塞贡多·松布拉》（1926），凭借这部小说，他创造了一个阿根廷的文学神话，一个老高乔人的神话。小说可视作对阿根廷蓬勃发展的畜牧业的一曲颂歌（吉拉尔德斯家族就是借由畜牧业起家并富极一时的），主人公老高乔人堂塞贡多是草原上的智者，从常年牛仔般的游牧中习得一身本领，并将一切传授给一位从城市来的年轻人。

《堂塞贡多·松布拉》是一部成长小说、一部教育小说和一曲挽歌。它令人联想起何塞·埃尔南德斯的高乔史诗《马丁·菲耶罗》，特意介入了史诗中触及的关于阿根廷人性格的讨论。小说结尾，堂塞贡多骑马翻山离去，而叙事者，那个年轻人（已同他父亲一样，成为庄园主）写道，望着他离去的背影，自己无限悲伤。堂塞贡多对自己的这位高乔接班人说道：“坚强点， 86

孩子！”潘帕斯草原的生活，强健了阿根廷人的灵魂。但是《堂塞贡多·松布拉》的影响力超越了阿根廷本土，这不仅因为拉丁美洲读者都能够在主人公的民间智慧和坚忍性格中找到自己的影子，而且因为小说有诸多的美学价值，尤其是抒情性。

诗人里维拉一生漂泊，醉心于西语美洲现代主义中的颓废元素；他生命短暂，常为病痛折磨，创作了一部未被给予足够重视的小说《旋涡》（1924），他对此耿耿于怀。作为一名律师，他被派遣参与决断委内瑞拉与哥伦比亚国界线的纠纷，走入原始丛林探察情况。在那里，橡胶工人严酷的工作条件和生存环境深深地震撼了他。这段经历，或许还有欧洲探险家的著作（甚至康拉德的《黑暗的心》）成为他日后创作《旋涡》的灵感源泉。主人公阿图罗·科瓦与情人逃到了丛林，只找到了野蛮和疾病肆虐的世界。他在幻觉中写下了据称会成为这篇小说的文字。情节使他逐渐进入无法逃脱的热带地狱。最终，正如小说末尾所写的那样：“林莽吞没了他们。”

里维拉极富想象力和浪漫主义情怀，擅于描摹野蛮的大自然，人物间冷酷无情的关系在他的笔下缓缓铺展。其中一位使出浑身解数试图引诱科瓦的迷人女性，给读者留下了尤为深刻的印象。主人公感觉自己正沿着一条向下的道路一路沦陷，脑海中对事物的判断完全失衡。《旋涡》与《堂塞贡多·松布拉》不同，后者更加理想主义，而前者对人物和自然的刻画更为残酷而现实。这部小说是在社会和政治层面上的一次反抗，在“大地小说”这一门类中另辟蹊径，创造出被称为“丛林小说”的子门类。

所有的“大地小说”中，最典型的当属加列戈斯的《堂娜芭芭拉》(1929)。《堂娜芭芭拉》是与拉丁美洲文学传统契合度最高、对后世创作影响力最深远的作品之一。加列戈斯通过塑造女主人公堂娜芭芭拉，留下了一个比吉拉尔德斯笔下的堂塞贡多·松布拉更广为人知的文学形象。小说的出版立即为加列戈斯赢得了国际声誉，这也是拉丁美洲的小说家第一次被世界文坛认可。加列戈斯曾任教师，他推行普及教育，是个自由主义者，他反对委内瑞拉独裁者胡安·维森特·戈麦斯(1909—1935年在任)，因此被迫流亡美国、墨西哥等国。1948年，在短暂的民主时代，他当选为委内瑞拉总统；年内即被马科斯·佩雷斯·希门内斯的军事政变推翻，后者实行铁腕统治直至1958年。加列戈斯曾旅居古巴、美国和墨西哥，备受各国人民爱戴。在墨西哥，《堂娜芭芭拉》被改编成电影，由墨西哥女影星玛利亚·菲利克斯领衔主演。

长篇小说《堂娜芭芭拉》展现了拉丁美洲文化中的核心议题——文明与野蛮之争，这一冲突最早出现在萨米恩托的《法昆多》中。作者给女主人公取名“堂娜芭芭拉”，喻义不言而喻[①]；而男主人公名叫桑托斯·卢萨多(Santos Luzardo)，“luz”有“光明”之意。堂娜芭芭拉是委内瑞拉大平原上一座牧场的女主人，但这座牧场是她通过巧取豪夺、侵吞他人资产，甚至利用美貌得来的(她因此有“男人杀手”的绰号)。卢萨多是这片土地的合法继承人，也是一名律师，为夺回土地从加拉加斯远道而来。他与堂娜芭芭拉之间的交锋，逐渐演变成爱情。他希望运用法律和带刺的铁丝网终结随意夺取牲口的不法行为，力挽

① “芭芭拉”(Bárbara)在西班牙语中意为“野蛮的、残暴的”。

地方当局的腐败局面，要回属于自己的财产。在堂娜芭芭拉手下的男人们眼中，他只是个没用的城里人，但他用娴熟的驯马技
88 术征服了这群人。最终，他获得了胜利。

堂娜芭芭拉所代表的“野蛮”的吸引力是如此之大，这让加列戈斯笔下体现自由意识形态的男主人公相形逊色。无论如何，尽管小说中的人物设置略显平常，但主人公身上体现出的冲突颇具神话色彩，围绕牧场牲畜身上的烙印、带刺铁丝网圈住的土地而展开。法律在这些野蛮的事物面前似乎丧失了效力。《堂娜芭芭拉》历经时间洗礼，不断被一代代作家读出新的意味。尽管随后又陆续创作了一系列同样具有文学冲击力的作品，加列戈斯本人似乎对自己文笔的独特性并未察觉。

与“大地小说”相伴而生的，是墨西哥革命小说。墨西哥革命推动了拉丁美洲各国民族民主运动的发展，并由此催生出深具影响力的壁画艺术。墨西哥革命造就了一大批优秀的小说，从革命萌芽期开始，持续到20世纪四五十年代，甚至60年代。这些小说依然遵循着19世纪现实主义的写作方法，但将史诗般的革命历史事件融入其间。譬如，马丁·路易斯·古斯曼（1887—1986）创作了冗长的、类似纪事文学的小说《鹰与蛇》（1928）及《元首的阴影》（1929），描摹了墨西哥革命及随后政局的混乱局面。墨西哥革命小说写作的佼佼者马里亚诺·阿苏埃拉（1873—1952）创作的《在底层的人们》（1915），成为拉丁美洲文学的典范之作。

阿苏埃拉原本是一名医生，跟随潘丘·比利亚的分支部队，在胡利安·梅迪纳手下工作，成为一名战地医生。后来，他被流

放至得克萨斯的埃尔帕索，在那里写下了《在底层的人们》。故事讲述了贫苦农民德梅特里奥·马西亚斯如何参与武装队伍，揭竿反抗联邦主义者维克托里亚诺·韦尔塔的故事。联邦主义者奸淫掳掠，无恶不作。马西亚斯的队伍也好不到哪里去。他 89 们每攻克一座城镇，同样烧杀抢掠，将一切教条抛诸脑后。最后，马西亚斯终于意识到，自己的所作所为毫无目标可言，在一个著名场景里，他将自己比作被扔往山谷的一块石子，东弹西撞，最后免不了触底的命运。阿苏埃拉叙事娴熟，笔法冷峻，动作描写精湛到位。回到墨西哥后，他广受追捧，被授予各项文学荣誉。他的写作地位在墨西哥无人能及，《在底层的人们》与胡安·鲁尔福的《佩德罗·巴拉莫》并列成为墨西哥文学史上的两座高峰，在整个拉丁美洲文学界同样是佳作。

总体而言，此时的拉丁美洲小说受19世纪现实主义的约束过多：以第三人称叙述，采用全知全能的叙述者和资产阶级的视角，遵循尽力模仿和因袭、避免创新的写作宗旨，坚持一以贯之的线性叙述。冲出惯性牢笼的唯一方法，是让非主流的民间文化发声，在文字里引入巧合、不协调和噪声。这正是两位在巴黎碰头的拉丁美洲作家所做的：他们是危地马拉作家米格尔·安赫尔·阿斯图里亚斯（1899—1974）和古巴作家阿莱霍·卡彭铁尔（1904—1980）。阿斯图里亚斯在1967年获得诺贝尔文学奖，成为第一个获此殊荣的拉丁美洲小说家。

卡彭铁尔拥有法俄血统，出生于瑞士洛桑，但他一生都坚称自己出生于古巴哈瓦那——他的父母在他出生后不久定居哈瓦那，那里是他成长的地方。他是“非洲-古巴”运动的创立者之一，在他的推动下，古巴文化中的非洲元素得以在艺术中呈现，

尤其是诗歌和音乐。卡彭铁尔本身受过音乐教育，同时对帕尔纳斯派先锋主义了然于心，撰写过音乐、绘画和文学方面的文
90 章。他同时为“非洲-古巴”芭蕾和音乐剧创作剧本。他积极投身反对总统格拉多·马查多的政治运动：这位总统擅自修改宪法以延长任期，迫害异己，尤其是在校大学生。卡彭铁尔于1928年转战巴黎，在那里加入了安德烈·布勒东领导的超现实主义阵营，涉入了其中的一些争论。他仍不忘创作音乐剧，甚至写了一些糅入“非洲-古巴”元素的诗歌及一篇短篇小说（以法语创作和出版）。

在一部“非洲-古巴”风格的小说中，卡彭铁尔试图融入立体主义、未来主义和超现实主义的新元素。故事发生在哈瓦那城郊的一处黑人聚居区，人们以生产蔗糖为生。这是一部地域主义小说（大地小说），聚焦古巴的主要工业生产和乡村风貌。主人公梅内希尔多·古埃是个年轻的黑人，为争夺心上人杀死了另一个黑人，被判在哈瓦那入狱，随后在监狱里的一次非裔古巴帮派斗殴中丧命。情节的推进夹杂着时断时续的场景描摹，中间不加介词或任何过渡性连接，模仿了蔗糖工厂机器的沉沉轰鸣或仪式音乐的节奏。书中的黑人用自己特有的方言对话，作者选择用拟声词加以模拟。小说有一段极为详细的某一帮派入伙仪式的描写，甚至再现了仪式上所使用的物件和祭品。这部作品名为《埃古-扬巴-奥》（源自非洲的某种语言，意为赞美基督耶稣），有人种学论著的味道。小说最先在马德里的一家小型出版社出版，反响平平；成名后卡彭铁尔视其为一次失败的尝试。或许《埃古-扬巴-奥》的确不算成功，但它使拉丁美洲小说家的创作脱离了现实主义小说美学传统的桎梏。

相较之下，阿斯图里亚斯的运气则好得多，这或许是因为他沉淀了近二十年，才发表了自己的第一部小说《总统先生》（1946）。阿斯图里亚斯拥有玛雅和西班牙血统，童年经历了埃 91
斯特拉达·卡夫雷拉总统暴戾的独裁统治，全家被迫从危地马拉城搬往乡下。在那里，他接触到了印第安文化；后来，阿斯图里亚斯在索邦大学系统学习了玛雅文化，真正了解了它。他从法语翻译了玛雅圣书《波波尔·乌》，并于1930年出版了短篇神话故事集《危地马拉传说》。后者大获成功，甚至请到保尔·瓦雷里作序。这部作品使阿斯图里亚斯蜚声世界，同时也再一次证明，拉丁美洲文学需要从自己的文化里吸收养分，发出有别于欧洲文学的声音。与基罗加的作品类似，这部杰作被认为是拉丁美洲短篇小说史上的一个转折点。与卡彭铁尔一样，阿斯图里亚斯也创作小说，故事基于埃斯特拉达·卡夫雷拉的独裁统治，融入了先锋派诗歌和艺术的创作手法（尤其是超现实主义）。《总统先生》问世后，几乎立即成为拉丁美洲文学的经典之作，也成为另一种文学子门类“独裁小说”的开山之作（当然，也有人将《法昆多》视为独裁小说的源头）。

《总统先生》的故事发生在一个不知名的国度。尽管小说基于埃斯特拉达·卡夫雷拉总统及其党羽的独裁统治写就，整本书却并未出现任何真实人物的姓名。这是一篇亦假亦真的作品，人物的性格被艺术放大，显得怪诞不经，但全书又有种假面舞会的氛围，一些场景看上去就像是一场噩梦。这一切都得益于作者精湛的语言功力：用词的刻意重复、同义反复，以及大量拟声词的运用。小说开篇写道：“……发光吧，发出明矾之光，撒旦，发出你腐朽之光！”这是典型的超现实主义的写作技巧，

92 让人联想到无意识的自动书写，或潜意识下的随意写作。书中的暴君十分残暴，像从巴洛克式“圣礼剧”中走出来的人物，各种罪行在这场寓言式的独幕剧中上演。书中有不少罗马天主教隐喻，大都以戏仿的方式处理。卡拉·德·安赫尔（意为“天使之脸”）为人狡猾卑劣，他身上兼有美貌与毒辣，惯于利用他人的性欲望为自己牟利。《总统先生》是一部根植于现实的作品，书中描绘的暴行没有明确的源头，暴行经常是无理由的、地方性的。暴虐在小说中似乎获得了某种美学张力，成为这个堕落的世界的一部分（这个世界嗜好暴虐，并在此过程中消耗了自己）。神话元素在阿斯图里亚斯的下一部小说，或许是他的代表作《玉米人》中更为突显，故事取材于玛雅文化，人物描写摒弃了现实主义的惯常写法。在这一点上，《玉米人》甚至赶超了《总统先生》。

20世纪60年代被视为拉丁美洲“文学爆炸”领军人物的五位作家——豪尔赫·路易斯·博尔赫斯（阿根廷，1899—1986）、卡彭铁尔、胡安·卡洛斯·奥内蒂（乌拉圭，1909—1994）、奥古斯托·罗亚·巴斯托斯（巴拉圭，1917—2005）和胡安·鲁尔福（墨西哥，1918—1986）——与阿斯图里亚斯的写作手法一脉相承。必须说明的是，这群作家比他们的追随者更卓越。这尤其体现在博尔赫斯、卡彭铁尔和鲁尔福三人身上。奥内蒂和罗亚·巴斯托斯发现了现代主义写作，从中吸收了一些技巧。奥内蒂于1980年在西班牙荣获塞万提斯文学奖，这也是西班牙语世界的最高文学荣誉。他是拉丁美洲作家中最早视威廉·福克纳为自己的创作导师的。他最著名的小说是《造船厂》（1961），但《短暂的生命》（1959）同样为世人熟知，收获了广泛认可与好评。他的作品中常常出现多个不可靠的叙述者，从不同角度描述同一个故事。他还虚构了一座自给自足的圣玛丽亚小城。奥内蒂的作品有一种宿命感和毁灭感，令人联想到陀思妥耶夫斯基，甚至路易·费迪南·塞利纳[1]。 93

相较之下，罗亚·巴斯托斯的作品更具实验性，这尤其体现在他的代表作《我，至高无上者》（1974）中。他于1990年获得塞万提斯文学奖。在暴君阿尔弗雷多·斯特罗斯纳的迫害下，罗亚·巴斯托斯多年在外流亡，起先是布宜诺斯艾利斯，后来是巴黎。他心系巴拉圭瓜拉尼印第安人的苦难命运（其中很多印第安人不懂西班牙语），因此很多作品以西班牙对拉丁美洲的征服为主题。在《我，至高无上者》中，罗亚·巴斯托斯遵循阿斯图里亚斯的独裁小说和萨米恩托《法昆多》的写作范式，聚焦于巴拉圭独裁者何塞·加斯帕尔·罗德里格斯·德·弗朗西亚（1814—1840年在任）。小说也是对巴拉圭本国总统斯特罗斯纳的有力影射。同时，这部作品也细致探索了写作与权力的关系，遵循的是20世纪六七十年代最前沿的文学理论。奥内蒂与罗亚·巴斯托斯的受欢迎程度，丝毫不输后来的"文学爆炸"作家。

鲁尔福是一个乐于隐居、不求闻达的作家，有一定的自我毁灭倾向，狂热追求艺术的完美和表里如一。他一生只出版了两本很薄的书，均大获成功。短篇小说集《燃烧的原野》（1953）是拉丁美洲短篇小说史上浓墨重彩的一笔，足以与基罗加、阿斯图里亚斯、博尔赫斯和卡彭铁尔的作品比肩。另一部小说《佩德

① 法国小说家、医生，他的小说总是在描述罪恶、混乱和绝望。

罗·巴拉莫》（1955）则被很多人视作拉丁美洲最好的小说。故事背景是墨西哥革命（1910—1917）后的乡间。虚构小城科马拉（Comala，“comal”是墨西哥当地一种煎玉米饼的饼铛）被庄园主佩德罗·巴拉莫统治，他掌控着所有人的命运，唯有一件事情始终折磨着他，那就是他对苏珊娜·圣胡安的爱。他的儿子胡安·普雷西亚多回来寻父，在发现的一座乡村里，他听到了断断续续的讲述（有些是已经死去的人的独白），了解了祖先和这片土地的不幸。《佩德罗·巴拉莫》复杂、深刻且凝练，有着福克纳的影子，也有人读出了但丁《神曲·地狱篇》的味道。和福克纳笔下战后的美国南部一样，科马拉是经历了剧烈动荡后的墨西哥农村，这种动荡激发出了人性中的暴力。鲁尔福用文字无奈地勾勒出了这座死寂之城。

鲁尔福的叙事风格严酷刻板，与这座虚构小城的幽闭氛围及主人公们的态度相得益彰。科马拉是一块多石的区域。故事的最后，巴拉莫临死时，他的身躯像一堆石块轰然倒塌。在胡安·普雷西亚多寻父的过程中、在佩德罗·巴拉莫的父权式统治中、在土地与人的关系中，均暗藏着神话的隐喻。可以说，没有任何一种语言能够完美传递鲁尔福的语言，因为书中嵌入了太多墨西哥当地的、根植于古西班牙语的话语模式。恐怕只有普鲁斯特、乔伊斯和福克纳能够与鲁尔福一样，成功钻入自己语言的深处，创造出独特的文字和虚构的世界。

《埃古-扬巴-奥》出版后，卡彭铁尔直到16年后的1949年，才出版了另一部小说《这个世界的王国》。在那段时间，卡彭铁尔重塑了自己的创作理念，采用了一种新的写作手法，这种手法不仅给他带来了巨大的成功，更对后世拉丁美洲的小说创作产生了长远影响。他发现，拉丁美洲的历史非常适于融入本土文学创作，从大发现和西班牙征服时的文献，到藏有庞大历史文献的图书馆和资料库。在历史长河里，不乏各色人物（其中许多是小人物），小说家对他们的行为怀有最大的兴趣。卡彭铁尔在1946年出版的一本书里讲述了古巴音乐史，在为此书撰写所做的研究中有了这个重大发现。他同时发现，这些文献资料虽以古西班牙语写就，至今读来仍不乏可圈可点之处，适宜糅入到当代行文之中。

《这个世界的王国》以海地革命为叙述背景。在海地，非洲与欧洲文化剧烈碰撞，卡彭铁尔“神奇的美洲现实”理论得以充分施展，随后发展为“神奇的现实”这一创作理念。在一幕冲突中，造反的黑人奴隶马康达尔被法国殖民军绑在火刑柱上活活烧死；黑人相信，通过某种神奇的魔法，马康达尔会变成一只大鸟，毫发无损地从火中飞走。不过小说的过人之处在于，全书基于复杂的数字结构，事件发生的日期，甚至章节数都蕴含深意。在自序中，作者表示，这种数字结构在写作中完全是无意识的，是神奇的美洲现实自发阐释的结果。尽管他在自序中对超现实主义大加批判，这种声明本身却是超现实主义的某种表现。20世纪40年代，卡彭铁尔还创作了一系列类似的短篇小说，随后于1958年结集为《时间之战》。这部小说集在20世纪60年代的新生代作家中备受推崇，成为魔幻现实主义短篇小说的典范之作。 95

及至1958年，卡彭铁尔出版了另两部风格迥异的小说《消失的足迹》（1953）和《追踪》（1956）。前者成为他最为著名的小说，一些评论家据此认为卡彭铁尔拥有了竞逐诺贝尔文学奖的资格。小说以第一人称叙述，主人公是一位知识分子——一位音乐家和作曲家，为了寻找原始乐器以证明自己关于音乐起源的理论，进行了一场深入南美丛林的冒险。主人公兼叙述者发现，人类无法与自然合一，无法与自然周期合一，而此前他宣称，这样的自然周期激发他创造了《这个世界的王国》中的数字体系。卡彭铁尔开始将政治发展进程视作历史的根基和叙事的模式。这成为他随后一部小说《追踪》的写作基础，这部小说讲述了一名学生积极分子背叛革命同志，被追捕和杀害的故事。写于1962年的《启蒙世纪》（英译本书名不幸被翻译成《教堂大爆炸》）则回到海地革命时期，但叙事背景更加广阔，包含了加
96 勒比地区、法国和西班牙。

卡彭铁尔在20世纪40年代对自我的重塑，也许是因为他正好在那时阅读了对整个拉丁美洲影响最深远（尽管那时尚未有大名声）的作家博尔赫斯。博尔赫斯的作品促使卡彭铁尔在现代主义带来文坛剧变的同时，对小说创作的过程做出了全新的思考。因为他转向了历史小说，所以他并没有完全照搬博尔赫斯的风格，但博尔赫斯将自我影射和自我认知作为小说创作的根基，这对卡彭铁尔影响深远。与博尔赫斯相比，阿斯图里亚斯的创作显然更加本土化，与地域主义创作联系紧密。博尔赫斯则在兼顾阿根廷传统文学的基础上，通过短篇小说创作，抓住了创作的核心。

博尔赫斯的著名作品《杜撰集》出版于1944年，最先在文学刊物上发表；卡彭铁尔此前在哈瓦那、加拉加斯（1945年后）时可能读过。拉丁美洲的小说创作都应感激博尔赫斯——早在他个人蜚声世界之前，就已经对拉丁美洲的文学发展起到了不可

忽视的推动作用。

博尔赫斯最先以诗人的身份创作。他本人是极端主义的奠基人之一，而极端主义是20世纪20年代的激进运动之一。博尔赫斯出生于布宜诺斯艾利斯一个较为显赫的世家，年少时酷爱读书，不爱交际，通过在家自学、在父亲的图书馆阅读、在学校和后来在瑞士进修，完成了完善的教育。在欧洲，他学习了德语和法语；与祖籍英国的祖母生活在同一个屋檐下，他的英语是在家里习得的。凭着对阅读的痴迷和挑剔，在30年代的布宜诺斯艾利斯，他成了一位小有名气的知识分子和作家。他同时也是拉丁美洲文学史上最重要的文学刊物之一《南方》的创办者和推广者之一。

尽管博尔赫斯在年轻时代有左翼倾向，但在后来的岁月
中，他对政治运动逐渐失去兴趣，远离了军事独裁主义和共产主
义。1944年出版的《杜撰集》和1949年出版的《阿莱夫》奠定 97
了他作为阿根廷（乃至拉丁美洲）顶级作家的名望——尽管在
整个欧洲，除法国外，他依然籍籍无名。直到1961年，他与塞缪
尔·贝克特共同捧得福门托奖，才在世界范围内成为最具影响
力的现代作家之一。

博尔赫斯作品中的元素总是带有鲜明的个人色彩：图书馆、迷宫、镜子、百科全书、其他书籍。博尔赫斯的主题也可谓标新立异：无限、游戏、系统、书一般的宇宙、克制的自谦和具有个人辨识度的智慧或才思——不仅体现在他的文字中，还体现在关于他的各类趣闻逸事中。博尔赫斯常常妙语连珠，他喜欢抨击俗气老套的语言、获得认可的价值观和声誉。博尔赫斯的风格有两个主要特点：坚持简洁和摒弃修辞。他笔下的西班牙语展

现出一种英语式的精练。简洁、明了同时也是他的叙事和对待知识的方式的核心。最有野心的理论可以被浓缩成百科全书上的一个词条；他痴迷于百科全书，尤其是《大英百科全书》。他惯于运用数量惊人的形容词，仿佛世界万物正是由这层层属性而非本质堆叠而成；很多时候，形容词里包含了矛盾关系。

“博尔赫斯现象”对很多作家产生了深远影响：约翰·巴思①、胡里奥·科塔萨尔、卡彭铁尔、加西亚·马尔克斯、伊塔洛·卡尔维诺、翁贝托·艾柯、莫里斯·布朗肖②、米歇尔·福柯、热拉尔·热奈特③和雅克·德里达。同时，博尔赫斯也以自己对经典作家（如荷马、但丁和塞万提斯）特有的阅读方式，回溯性地以写作致敬。高雅、玩笑和讽刺的怀疑，对不可捉摸的事物、谜语、拼图和迷宫的痴迷，以及对类型文学（如侦探故事）的喜爱，构成博尔赫斯的风格和思想最显著的特征。这些特征共同构成一套关于写作和阅读的理论，这与约翰·巴思所倡导的后现代主义主张不谋而合：这种文学是一种可读性强
98 的文学，它并不否认现代主义及其对19世纪虔敬言辞的摒弃，但又有所超越。后现代主义文学明确表明了自己虚构文学的身份并展现了自己的文学构成，杰出代表是卡尔维诺和加西亚·马尔克斯。

博尔赫斯在1961年成功攫取了世界的目光，两年后胡里

① 美国后现代主义小说家，代表作有《漂浮的歌剧》、《迷失在游乐场》、《安息日传奇》等。

② 法国著名作家、思想家。他的作品和思想对萨特、福柯、罗兰·巴特、德里达等都影响深远。

③ 法国文学理论家，既是法国结构主义新批评的代表人物，也是欧洲经典叙述学的奠基人和重要代表，代表作有《辞格三集》、《新叙事话语》、《虚构与行文》等。

奥·科塔萨尔出版了《跳房子》(1963),这本书触发了拉丁美洲的“文学爆炸”。博尔赫斯、科塔萨尔和20世纪60年代众多杰出的新生代作家,共同活跃在文学舞台的中央:加夫列尔·加西亚·马尔克斯(哥伦比亚,1928—2014)、卡洛斯·富恩特斯(墨西哥,1928—2012)、马里奥·巴尔加斯·略萨(秘鲁,1936—)、何塞·多诺索(智利,1924—1996)、何塞·莱萨马·利马(古巴,1910—1976)和吉列尔莫·卡夫雷拉·因方特(古巴,1929—2005)。科塔萨尔(1914—1984)和博尔赫斯同为阿根廷人,最初的作品发表于《布宜诺斯艾利斯编年史》刊物(巧的是,该刊在20世纪40年代后期由博尔赫斯运营),他本人也深受博尔赫斯创作风格的影响。但科塔萨尔和多数其他作家与博尔赫斯最显著的区别,体现在对待政治的态度上,尤其是对待古巴革命的态度。古巴革命于1959年获得成功,成为拉丁美洲文学关键的推动因素之一。

一场古巴革命使拉丁美洲成为世界目光的焦点。这个世界比以往任何时候(包括第二次世界大战时期)联结得都更为紧密,大众媒体(尤其是电视)联结了全世界。卡斯特罗推翻富尔亨西奥·巴蒂斯塔政权后面向大众演说的画面,无延时地进入全世界人民的视野。画面中这位留胡须的年轻革命家带领一群杂牌军打败了政府的正规军(其中还出现了阿根廷人埃内斯托·“切·”格瓦拉的身影,他的影像和话语像卡斯特罗的一样广为流传)。卡斯特罗和切·格瓦拉共同象征了一种拉丁美洲闻所未闻的政治理念和军队思想,它是那样自由,与军装整齐、昂首阔步的将军形象所代表的“官方”相去甚远。卡斯特罗及其团队似乎与任何已有的政治团体都不同。他们迫切希望取

得本岛的独立并建立共和制。他们的革命是一场民族主义者的
99 革命，与阿尔及利亚等国为挣脱殖民主义桎梏所进行的努力颇为相似。革命之火熊熊燃烧，古巴革命由此被视作世界范围内反帝运动的先锋。

古巴革命就像新纪元黎明的一道曙光，知识分子和艺术家纷纷投身其中。欧内斯特·海明威当时住在哈瓦那附近，似乎也短暂地被这种情绪所感染。让-保罗·萨特很快访问了古巴。自1945年起一直居住在加拉加斯的卡彭铁尔，也搬回哈瓦那居住。聂鲁达也造访了古巴。随后，加西亚·马尔克斯、富恩特斯和巴尔加斯·略萨也纷纷前往古巴。古巴首都随即成为拉丁美洲文学的中心，甚至成为“第三世界”文学的中心。

新政权充分利用这一形势，创立了不少文化机构及刊物来宣传革命热情。其中《革命报·星期一》是一份每逢星期一刊发的小报，由官方报纸《革命报》印发，并由此得名，订阅人数空前。报上刊载了大量古巴及世界各国各类作家的作品，负责人为令人瞩目的新人作家吉列尔莫·卡夫雷拉·因方特，他本人曾为20世纪50年代著名周刊《卡特尔》撰写影评。

旗下拥有同名刊物的“美洲人之家”，是一个旨在团结拉丁美洲知识分子和艺术家的文化组织。它举办文学探讨会，分不同体裁颁发文学奖项，并积极邀请文学界和其他艺术界人士访问哈瓦那。（如自《美洲人之家》刊物第26期，即1964年起，开始刊登阿莱霍·卡彭铁尔、胡里奥·科塔萨尔、胡安·卡洛斯·奥内蒂、埃内斯托·萨巴托、卡洛斯·富恩特斯、马里奥·巴尔加斯·略萨、胡安·戈伊狄索洛、伊塔洛·卡尔维诺、阿兰·罗伯-

格里耶等人的作品。）由此，作家联盟形成了，并开始颁发奖项。“非洲-古巴”风格诗人尼古拉斯·纪廉被推举为主席。所有这些文学活动都没有白费：哈瓦那成了当时拉丁美洲艺术和文学的中心，与巴黎、巴塞罗那、布宜诺斯艾利斯和墨西哥城遥相呼应（甚至更胜一筹），因为这群文学家和艺术家之间形成了政治上和美学上的同志情谊。 100

当卡斯特罗的政权逐渐稳固，并开始对苏联表现出亲密倾向时，对其文化政策的热情渐渐减退。1961年，《革命报·星期一》在一次国家图书馆会议后宣布停刊。卡斯特罗宣布，革命范畴内的一切都将大力推行，而与革命精神背道而驰的则一律禁止。数千名疑似同性恋者被送往集中营，其中就有不少艺术家。古巴开始在全国范围内驱逐持不同政见者，其中就包括卡夫雷拉·因方特。1967年，诗人埃维尔托·帕迪利亚凭借作品《游戏之外》获得官方授予的文学奖，却在其后遭到谴责并锒铛入狱。这些事件在知识分子和艺术家中激起了不满，很多人就此与卡斯特罗决裂。但其他一些作家，如加西亚·马尔克斯和科塔萨尔，依然坚定地站在卡斯特罗政权一边；卡彭铁尔也是如此，他后来还曾担任古巴驻巴黎使馆文化专员，因而可以安逸地观察国内的纷争，避开了哈瓦那正在变得不利的生存状况。

聂鲁达因在纽约参加了一个笔友俱乐部的聚会而被哈瓦那的文化政治委员抨击；他在愤怒之下，决心远离卡斯特罗政权。在后来的自传中，他不无嘲讽地提到了卡斯特罗政权的一些拥护者，其中包括卡彭铁尔。在塞沃罗·萨杜伊、雷纳尔多·阿里纳斯、安东尼奥·本尼特兹·罗霍、帕迪利亚等一批作家流亡后，1959年后兴起的这个由年轻（或并不太年轻）的作家组成的群体逐渐走向衰微。莱萨马·利马毕生在哈瓦那生活，受到文化当局的排挤。纪廉去世后，作家协会的领导者逐渐由一些声名并不卓著的人士接任。但古巴革命最初对古巴和拉丁美洲文学的影响是深远的，随后小说界的“文学爆炸”就是其中之一（尽管富恩特斯和巴尔加斯·略萨早年就远离了古巴政权）。

在哈瓦那文化发展的同时，乌拉圭评论家埃米尔·罗德里格斯·莫内加尔在巴黎创办了一本全新的文学刊物《新世界》，
101 聚集了一个即将奔赴哈瓦那或已放弃前往哈瓦那的作家群体。巴尔加斯·略萨、加西亚·马尔克斯、埃内斯托·萨巴托、奥克塔维奥·帕斯、克拉丽丝·李斯佩克朵、萨杜伊、曼努埃尔·普伊格（一颗冉冉升起的阿根廷文坛之星）等作家纷纷在《新世界》上发表作品。这本刊物兼收并蓄，文学品质极高，更不用提它的发刊地巴黎就是“新小说”运动的重要基地。《新世界》刊物还发表了帕斯的诗作，另有乌拉圭作家胡安娜·德·伊瓦若、墨西哥作家霍梅罗·阿里德吉斯、委内瑞拉作家吉列尔莫·苏克雷和智利诗人尼卡诺尔·帕拉的作品。

与拉丁美洲的“文学爆炸”同时发展的，还有一个杰出的诗人群体。在冷战的对立情绪和对《新世界》大获成功的嫉妒心理下，古巴文化当局宣称该刊受到美国中央情报局的秘密资助（事实上，古巴政府也接受了苏维埃政权的资金支持）。《新世界》的确接受了美国资金的支持，其中也可能包含来自中央情报局的资金，但这本文学刊物在甄选文章时并未由政治因素左右。刊物刊有巴勃罗·聂鲁达和埃内斯托·卡德纳尔的诗歌——前者是最先声明共产主义倾向的作家，后者随后成为尼加拉瓜桑

地诺主义[1]的代表人物。《新世界》所刊登的文学作品和评论，包括它的负责人的文学作品和评论，都在拉丁美洲文学史上留下了浓墨重彩的一笔，对拉丁美洲新小说风格的出现和传播起到了决定性的作用。

科塔萨尔的父母都是阿根廷人，他出生于比利时布鲁塞尔，在阿根廷长大，在师范学校研修文学并成为一名教师。从1952年起直到去世，他生活在巴黎，受聘于联合国教科文组织的翻译部门。他的童年在比利时度过，后来常居法国，因而他说西班牙语时总带有法语的喉音“r”。科塔萨尔身高一米九几，绅士味十足，以短篇小说为主要创作方向。1963年发表《跳房子》前，他已经创作了3部短篇小说合集：《动物寓言集》（1951）、《游戏的终结》（1956）和《秘密武器》。科塔萨尔喜欢探究天马行空和 102
难以解释的东西，比博尔赫斯更甚。他笔下的主人公往往是欧洲的年轻人，他们常常面对神奇的情景：一篇小说中，主人公前往巴黎一座水族馆，细细观察一只美西螈（一种墨西哥蝾螈），最后变成或发现自己就是一只美西螈；另一篇小说的主人公不停地从口中吐出兔子。科塔萨尔成名后，带着极大的热情投入了左翼事业，作为一名懂多国语言、受多重文化熏陶的作家，他可以轻易融入20世纪60年代的反主流文化。

《跳房子》甫一出版便大获成功，极为畅销，英文版由格雷戈里·拉瓦萨翻译并于1966年获美国国家图书奖。这是一部大部头的作品，足有600余页，看上去有些令人望而却步。然而，书前有一份“阅读指南”，为读者提供了若干种阅读顺序，

① 由尼加拉瓜民族英雄桑地诺倡导的反美的民族革命思想。

以及在155个章节中阅读或放弃哪些的建议（显然，以不同顺序阅读时，其中某些章节可以被“略过”）。科塔萨尔称其为一本“反小说”。

正如书名所暗示的，《跳房子》的阅读过程像是在玩一场游戏，众多短小的章节中常包含报刊文论，如有一篇是从伦敦《观察者》刊物中摘录的，讲述的是男孩的裤子拉链卡住私处的危险。一些章节包含了对其他作者作品的引用。一个章节是完全的胡说八道。一些章节包含了书中人物莫雷利对文学的反思（莫雷利是作者的化身，尽管主人公奥拉西奥·奥利维拉的身份也是一名作家）。可略去的章节为主线提供支撑，而全书的故事情节走的是传统的叙事路线。故事的核心是奥拉西奥对情人露西亚（也就是拉玛加，一个奇怪的女人）的念念不忘，后者是真理的象征。小说开篇即为：“我能找到拉玛加吗？”两人都居住在巴黎，常同一群年轻人在长蛇俱乐部聚会，虽然他们已经不算年轻人了。

小说分为三大部分，其中“在那边”描写在巴黎的生活；“在
103 这边”描写在布宜诺斯艾利斯的生活；“在其他地方”是可以省略不读的章节。奥拉西奥回到布宜诺斯艾利斯，重逢昔日老友特拉维勒（这位老兄除了名字之外，从不出门旅行①）。特拉维勒与妻子塔丽塔同在马戏团工作，过着平凡的生活。然而，马戏团主把马戏团变卖后买了一所疯人院，他们便一同转去那里工作。奥拉西奥重新发现了他对拉玛加的痴恋，在塔丽塔身上看到了恋人拉玛加的影子；于是，三人间产生了一种奇妙的三角关系。

① “特拉维勒”为音译，意为旅行者。

一幕中，奥拉西奥认为自己看到了拉玛加在院子里玩跳房子游戏，而事实上，此人却是塔丽塔。在跳房子游戏里，玩家必须通过投掷沙包跳过一个个小方块到达终点。跳房子有时也被称为“天堂游戏”，是对“生命这场游戏”最恰当（或许恰当得有点过分）的比喻，也很好地象征了奥拉西奥的探寻。他于是开始在自己和特拉维勒之间建造一条精巧但又不太靠谱的“防线”，以防止后者的报复。故事末尾，奥拉西奥在两幢楼之间搭设了一座并不稳固的桥，随时准备跳下。但最终结局如何，作者没有阐明，留下了一个悬念。

正如《跳房子》的副线是一段常规的浪漫故事一样，科塔萨尔的诉求与很多阿根廷当代作家（如爱德华多·马叶亚和埃内斯托·萨巴托）的一样，是在散文、诗歌、短篇小说和长篇小说中努力找寻自我身份。也许《跳房子》试图向我们传达的是，嬉戏的风格和幽默的态度是阐释人类困境最有效的方式。与《堂吉诃德》一样，《跳房子》值得在文学史上被大书特书，尽管这部长篇小说渐渐被人们抛诸脑后，而科塔萨尔现在主要以短篇小说家的身份被世人认可。

20世纪50年代，加西亚·马尔克斯同样在巴黎旅居，时任哥伦比亚报纸驻当地的记者，断断续续领着微薄的薪水。加西亚·马尔克斯出生于哥伦比亚小城阿拉塔卡拉，他很早就放弃了法律专业的学习，成为一名自由写作的记者和作家，居住在 104
令他醉心的加勒比海滨城市卡塔赫纳。在代表作《百年孤独》（1967）出版前，他已出版了两部长篇小说《枯枝败叶》（1955）和《恶时辰》（1962），以及一部中篇小说《没有人给他写信的上校》（1961）。早期的长篇小说后来也得到了重视，但文学性相对一般。中篇小说《没有人给他写信的上校》是部佳作，其中首次出现了小镇马孔多，后来成为《百年孤独》中著名的故事背景。加西亚·马尔克斯还曾短暂造访过古巴，并担任卡斯特罗政府新闻机构（“拉丁美洲社”）驻纽约的记者。加西亚·马尔克斯与卡斯特罗的联系一直很紧密，到此时已超过半个世纪。[①]

1982年，加西亚·马尔克斯获得诺贝尔文学奖，这使他成为世界关注的焦点。他终于可以在巴黎、墨西哥城和哈瓦那（由感激的政府提供）拥有自己的公寓或房子。他笔耕不辍，出版了独裁小说《族长的秋天》（1975），中篇小说《一场事先张扬的谋杀案》（1981）和充满野心的《霍乱时期的爱情》（1985）。1989年《迷宫中的将军》面世，讲述了西蒙·玻利瓦尔的故事；1994年《爱情和其他魔鬼》出版；这两部作品均反响热烈。他以新闻报道风格写就的《绑架逸闻》（1996），描述了哥伦比亚可怕的政治环境，但反响平平。2004年出版的“老少恋”题材的《苦妓回忆录》也备受争议，这部作品似乎也从侧面证明了加西亚·马尔克斯创作力的衰竭。

《百年孤独》的故事发生在丛林里一座虚构的小镇马孔多，围绕着布恩迪亚一家的百年兴衰史展开。尽管马孔多周围发生
105 的一系列历史事件，如内战、美国联合果品公司的侵入及剥削、对罢工香蕉工人的镇压和屠杀，都可以在哥伦比亚的历史上找到，但这座小镇的历史更像是整个拉丁美洲历史的缩影：从航海大发现时期，到西班牙征服时期，再到20世纪早期。甚至有人认

① 本书英文版出版于2012年，当时加西亚·马尔克斯和卡斯特罗均在世。加西亚·马尔克斯于2014年去世，卡斯特罗于2016年去世。

为，时间开始时万事万物都还没有名字，一切似天堂一般，而后整个布恩迪亚家族由于某种原罪开始兴起，马孔多的故事就是一部人类史。在带领全族走出蛮荒、孕育一代又一代血统错综的家庭的族长身上，有一种《旧约》式的人格魅力。

小说最为人赞叹之处，是加西亚·马尔克斯如何将这些宏大的、传奇的、寓言式的或神话般的故事与点滴流逝的时间、布恩迪亚一家琐碎细微的日常，以及马孔多日常的生活相融合。另一个显著的特点是叙事者的口吻，叙事者似乎就站在人群中，他与他们一样相信超自然神明的存在。在这样的口吻下，随处都是暗含讽喻的夸张，因为人、物和事件不可能那么大、那么多，持续得那么久。从这个意义上说，《百年孤独》是一部极富阅读趣味的作品。另一个反讽元素是特定事件、性格和影射下的文学性极强的人物，以及整个虚构世界里谨慎和有效描绘的自然场景，像极了钟表匠或珠宝匠手中的精美物什。倘若博尔赫斯没有去写短篇小说《特隆，乌克巴尔，奥比斯·特蒂乌斯》，而是去创作一部真正的地方主义小说（而非仿作），或许就是《百年孤独》的样子。

在所有"文学爆炸"作家中，富恩特斯是最富世界性的一位。他出生于巴拿马（而非墨西哥），父亲是一名外交官。他跟随父亲先后在华盛顿和智利圣地亚哥生活，并在墨西哥大学和日内瓦求学。他的英语如母语般流利，法语也相当熟练。富恩特斯在墨西哥复杂诡谲的政坛上十分活跃，曾任外交官（驻法国大使）和国内外要事评论员（并饱受争议）。他创作的小说和大量的散杂文及报刊文字中，展露出对墨西哥身份问题的关注。早期作品中能够看到帕斯《孤独的迷宫》的影子，并且在 106

他的整个创作生涯，他都对艺术、哲学和评论界的各种趋势和潮流保持密切关注。

从某种意义上来说，法国思想家米歇尔·福柯和雅克·德里达对富恩特斯影响颇深，富恩特斯还受到了西班牙文化历史学家亚美利哥·卡斯特罗的影响。亚美利哥·卡斯特罗认为，阿拉伯和犹太文化在西班牙的历史演变进程中起到了关键作用，富恩特斯也认同这一观点，特别是在关于塞万提斯的文章中。他时刻关注最新趋势，对政界和艺术界新人多有扶持。与巴尔加斯·略萨和加西亚·马尔克斯一样，他很早就支持古巴革命，在哈瓦那住过一段时间，并从卡彭铁尔的写作中汲取了很多养分（事实上，富恩特斯于1962年发表的最著名的小说《阿尔特米奥·克罗斯之死》中，就有卡彭铁尔的影子）。后来，随着前文提到的帕迪利亚事件，富恩特斯与卡斯特罗决裂。另一部小说《奥拉》也发表于1962年，是对亨利·詹姆斯《艾斯朋遗稿》的致敬，成为富恩特斯最为杰出的作品之一。

《阿尔特米奥·克罗斯之死》参照了卡彭铁尔《回归种子》的叙事结构，采用倒叙手法，从阿尔特米奥的临终时刻一路回溯至他的出生。主人公阿尔特米奥非常有权势，非常富有，在墨西哥革命后通过欺诈和强迫手段侵占了大片土地。作为曾经的军官，他利用自己的影响力哄骗他人听从他的吩咐，控制报刊舆论、经济行为和革命之后的腐败政局。富恩特斯小说的灵感来源之一，是奥逊·威尔斯的经典影片《公民凯恩》——根据报业大亨威廉·朗道尔夫·赫斯特的人生所创作。但是，富恩特斯在其中加入了自己的创新，用三个不同角度的声音来讲述故事（阿尔特米奥即“我”，以及“你”和“他”），造成一种三个声音存在于一个人的潜意识中的阅读体验——先是出现在阿尔特米奥危卧病榻时（这里也有向福克纳的小说致敬的意味），随后在主人公经历关键转折点时出现。在当时的西班牙语文坛，这样的写作手法极为罕见，有助于从多角度侧面展现主人公的性格。107
富恩特斯的作品比科塔萨尔的《跳房子》早一年出版，但在主题或创作手法上都没有引起那么大的非议，也未在读者中激起那么大的反响。但是，《阿尔特米奥·克罗斯之死》的叙事背景在拉丁美洲人尽皆知：墨西哥革命。小说沿袭了古斯曼、阿苏埃拉和鲁尔福的叙事传统。小说出版时因为古巴，革命的话题非常流行。

尽管在《我们的土地》（1975）出版之前，富恩特斯还出版了《换皮》（1967）、《神圣的地区》（1967）和《生日》（1969），但这些都不及《我们的土地》这般野心宏大——不仅于20世纪70年代，于富恩特斯的整个写作生涯也是一部鸿篇巨制。作品通过三个主要文学形象（堂吉诃德、唐璜和塞莱斯蒂娜）来探究西班牙文化。在某种层面上，富恩特斯遵循了詹巴蒂斯塔·维柯的思维方法，通过文化中的故事来研究文化。书中还有其他一些传奇人物：如费利佩二世、叛徒安东尼奥·佩雷斯、流浪汉古斯曼·德·阿尔法拉切，甚至还有贡戈拉《孤独》中遭遇海难的无名者。《我们的土地》试图将社会生活的一切囊括其中。在这里，塞万提斯是一位编年史家，并逐渐变成卡洛斯·富恩特斯；费利佩二世则变成弗朗西斯科·佛朗哥。所有历史上留下重要痕迹的人物，都会在未来重现。他们都通过“自己”的话语发声。作品末尾，拉丁美洲当代小说中的人物也出现了。

富恩特斯作品的思想基础，来源于亚美利哥·卡斯特罗关于“西班牙文化分裂”的理论。该理论认为，由于中世纪伊比利亚半岛上三种不同宗教之间长期摩擦而产生的社会分层，西班牙文化产生了自我冲突。天主教双王[1]在统一西班牙时，并没有从根本上解决这一矛盾，他们在格拉纳达击溃了摩尔人，并驱逐了犹太人。正在此时，哥伦布发现了新大陆。新大陆发生的一切只会是旧大陆的历史重演；在那里，一切旧有的缺陷和纷争都
108 将卷土重来。

巴尔加斯·略萨是“文学爆炸”中最年轻的一员主将。他在玻利维亚和秘鲁的乡村长大，幼时的成长经历在他后来的多部重要小说中有所呈现。年轻时，他搬去利马居住，师从历史学家劳尔·波拉斯·巴雷内切亚，并开始了记者生涯。很快，他就展示出短篇小说创作的天赋，并获得了一个文学奖项。这段经历使他有机会来到巴黎，这里的文艺气息和艺术氛围令他痴迷。时值20世纪50年代，萨特和加缪受到追捧。1962年，巴尔加斯·略萨刚满22岁，凭借首部长篇小说《城市与狗》一举获得著名的塞依斯·巴拉尔文学奖。小说的背景是利马的一所军校，小说描述了军校士官生之间残暴的争吵、对弱小者的霸凌和军校中腐败的当权者。有评论家指出，小说批评了秘鲁军事独裁当局，而巴尔加斯·略萨也因此避居欧洲，只在后来访问了革命热情高涨的古巴。

1965年，他出版了一部更加大胆和更具野心的小说《绿房子》：书名得名于一所妓院，小说中的场景多设置于此。鲍妮法

① 指斐迪南二世和伊莎贝尔一世，两人的联姻在政治和军事上都极为成功，摩尔人被驱逐出西班牙，促成了西班牙的统一。

图6　秘鲁作家马里奥·巴尔加斯·略萨，2010年荣膺诺贝尔文学奖

西娅最初是要当修女的，后被诱骗成为绿房子里的头牌塞尔瓦蒂卡。1967年，这部小说获得委内瑞拉第一届罗慕洛·加列戈斯文学奖（该奖日后成为拉丁美洲重要的文学奖项，得奖者还包括加西亚·马尔克斯和富恩特斯）。巴尔加斯·略萨不仅得以在罗德里格斯·莫内加尔创办的著名文学刊物《新世界》上刊登文章，后者还亲自撰文赞颂。其时，巴尔加斯·略萨是“文学爆炸”中风头最劲的一位作家。几乎与此同时，他与许多其他作家和知识分子一起，与卡斯特罗政府决裂。后来，他一直坚定地对卡斯特罗政府进行批评。

在经历了20世纪六七十年代的大获成功之后，巴尔加斯·略萨并没有停下手中的笔。2000年出版的《公羊的节日》 109
讲述了多米尼加共和国独裁者特鲁希略的故事。但这仍只是他众多成功作品中的一部。巴尔加斯·略萨是一位多产的作家，一个流畅和独特的叙述者，沿袭了巴尔扎克和佩雷斯·加尔多斯的创作风格。他出版的小说种类之多，令人咋舌：滑稽小说《胡利娅姨妈与作家》（1977）中有一位肥皂剧作家将他正在创作的几个故事的情节相混合；《世界末日之战》（1981）描述了在19世纪的巴西，一帮宗教狂热分子试图在卡奴杜斯建立一座城市，而巴西政府下令派兵围剿的故事——故事雏形源自巴西经典文学作品《腹地》（作者尤克里德斯·德·库尼亚，出版于1902年）。《世界末日之战》可称得上是巴尔加斯·略萨的代表作，读来如一部交响乐；德·库尼亚作为小说中的人物出现，深入探讨了他最为关切的暴力、英雄主义和犯罪。2010年，巴尔加斯·略萨获得诺贝尔文学奖，可谓实至名归。

“文学爆炸”中，还有一位较为低调的智利作家何塞·多诺索（1924—1996）。他曾求学于普林斯顿大学，执教于艾奥瓦
110 大学写作中心。他的英语非常流利，精通美国小说。实际上，他的第一部作品就是以英语写就的。多诺索最著名的小说有《加冕礼》（1957）、《没有界限的地方》（1967）和《淫秽的夜鸟》（1970）。他还撰写了一部关于“文学爆炸”史的回忆录《“文学爆炸”亲历记》（1977）。《加冕礼》的发表时间早于“文学爆炸”，是一部詹姆斯式的小说，用怪诞的笔触描述了智利的资产阶级，其时多诺索的风格已初见端倪。

《没有界限的地方》的背景是一所妓院。小说讲述了一位有钱有权的同性恋者使一个妓女怀孕的故事。《淫秽的夜鸟》是多诺索所有作品中最具实验性、最复杂、最令人困惑的一部，主题触及疯癫和身份的缺失。这部巨作可谓多诺索文学生涯的巅峰之作，作家称自己写作时甚至要丧失了理智。关于

imbunche[1]的印第安神话完美诠释了书中虚构的世界，这个怪物在小说中出现，小说中的受害者身上所有的孔都被缝上，被变成一个怪物。多诺索的叙事也同样具有密封和独立性，像一个令人目眩的微观世界。在创建这样一个令人窒息的真空叙事环境时，作家展现了高超的写作天赋。他大半生都流亡墨西哥、美国和西班牙，对皮诺切特政府持批判态度，直到最后才返回祖国智利。

古巴作家何塞·莱萨马·利马（1910—1976）或许与"文学爆炸"的关联要弱一些。尽管莱萨马是一位博学的诗人，但他可能是这群作家中最根植于本土的一位——和其他"文学爆炸"作家相比，他不曾周游世界，除西班牙语外不懂其他语言。尽管如此，他的小说《天堂》（1966）出版后，非议纷至沓来，还有震惊和崇拜。非议由小说中关于同性恋行为的详尽描述所引发，加上作者本人对卡斯特罗政府持中立态度，这部小说出版后一半的印量被当局没收。对这部作品的惊喜和赞许，正是来自作品对同性关系的直白描摹，以及作品本身令人震撼的独创性。科塔萨尔曾在一篇广为流传的文章中，直抒自己的钦佩之情。 111

《天堂》是一部冗长的成长小说，令人联想起乔伊斯的《一个青年艺术家的画像》，但更为丰满；在对哈瓦那的细节描摹和语言使用方面更贴近《尤利西斯》。莱萨马的小说语言与诗歌语言一样缜密，引经据典，不顾语法，喜用修辞。《天堂》是一部深刻的作品，创造了自己独特的话语结构，对人性中最深层次的问题给出了自己的回答。由于莱萨马不喜旅行，卡斯特罗政府

① 智利民间传说中一种半人半兽的怪物，相貌骇人，在巫师聚会时为他们看守山门。

又禁止他出境，同时作品本身并不通俗易懂（不能被简单归于传统的现代主义），《天堂》并没有像加西亚·马尔克斯、富恩特斯或巴尔加斯·略萨的作品那样广为流传。即使如此，这批作家非常清楚，尽管这位文学大师一直待在故乡哈瓦那，却可能比他们中的所有人都更为优秀。

另一个“文学爆炸”中的“异类”是古巴作家吉列尔莫·卡夫雷拉·因方特（1929—2005），他最著名的作品是颇具实验性和滑稽性的小说《三只忧伤的老虎》（1966）。他早年支持卡斯特罗政府，后期站在了它的反面。小说颇得乔伊斯真传，大量运用独白、哈瓦那土语和人物之间拖沓的长篇讨论；背景设定在20世纪50年代后期的古巴首都，描绘了影视和娱乐圈中的红男绿女。同时，小说还显露出科塔萨尔《跳房子》式的风格。

整部小说就是一部社会通俗剧；大部分人物来自乡下，生活拮据，这些穆拉托人或黑人游走在绝望和失败的边缘，想要变得世故和有才华。其中一个人物巴斯特罗菲登在故事开始前就已经死去，他拥有一种异于常人的文字能力；其他人拥有他录制的
112 磁带，他在磁带中戏仿古巴知名作家，听上去他们仿佛在讲述托洛斯基之死一般。这些戏仿的文字游戏非常精妙；实际上，穿插全书的文字游戏都令人拍案叫绝。不仅如此，小说开篇时夜总会主持人介绍了稍后会出现的一些人物，因此整部小说也可以被看成是一场夜总会大戏，而世界就是舞台。卡夫雷拉·因方特是在《新世界》刊物上发表作品的年轻作家之一，他侨居伦敦多年，并于伦敦去世，因为国家政局的动荡，他只能在流亡中度过余生。

"爆炸后"一代中的领袖作家，是来自古巴的塞沃罗·萨杜伊（1937—1993）和来自阿根廷的曼努埃尔·普伊格（1932—1980）。与卡夫雷拉·因方特一样，两人也都在《新世界》刊物上发表文章。萨杜伊的作品具有高度的实验性，从许多方面来说，很多作品可以视作对"文学爆炸"小说家作品的戏仿。20世纪60年代起，他是最先逃离卡斯特罗政府的作家之一。在巴黎，他加入了著名的语言文学理论团体"太凯尔"[①]，该团体有自己的期刊，聚集了大量结构主义者和后结构主义者。萨杜伊是拉丁美洲唯一真正投身"太凯尔"事业的知识分子（尽管该团体的理论对帕斯和富恩特斯的创作也产生了一定的影响）。由于该团体理论的渗透，他的作品变得复杂难懂，但同时也展现出高度的独创性和深刻性。《歌手们是何处人》（1967）和《弥勒菩萨》（1978）是萨杜伊的代表作，尽管很难像加西亚·马尔克斯或富恩特斯的作品那样被大众阅读和接受，但由于独特的创作手法，它们也将成为拉丁美洲文学史上的重要作品。

普伊格着迷于大众媒体，尤其是电影对普通人和文学的影响。《丽塔·海华丝的背叛》（1968）的小说背景是一个虚构的阿根廷小镇，与"文学爆炸"时期的作品一脉相承，足以与它们媲美。《蜘蛛女之吻》则另辟蹊径，可以称得上是一部大师级的独创性作品。故事发生在阿根廷的一座监狱，一个政治犯和一个同性恋者被监禁于此，后者试图通过讲述自己看过的电影片段以达到引诱前者的目的。作品虽然具有高度的原创性，但文风自然，明朗易读。小说还曾被翻拍成经典电影。萨杜伊和普

① 1960年由索莱尔、法叶等人在巴黎创办的先锋派文学理论团体，他们主张对文艺的作用及语言进行结构分析，并提倡所谓的"创造性"阅读方法。

伊格这两位早年成名、前途无量的作家都因罹患艾滋病早早离世，这也使得从“文学爆炸”到“爆炸后”的文学传承变得步履维艰。另一位因同样原因去世的古巴作家雷纳尔多·阿里纳斯（1943—1990）才华横溢，因性取向数次入狱，后通过马列尔偷渡事件[①]流亡海外。他留下了不少传世作品，如《令人迷惘的世界》（1966），重述了墨西哥神父塞万多·特雷萨·德·米耶尔（1765—1827）的生平。米耶尔一生为争取祖国的独立而斗争，却遭到当局的迫害。阿里纳斯还创作了一部扣人心弦的自传作
114 品《当黑夜降临》（1992），同名电影大获成功。

① 马列尔偷渡事件发生于1980年，其时15万名古巴人渡海到达佛罗里达州。

第六章

今日拉丁美洲文学

“文学爆炸”可以说是拉丁美洲小说界一场识别度极高的文学运动，加上同时期诗歌界百花齐放的盛景（巴勃罗·聂鲁达、奥克塔维奥·帕斯、何塞·莱萨马·利马、豪尔赫·路易斯·博尔赫斯和尼卡诺尔·帕拉都活跃在这一时期），人们自然而然会对下一阶段的拉丁美洲文坛产生强烈的好奇与期待，尤其是“文学爆炸”尘埃落定之后那场结束这一阶段的关键性文学运动。既然有“文学爆炸”运动，那么理应有“爆炸后”文学才对。然而在文学史上，除非有新的文学巨作和巨擘出现，否则我们很难将文学脉络轻易斩断和分类，就像“文学爆炸”时期那样。当今文坛尚未出现和当年“文学爆炸”一样的盛景，无论在小说界还是在诗歌界，都没有与此前等量齐观的重磅作品或作家出现。

大作家是罕有的，即便只有几位出现，也会让我们期待在下一个瞬间就会迎来一个全新的文坛之春。总体而言，拉丁美洲文坛尽管依然生气勃勃、佳作不断，但与上世纪后30年间的景象已颇为不同。1996年帕斯去世，从某种意义上来说，这意味着一个时代的终结。

20世纪80年代，年轻一代的拉丁美洲作家决心摆脱魔幻现实主义，从“文学爆炸”小说家所倡导的现代主义美学中走出来。这一“爆炸后”的文学运动自称“麦贡多”（“麦贡多”显然
115 脱胎于《百年孤独》中的小镇“马孔多”[①]）。这群作家用笔描绘出一个都市化的、全球化的、被美国文化（如麦当劳餐厅）席卷的拉丁美洲。另一个主要由墨西哥作家组成的类似的文学团体，自称“新浪潮”，他们不仅反富恩特斯，同时也反帕斯及其文学帝国。上述作家群体都没有留下具有传世价值的文学作品——作家在本国声誉平平，在国际上更是如此。马孔多就像荷马的伊萨卡、维吉尔的罗马、巴尔扎克的巴黎或狄更斯的伦敦，无法在文学史上轻易被超越。

新一代拉丁美洲作家分为两大阵营——“麦贡多”和“爆裂”，两者都坚定地站在“文学爆炸”的反面。“麦贡多”事实上是一本小说集的名字，这本书由智利作家阿尔贝托·弗戈特和塞尔吉奥·戈麦斯于1996年编辑出版。同年，一群墨西哥作家发表了著名的“爆裂宣言”，他们反对加西亚·马尔克斯的追随者所创作的具有“异国情调”的拉丁美洲小说——在后者笔下，拉丁美洲被描绘成欧美读者想要看到的样子：粗鄙，乡野，到处是幽灵般的城镇，由肆无忌惮的军事独裁者统治，故事里充斥着本不可能发生、被归结于本地巫术的奇幻事件。

新一代作家倾向于向世界展示一个全球化背景下的拉丁

① “麦贡多”拼写为McOndo，而“马孔多”为Macondo。

美洲。他们创作现实主义小说，讲述深受媒体影响的都市日常。这些作家是一群名副其实的“转舵者”。“文学爆炸”的作家群体深受现代主义创作风格的影响，他们的基本诉求是建立拉丁美洲的身份认同，通过自己的语言实验和对历史的挖掘来实现。新一代作家则强调，无须继续为文化身份所困扰，而是应着力探寻电影、电视和广告轰炸下异化图像世界中的个体身份。

法国当代哲学家弗朗索瓦·利奥塔在《后现代状况：关于 116
知识的报告》（1979）中指出，宏大叙事（关于如何看待世界和历史的广泛的哲学教义）正在陷入低潮。这些教义始于启蒙运动，根植于基督精神，赋予了小说广大的叙事空间。身份是拉丁美洲文学中的宏大叙事，但到塞沃罗·萨杜伊的作品问世的时候，这种叙事模式已然瓦解，他的写作关注的是剩下的碎片。

柏林墙的倒塌和苏联的解体，标志着共产主义——一种叙事的历史版本（或曲解）——在苏联陷入低潮。在拉丁美洲，马克思主义一直是（并且在一些地方仍然是）一种世俗化的大众信仰，尽管共产主义在苏联已然宣告无效。或许，所谓的“爆炸后”（如果存在的话）就是这一后现代状况的表达。当今世界给人们的感觉是，它已经不能被文学或知识分子所改变；而之前，在古巴这样的地方，乌托邦是一个可感知的存在。

“麦贡多”和“爆裂”等运动在竞争形式下使“文学爆炸”得以具体化并被曲解。加西亚·马尔克斯或许是最有影响力的作家，但其他作家，如富恩特斯、科塔萨尔、巴尔加斯·略萨、多诺索，以及再近一些的普伊格和萨杜伊，已经转向了这些运动提及的当代拉丁美洲的某些现实。年轻一代的一大问题在于，反对当局虽然会是报刊和新闻采访的好题材，但必须要伴随以重量级的文学作品才能有持久的影响力。“麦贡多”和“爆裂”中的作家都缺乏在质量或市场表现方面可以与《百年孤独》媲美的重量级作品。

他们中有两位通过自己的杰出作品赢得了一定的声誉。“麦贡多”作家、来自玻利维亚的埃德蒙多·帕斯·索尔旦
117 （1967— ）的小说代表作《唐宁的谵妄》（2003）讲述了玻利维亚独裁统治下一名解密者和黑客的故事，故事很复杂，可读性很强。这是一个全新的题材。帕斯·索尔旦本人似乎对谜题相当着迷：他个人最棒的短篇小说之一，也是拉丁美洲近30年最好的短篇小说之一，讲述了一个以创作填字游戏为生的男人的故事。“爆裂”作家、来自墨西哥的豪尔赫·博尔皮（1968— ）出版了几部畅销小说。其中《疯狂的终结》（2003）的故事发生在20世纪60年代后结构主义盛行的巴黎。这是一部讽喻和解构性的作品，尤其针对法国精神分析学家雅克·拉康和他的一众拉丁美洲追随者。它同时是一部很好的间接评价“文学爆炸”的作品。《追寻克林索尔》（1999）获得西班牙简明图书奖，讲述了第二次世界大战期间德国科学家在原子弹方面进行的研究。

自“文学爆炸”时期一直坚持创作的两位女性作家，是来自阿根廷的路易莎·瓦伦苏拉（1938— ）和出生于秘鲁利马的智利作家伊莎贝尔·阿连德（1942— ），两人在一定范围内均产生了持续的影响。尤其是后者，在欧洲大获好评。她的早期作品——尤其是成名作《幽灵之家》（1985）——的风格与加西亚·马尔克斯的十分接近。她的作品频频被翻译成英文出版。瓦伦苏拉是作家路易莎·梅塞德斯·莱文森的女儿，

成长在布宜诺斯艾利斯的一个文人家庭，很早就开始尝试写作。她以女性视角创作反阿根廷军政府的小说，向拉丁美洲典型的父权社会开炮。她的作品包含了1982年出版的短篇小说集《交换武器》和1983年出版的《蜥蜴的尾巴》。她在英语世界或欧洲大陆的接受度不及阿连德，但她的作品在学术圈引发了有趣的讨论。

散文创作再度回暖，两位流亡中的古巴作家是其中的翘楚人物：安东尼奥·何塞·庞特（1964—　）和拉法埃尔·罗哈斯（1965—　）。庞特还同时创作诗歌和小说，发表了有很高独 118
创性的散文——如《监视下的节日》（2007），记录了一名意大利摄影师的古巴之旅。散文涉及卡斯特罗政权下萧瑟的哈瓦那，以及一座座设计新颖的烂尾楼。庞特文风幽默，行文流畅，对细节的掌控尤为到位。他仔细描述了一家年代久远的酒吧里的一台古老的点唱机如何被翻修以吸引更多游客。他不动声色地描述了一场博物馆之旅，国家安全人员展示了一段很长的被镇压的历史中的物件。《监视下的节日》读来像一部小说。历史学家罗哈斯是一位非常多产的散文家，凭借对古巴的精细描摹获得了两个著名的文学奖项。在《不平静的坟墓》（2006）中，作家描绘了拥护卡斯特罗政权的知识分子眼中的一部修正主义的古巴史。这是一部研究深入的作品，以历史学家的均衡角度切入，对一些支持政府的知识分子及其前辈，给予了不留情面的抨击。

罗哈斯、庞特，以及来自拉丁美洲和西班牙的作家在一本名为《自由写作》的刊物上发表文章，这本刊物可以说是拉丁美洲此前所有重要文学刊物的继承者。刊物总部设于墨西哥城，由著名历史学家恩里克·克劳泽担当主编，后者曾与奥克塔维奥·帕斯共同创办《回归》。同时，《自由写作》也在马德里出版，内容与墨西哥版略有不同。刊物囊括了文化和政治评论、书评，以及小说和诗歌。这是现阶段拉丁美洲文化界最重要的文化刊物。古巴知名刊物《美洲人之家》仍在出版，但已不复之前的影响力。

另两位将拉丁美洲文学重新拉入现代读者视野的小说家，分别是费尔南多·巴列霍（哥伦比亚，1942—　）和罗贝托·波拉尼奥（智利，1953—2003）。巴列霍很早就离开了他出生的城市麦德林，他早年学习哲学，后改学生物学并获得生物学学位。
119 在罗马，他学习了电影制作，并回到哥伦比亚开始制作电影。但他与哥伦比亚政府政见不合，于1971年搬往墨西哥居住。至今他依然住在那里，并加入墨西哥国籍。巴列霍对毒品、同性恋、暴力、语法和宗教都有兴趣，这在他的小说和电影中均有呈现。他本人是一名高调出柜的同性恋者，十分招摇，喜爱动物，尤其是狗。所有这些元素贯穿于他最杰出的小说《刺客们的圣母》（1994）之中，这部作品是他自我虚构的麦德林返乡之旅。叙事者兼主人公是一位中年同性恋者，他是语法教材的作者，与两个十几岁的青少年长期保持着同性恋人关系，而后者是职业杀手，受雇于两家相互竞争的贩毒团体。巴列霍不动声色地描绘了这些职业杀手的生活，他们以杀人为乐，会因为一点莫须有的小事在街上拔枪动火。

小说的语言和书名都彰显了贯穿全书的宗教基调，譬如，杀手将受害人脑门上的枪眼称作“圣灰十字架”，这与天主教徒在圣灰星期三往彼此额头上涂抹的圣灰叫法一致。语法学家通过抒情的语句表达自己对这两个男孩的爱意，显露出古典西班牙诗歌的影响。《刺客们的圣母》的文风冷酷有力，不仅因为描写营造出丑陋、暴力的社会氛围，而且因为小说似乎挖掘出了人性中最隐秘和龌龊的部分。小说在展现社会的堕落方面不遗余力，仿佛作者为尼采附体一般。

2003年，巴列霍在加拉加斯荣膺罗慕洛·加列戈斯文学奖，与加西亚·马尔克斯、富恩特斯和巴尔加斯·略萨等文豪并肩。在颁奖仪式上，怀着对委内瑞拉现任乌戈·查韦斯政府的不满，他不无嘲讽地将菲德尔·卡斯特罗与基督耶稣做比较（此举引起了人们的强烈反感），并将奖金悉数捐赠给一家动物保护组织。很快，巴列霍被政府驱逐。获得墨西哥国籍后，他写了一封长信，心潮澎湃地解释了自己放弃哥伦比亚国籍的原因，此举同 120
样令人反感。巴列霍的态度和行动，很像一个颓废主义者或“被放逐的诗人”（如波德莱尔、魏尔伦和兰波），他本人也曾对这些作家公开表达过敬仰之情。与“文学爆炸”及其后那批有着坚定的政治理念并且“政治正确”的作家相比，巴列霍颓废的政治立场无疑是前所未有的。

波拉尼奥几乎是当今唯一一个可以与“文学爆炸”作家相提并论的拉丁美洲作家，是一颗冉冉升起的新星，却于50岁英年早逝。他去世后，他的声名依然卓著，这完全源于作品的高质量。

波拉尼奥是一名卡车司机的儿子，高中便辍学回家写诗。他还很年轻时就搬去了墨西哥；在那里，他结交了一批叛逆的诗人，加入愤怒的文学团体，不停攻击精英作家的诗歌朗读。奥克塔维奥·帕斯是他们抨击的主要对象。《荒野侦探》（1998）就是以这群叛逆的年轻诗人为原型创作的，这部作品给他带来了声誉，并使他于1999年荣膺罗慕洛·加列戈斯文学奖。那时候，波拉尼奥已辗转去了巴塞罗那，并摆脱了漫游欧洲时沾染的毒瘾。《荒野侦探》被拿来与“文学爆炸”最优秀的作品和莱萨马·利马的《天堂》（波拉尼奥非常看不起加西亚·马尔克斯及任何与魔幻现实主义相关的创作）相比较。小说中有多个叙事者，围绕主人公尤利西斯·利马（名字取得很巧妙）的一群落魄诗人，令人联想到《跳房子》中的长蛇俱乐部；而波拉尼奥对同是超现实主义追随者的科塔萨尔颇感敬佩，与这位阿根廷作家在很多文学趣味方面也不谋而合。

因害怕肝功能问题会随时危及生命，波拉尼奥在生命的最后几年奋笔疾书，同时为自己与加泰罗尼亚妻子生下的两个孩
121 子感到担忧。新写就的小说虽然篇幅不及《荒野侦探》，但部部都是充满野心的力作。《智利夜曲》（2000）的英文版书名被译为《智利之夜》，这是一部中上之作，在不到200页的篇幅里，一个垂死的智利神父回顾了他的一生。这位博学的神父同时精通拉丁和希腊经典，曾任奥古斯托·皮诺切特将军及其幕僚的参谋。他穿越欧洲一座又一座城市的教堂，协助消灭城市上方如雨点般落下的白鸽。每座教堂各自给出的解决方案——放飞捕捉鸽子的鹰隼，每只都根据当地语言和文化取名——十分可笑，充满特殊的象征含义。波拉尼奥罕见的文风既令人捧腹又十分深刻，他针对天主教堂所作的描写可被称作是一种恭敬的讽刺。通过对这位神父的描写，波拉尼奥展现了他对但丁的了解，或许包括他的文学偶像豪尔赫·路易斯·博尔赫斯。

在不远的将来，会有另一位波拉尼奥出现吗？在今天的拉丁美洲，依然运营着许多文学刊物。作家聚集在各国首都讨论

文学，来自西班牙语国家的艺术家和知识分子，依然因为同样的原因（政治迫害、对文学新局面的渴望）相聚在巴黎、马德里、纽约和其他城市。在他们各自的国度，即便是在一些小镇里，胸怀大志的小说家和诗人围坐在咖啡馆的圆桌旁，交换看法，互相阅读。另一位波拉尼奥或许已经在他们之中诞生，只是有待发掘。又或者，一位与波拉尼奥不相像的作家，或许会以特别的原创性突然出现在众人的视野中，带着足以传世的作品，令所有人大吃一惊。一切都难以预测。只有当我们回头去看时，文学史的模式才会显露出来。 122

索　引

（条目后的数字为原书页码，
见本书边码）

A

B

C

D

E

F

G

H

I

J

K

L

M

N

O

P

Q

R

S

T

U

V

W

Roberto González Echevarría

MODERN LATIN AMERICAN LITERATURE

A Very Short Introduction

A la memoria de Octavio Corvalán,
maestro tucumano

Contents

List of illustrations

Acknowledgments

Nancy Toff, editor at Oxford, convinced me that writing this book was a worthy endeavor, and it has been that. Compressing more than two centuries of modern Latin American literature in such a brief space was a compelling challenge conceptually and rhetorically. The effort forced me to clarify to myself a number of issues; I hope that they are clear to the reader. I also had to subject the corpus of texts comprising modern Latin American literary history to the most severe assessment in terms of quality and influence. Evaluation is the least acknowledged and discussed practice in literary criticism, but the most prevalent. I am sure that some of my colleagues in the field will not agree with all of my choices and that many will lament bitterly some of the inevitable exclusions. I challenge them to perform a similar exercise in conciseness. I always say, anyway, that criticism is the start, not the end of a discussion. The general reader will be merrily oblivious to these quarrels. I hope that upon finishing the book he or she will be eager to read Latin American literature.

I have written this very brief introduction keenly aware that my learned colleague and dear friend Rolena Adorno was writing her own on colonial Latin American literature. We agreed to make Andrés Bello the hinge between the two volumes, so the reader of both will have two takes on the Venezuela polymath. I have consulted Rolena at every step and have been enriched by her vast erudition, intelligence, and good sense. She is not responsible for the errors that I still made in spite of her wise counsel.

Jennifer Darrell, a young scholar, has been a smart, diligent, and learned assistant throughout the whole process of writing the book. I cannot thank her enough for her help on all matters, including the procurement and selection of illustrations.

I began the book during spring break 2010, on the dining room table of our rented apartment in Anna Maria Island, Florida, as my resigned, supporting, and beloved wife, Isabel, looked on and often encouraged me to take a break. I continued it that summer during our two-week stay in Chile (Santiago and Concepción), where Roberto Hozven, my host, friend, and a professor at the Pontificia Universidad Católica de Chile, was a sharp interlocutor who challenged me on a number of choices and opinions. I am very grateful for his insights. I am also indebted to Gustavo Pérez-Firmat, of Columbia University, with whom I discussed (argued) about many points to my benefit and, I hope, that of the book.

Chapter 1
Introduction

In the 1960s, Latin American literature became known worldwide as never before; Jorge Luis Borges, Gabriel García Márquez, Julio Cortázar, Mario Vargas Llosa, Carlos Fuentes, Pablo Neruda, and Octavio Paz were incorporated into the culture of educated readers in the West. Miguel Angel Asturias, Neruda, García Márquez, and Paz received Nobel Prizes, and it has been said that García Márquez is today the most influential writer in China. In 2010 Vargas Llosa too was awarded the Nobel Prize. Outside the Spanish-speaking world, however, few know about the literary tradition from which these authors emerged.

Although Latin Americans had been writing for a long time, Latin American literature became conscious of itself in the 1850s, when a group of exiles and diplomats from several Latin American countries found each other in Paris, and decided to launch a journal and prepare critical editions of colonial texts that they considered to be the origin of their newly discovered literary tradition. This process of mutual recognition took place in the wake of independence from Spain and set in motion trends and practices that still endure today.

The first of those trends is that Latin American literature would become aware of itself as a continent-wide phenomenon, not just as an assemblage of national literatures, in times of political

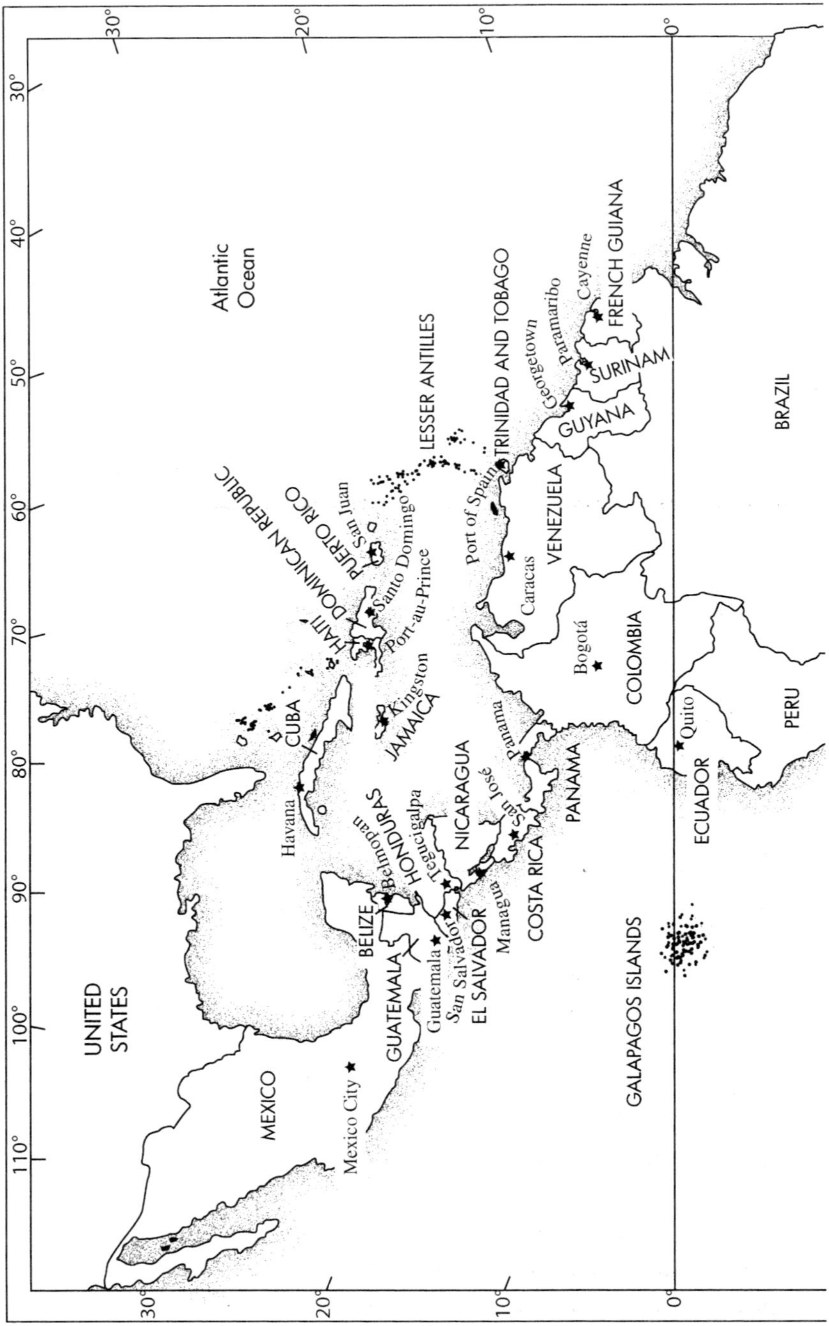
Atlantic Ocean
UNITED STATES
MEXICO
Mexico City
GUATEMALA
Guatemala
BELIZE
Belmopan
HONDURAS
Tegucigalpa
San Salvador
EL SALVADOR
Managua
NICARAGUA
San José
COSTA RICA
Panama
PANAMA
Havana
CUBA
Kingston
JAMAICA
HAITI
Port-au-Prince
DOMINICAN REPUBLIC
Santo Domingo
PUERTO RICO
San Juan
LESSER ANTILLES
TRINIDAD AND TOBAGO
Port of Spain
Caracas
VENEZUELA
Bogotá
COLOMBIA
Quito
ECUADOR
PERU
BRAZIL
Georgetown
GUYANA
Paramaribo
SURINAM
Cayenne
FRENCH GUIANA
GALAPAGOS ISLANDS
30°
20°
10°
0°
30°
40°
50°
60°
70°
80°
90°
100°
110°

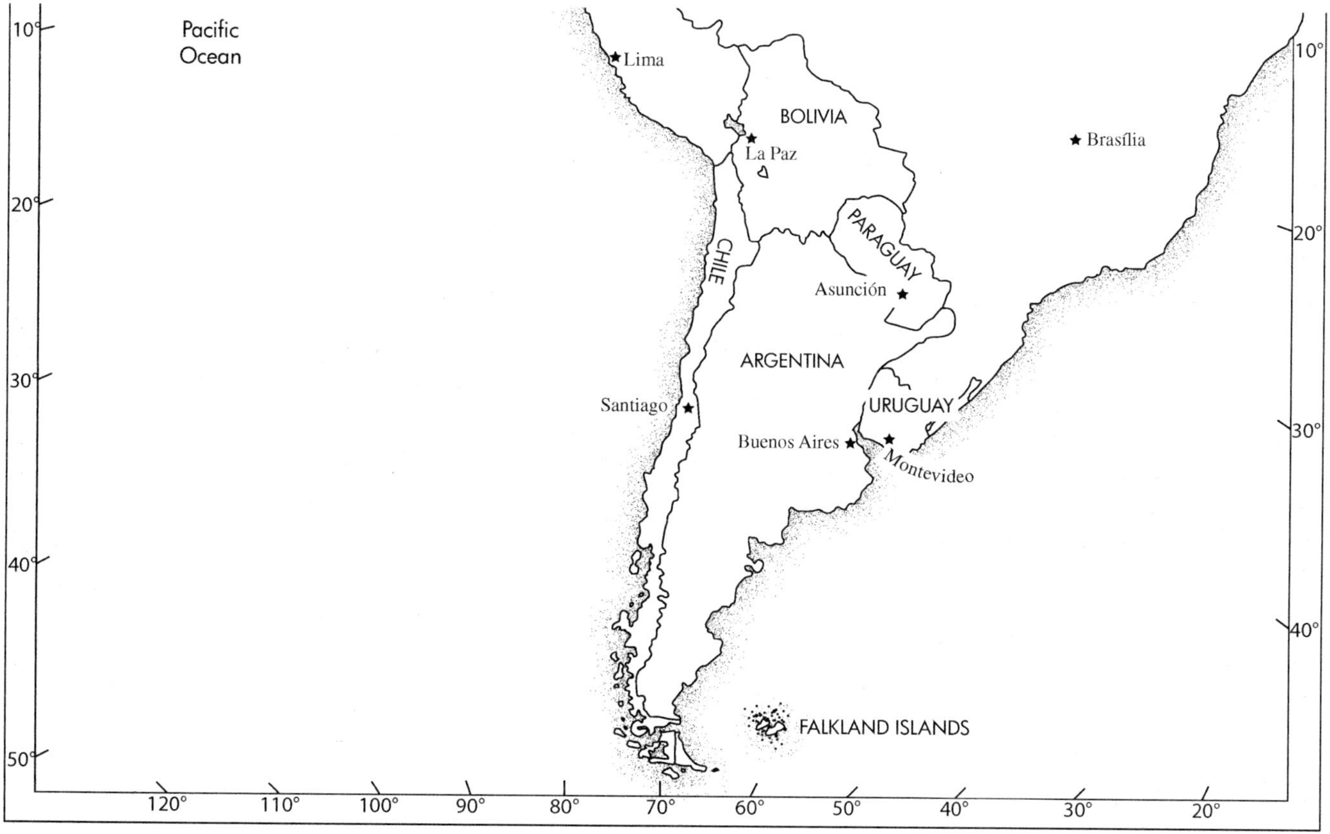

1. **Contemporary Latin America.**

change. The first was independence and its aftermath. The next crisis was provided by the Spanish-American War, which not only brought down what was left of the Spanish empire but also made manifest the chasm existing between the Hispanic and the Anglo-American worlds, and between Spain and its former colonies. This feeling of cultural difference would produce Modernismo, the first literary movement to emerge from Latin America. In the early twentieth century, the end of World War I and the Soviet and Mexican revolutions produced the avant-garde, which generated a plethora of literary production, chiefly in poetry and to a lesser degree in prose fiction. The catastrophic First World War confirmed the breakdown of the European ideals and aspirations developed during the nineteenth century, the heyday of new scientific discoveries, and unbridled imperial expansion.

The West was clearly in crisis. This brought about a sense of liberation in the arts, including the European ones themselves, which spread throughout Latin America, where avant-garde movements proliferated and followed one another, encouraging much literary activity. During the Spanish Civil War (1936–39) writers from all over the world, among them many Latin Americans, converged on the Peninsula to fight for the Republic. The meeting of Spanish and Latin American writers, particularly poets, fostered a sense of common political and aesthetic purpose among all and brought about what amounted to a golden age in Spanish-language poetry. In the 1960s the Cuban Revolution, together with a general trend toward decolonization, sparked the movement in the Latin American novel that came to be known as the Boom.

While Latin American writers feel part of a continent-wide literature in moments of historical crisis, each Latin American country has its own national literature, nurtured and promoted by its government, with local specific traits and celebrated writers. Because of the centralized bureaucratic nature of the Latin American republics, writers and other intellectuals are often functionaries of the state, occupying positions as exalted as ambassadorships or as modest as teachers and bureaucrats. The major national literatures developed in the larger countries, particularly those that were the seats of viceroyalties during the colonial period (Mexico, Peru, the River Plate area), though Colombia, Chile, and Cuba have thriving national literatures, the latter because Havana was the meeting port of the biannual fleets that connected the Spanish Empire to the metropolis. Size or importance, in any case, does not assure the emergence of significant authors. Tiny Nicaragua saw the birth of Rubén Darío in 1867, the most influential poet in the Spanish language since Garcilaso de la Vega (1501–36).

The second trend that those writers and intellectuals started in Paris was that Latin American artists would continue to gravitate to the French capital and, whenever possible, run their literary and artistic movements from that city. Given that there are nineteen Latin American countries spread over a vast, fragmented territory, there is no logical metropolis for them to meet, like New York for the Americans or London for the English. Besides that geographical reality, Paris meant freedom from the Spanish tradition and an affirmation of a cosmopolitanism that was lacking in Spain. Latin American intellectuals and artists have tended to be French oriented, and very few of the major ones did not speak French; most do to this day.

With such a continental, cosmopolitan orientation, Latin American literature also affirmed a quality that separated it from the literature of the United States, with which it would nevertheless sustain relations throughout the nineteenth and twentieth centuries, but from which it differs substantially. Latin American literature has tended to be urban, of the city, not exalting the countryside and nature as sources of inspiration and ideal sites for its production, as in Anglo-American literature. Nature, in the form of jungles or endless plains, appears as a menacing yet alluring presence, the keeper of dark secrets about individual and collective identity; it is rarely idealized as a pastoral setting.

A third enduring practice that those writers began in Paris was the creation of a journal to promote the philosophical and aesthetic accord of their group. The history of modern Latin American literature can be, and has been, written following the emergence of such journals throughout the continent. The first was not the one founded in Paris but Andrés Bello's *El repertorio americano* (1826–27), which the Venezuelan founded during his exile in London. But this was an individual, not a collective, project. Many, like the one in Paris, followed: *Sur* in Buenos Aires, *Orígenes* in Havana, *Contemporáneos* in Mexico City, and *Asomante* in San Juan, Puerto Rico. There are many others, such as the current *Letras libres* in Mexico. For the most part these journals have been self-sustaining. Yet others have been supported by governments, like *Casa de las Américas* in Havana, which was created by Fidel Castro's communist dictatorship as part of its cultural propaganda campaign.

Another trend the Paris-based, nineteenth-century Latin American writers started was the effort to incorporate texts from the colonial period into their sense of a shared literary past, an origin. As Romantics, they endeavored to create a new tradition with a significant source of its own, like those the European literatures had found in "national" epics such as the *Poema del Mío Cid*, *Chanson de Roland*, the *Nibelungenlied*, and *Beowulf*. This was complicated in Latin America by the fact that colonial works were produced during Spain's overseas domination, and many were written by authors born in Spain. The solution to this problem was to stress that the chronicles of the discovery and conquest of America, which had an epic quality, related deeds occurring within the territory of what would become Latin America. They also called attention to the fact that poets and artists of what came to be known as the Barroco de Indias, a strong seventeenth-century New World trend, emphasized their being American as their essential Baroque oddity. In many instances these colonial antecedents are enabling fictions of considerable interest for the moment in which they were invented.

Those founding Latin American authors had in common with their North American counterparts the wish to create a literature whose newness reflected that of the New World in which it was conceived, a feature that has continued until the present. The conceit of novelty would in the future be predicated on the presence in the Americas of peoples who were alien to Western history, whether because they were natives of the New World or, as with the descendants of Africans, because their forebears were not of European origin. In various guises, this conceit has endured until today, propped up by the contradiction that the language and the literary conventions in which Latin American literature is written are both thoroughly Western. Walt Whitman's titanic quest to write a personal and collective epic naming the new realities of the New World found echoes in the Latin American poetry of the likes of Neruda and in García Márquez' fictions. Borges' answer to the conundrum Latin Americans faced wanting to create a new tradition, yet rooted in a Western one, is that Latin Americans should simply assume the Western tradition as theirs but to do so without reverence, to feel free and unencumbered by it. The struggle with this issue has been a topic in the Latin American essay dealing with the issue of identity, national and Latin American, with different inflections determined by the writer's particular region of origin.

But what is Latin America, and how did it come to be so named? The Spanish empire endowed its possessions in the New World with a remarkable and resilient unity thanks to three institutions they exported and promoted aggressively: the Spanish language, the Roman Catholic Church, and the law. The three have remained at the core of Latin American culture, which is solidly attached to the West through these and other institutions, such as education. (There is in certain Latin American literary works, like the *Canto general* and *Cien años de soledad*, a totalizing view of Latin America that betrays a nostalgia for the old Spanish Empire, and ultimately a Catholic universalism that harkens back to the Roman Empire). Independence did not shatter that unity, which is the reason why, in spite of there being nineteen Spanish-speaking nations in Latin America, there is an overarching Latin American cultural tradition and sustained intellectual and artistic exchange among all of them, and also with Spain.

Latin America was called "Latin" by the French when they embarked in their catastrophic imperial venture in Mexico in the middle of the nineteenth century, with the intention of filling the void left by the Spanish after independence. The French appealed to the common Latin origin of French and Spanish to forge an alliance that would counter Anglo-America—that is, the United States. Of course, the name "Latin America" is in those terms inappropriate, not only because there are many in Latin America who are not descendants of Europeans but also because the remote Latin origin of the language is a philological myth with little or no political currency. English is a Germanic language, but no one would think of calling natives of the United States and Canada Germanic Americans. But as inaccurate and awkward as it is, Latin America has stuck as the name for the territories of the former Spanish empire (not without some competition from Hispanoamérica, Iberoamérica, and even Indoamérica). Since the modern sense of being Latin American dates roughly to when the name was given to the region, it is not altogether wrong to continue using it, always recognizing that no name ever properly reflects the essence of the region, nation, or ethnic group that it designates.

What about Brazil? Brazilian literature is, second to that of the United States, the richest national literature in the Americas, and it has had substantial though intermittent exchanges with the literatures of the rest of the Americas. But it is a literature of its own, written in a cognate but different language than Spanish, and cannot be simply lumped together under one rubric with the literatures of Spanish-speaking America, even though it certainly is a Latin American literature.

Chapter 2
Poetry from Romanticism to Modernismo: Bello to Darío

Poetry is the genre to first register changes in artistic sensibility, and the new American inflection of Latin American literature that emerged at the beginning of the nineteenth century was initially expressed in verse. The first poets to manifest the change were still under the sway of neoclassicism, which made the representation of specifically new-world conditions difficult; their prosodic habits and range of allusions were determined by the imitation of Greek and Roman models, as adapted by eighteenth-century European poetry, particularly Spanish.

Throughout the nineteenth century Latin American poetry struggled to achieve a genuine expression, to shed a language predicated on European realities and modes of thought. This effort was more often than not allied to the battle first for political independence from Spain, and later for the discovery of national and continental styles of government attuned to the geographic and demographic characteristics of the various regions.

No poetry could be more closely associated with independence than that of the Ecuadorian José Joaquín Olmedo (1790–1847), whose most significant poem (definitive edition 1826) was a hymn dedicated to the liberator Simón Bolívar and his victory over the Spanish at Junín (Peru). This epic-like ode, titled "La victoria de Junín: canto a Bolívar" (The Victory at Junín: A Song to Bolívar), very much in the neoclassical style, is an ambitious poem whose historical sweep encompasses the whole of the Latin American past from pre-Columbian times to the date of the battle it celebrates.

The poem had been commissioned by Bolívar himself, with the proviso that it leave him out, which was of course impossible. In imitation of Roman models, mostly Virgil, Olmedo's poem focuses on the heroic figure of the Liberator, whose grandiose plans for the foundation of a large new nation, Gran Colombia—which would encompass today's Venezuela, Panama, Colombia, Peru, Bolivia, and Chile—rivals that of the establishment of Rome as sung by the *Aeneid*. The din of battle is evoked by resounding alliterations and onomatopoeias, and its ennobling quality highlighted by allusions to classical mythology, which places this American event at the core of Western history. But the most daring twist in the poem was caused by the pressure of actual historical events.

The battle of Junín, at which Bolívar played a starring role, took place on August 6, 1824, but the decisive battle of Ayacucho (Peru), which put an end to Spanish rule in South America, was not fought until December 9 of that year. At Ayacucho the victorious commander was the youthful Antonio José de Sucre, not Bolívar, who was not present. This put Olmedo in a quandary, for he needed the Liberator to be the hero; besides, his poem extolling the battle of Junín was already completed and, in good neoclassical fashion, observed the unities of place and time. Olmedo's grand solution, one in keeping with epic tradition, was to have Huaina Cápac, the last of the Inca emperors, appear to the combatants in a vision, prophesying the forthcoming battle of Ayacucho, at which their work would be finished. The story of the Incas allows Olmedo to drag in the whole history of the colonial period, redolent with the abuses visited upon the Indians by the Spaniards, whom he excoriates, with the exception of Fray Bartolomé de las Casas, their defender. He envisions a heaven in which Bolívar will dwell with the Inca emperors.

Bolívar was Olmedo's first critic. The Liberator was not pleased with the inclusion of Huaina Cápac, whom he thought overwhelmed the poem with his somewhat garrulous presence. Bolívar obviously did not like to share the limelight. Still, "La victoria de Junín: canto a Bolívar" is a remarkable modern epic, set at the foundation of new nations, as epics are supposed to be, with an elevated tone and style commensurate with its grandiose theme. It is crammed with classical allusions, there are hyperbatons (unusual word order) that echo Latin syntax, the rhetoric is to some extent oratorical, and the lexicon can be obscure.

The neoclassical mood is felt not just in these features but also in the longing for peace and tranquility expressed as the desire to transform swords into plows. Yet, there are moments when Olmedo's poetic gift overcomes these limitations and comes through in delicate lines, as when he says that the monuments erected by man's vanity "are scorned by time which / with its delicate wing touches them, bringing them down." There is also the joyful mention of American fruit (tamarinds, pineapples), with their euphonious names and sensual evocations, which together with the insertion of America into universal history lend the poem the air of a fresh beginning, a persistent and defining topic in modern Latin American literature.

The Venezuelan Andrés Bello (1781–1865) was the first modern Latin American intellectual and poet. A polymath, Bello was a grammarian, philosopher, lawmaker, academic, translator, essayist, and poet. He wrote a grammar of the Spanish language, helped draft the Chilean judicial code, founded the University of Chile, was an advisor to Bolívar, founded an important journal, *El repertorio americano*, and published influential poetry in the neoclassical style. Bello straddled the Enlightenment and Romanticism. He went to England in 1810 as an aid to Bolívar and stayed in London until 1829.

This was a fruitful and formative period of his life, during which he devoted himself to the study of languages, literature,

2. Frontispiece (*above*) and title page (*opposite*) of the first issue of *El repertorio americano*, the journal Andrés Bello of Venezuela published in London in 1826.

EL

REPERTORIO AMERICANO.

TOMO PRIMERO.

OCTUBRE DE 1826.

LONDRES:
EN LA LIBRERIA DE BOSSANGE, BARTHÉS I LOWELL,
14, GREAT MARLBOROUGH STREET.

1826

philosophy, and the law. He came into contact with early Romantic nature poetry and translated Byron. But his inclinations were neoclassical. Between 1829 and 1865 he lived in Chile, devoting himself to drafting Chilean law, organizing the university, serving as its first president, a post he held until his death. In that period he engaged in polemics with the Argentine exile Domingo Faustino Sarmiento, who was imbued in French Romanticism and found Bello too neoclassical.

Bello was also a Romantic of sorts, but he had imbibed Romanticism at its English source, although he did write an adaptation of Victor Hugo's "Prayer for All." Bello's Romanticism was philosophical more than literary. In his splendid new Spanish grammar he argued that Spanish grammar ought not to be slavishly modeled after that of Latin and dismissed the notion that the language as spoken in Spain should be the model of correctness. This Americanism shows Bello's Romantic appreciation of the native mind, also evident in his admonitions in the speech to commemorate the founding of the University of Chile, that American science ought to be bold and innovative, not restricted by European traditions, which should be respected but not copied heedlessly.

Bello also urged the study of native histories by going to the sources in Spanish colonial chronicles, reaching all the way back to Columbus. This conscious appropriation of colonial texts as part of the Latin American tradition was liberating and foundational in that it eschewed the rejection of the mother country in a spirit of reconciliation after the achievement of independence.

This innovative spirit is nearly, though not completely, absent from Bello's poetry. His best-known poems are his two *silvas*, known by their renaissance-style stanza consisting of verses of eleven and seven syllables. "Alocución a la poesía" (An Address to Poetry, 1823), part of an unfinished, ambitious poem that he planned to title "America," is a call for poetry to abandon the European courts and come to America to find originality. The most important silva was the other, "A la agricultura de la zona tórrida" (Agriculture in the Torrid Zone, 1826), which he was never able to amalgamate with "Alocución" because it had a different tone and spirit. He sings not so much to nature as a wondrous source of mystery and poetry but to the exploitation of America's bountiful nature for the benefit of society. He does this in perfectly measured verses overflowing with classical allusions, in a style that is very much that of Horace and Virgil. Bello's tone is didactic and at worst preachy.

But there are stirring moments in the silva, when the evocation of American nature overcomes his neoclassical restraint. In these passages, like Olmedo, Bello revels in the exotic names of American fruits and plants. And there are lines in which the true poet in Bello filters through the classical prosody and rhetoric, as when he refers to the sun, drawn by the torrid zone as "in love," or draws this lovely pair of contraries to describe nature as "where the flower charms, the thorn pricks." There is pathos also in the broad historical perspective, as when he writes that "Sated of Iberian blood already rest / the ghosts of Atahualpa and Moctezuma." Bello's versatility and Pan-Americanism are foundational.

A decisive step toward a Romantic poetry freed from neoclassical conventions was taken by the Cuban José María Heredia (1803–39), although he remained attached to neoclassical verse forms. Precocious, Heredia was steeped in Latin literature in his childhood and began to write poetry in his adolescence; he had already published major poems before he reached the age of twenty. In contrast to Olmedo's and Bello's, Heredia's country, Cuba, had not yet attained its independence, and he declared early in life his opposition to the Spanish regime. His activities made of him an exile, first in the United States and later in Mexico, where he established himself and produced most of his work. Hence Heredia became, with Bello, the first of many Latin American poets whose exiled condition turned into a significant theme of his writing; being an exile was for him a poetic stance or persona.

This state dovetailed with the Romantic feelings of alienation that dominated Western art and literature in the early nineteenth century. Heredia also developed into an activist of note, a conspirator persecuted by the Spanish authorities, and he became involved in Mexican politics at the highest levels. But his most important contribution was to poetry: his are among the first truly poetic Latin American verses of the modern era.

Heredia wrote an ode to Bolívar in a tone reminiscent of Olmedo and Bello in which he reviews disparagingly the centuries of Spanish colonial rule and celebrates the Liberator's role in bringing about independence. He also composed an ode to Cholula's *teocalli*, or pyramid, the monumental mound on which stood a massive Aztec temple, in which he decried the cruelty of the Indians' rituals and praised the prominence of the site while ruefully remarking on how time has turned it into ruins.

These poems, written, like all of Heredia's, in a neoclassic style and versification, distinguish themselves from those of his contemporaries and predecessors only by their emotional tone, which makes them more personal. Heredia's innovation is precisely the poetic voice's engagement with the subject matter of the poems, particularly nature, and more specifically a turbulent nature that reflects the unsettled state of the poetic self. This is not Wordsworth's nature, with its gentle call to self-reflection, but a nature in turmoil, shaken to the foundations of the earth and awakening in the poet sentiments of fear, awe, and visions of an all-powerful, raging God. The best of these is a classic of Latin American poetry, Heredia's ode "Niágara" (1824).

The Niagara poem, with its dynamic depiction of the angry waters as they plunge and swirl violently, is a veritable tour de force. The waterfall arouses the poet's dormant inspiration, launching him on a meditation about his own distressed inner world and generating sublime visions of beauty. The agitated northern landscape, filled with impressive pine trees, stirs in him feelings of nostalgia for

Cuba, whose landscape, dotted with swaying palms bathed by the bright tropical sun, he lovingly evokes. This reminiscence inspires the most beautiful stanza of the poem and three truly remarkable lines, when Heredia writes of the "the delicious palm trees / that on the plains of my burning motherland / are born from the sun to smile and grow." Heredia is the first Romantic Latin American poet worthy of note and, to some, the movement's most important figure.

In the south, specifically Argentina, Romanticism entered in a militant way. Esteban Echeverría (1805–51) was the mediator. At twenty, he went to Paris and stayed for four years, during which he was dazzled by Musset, Lamartine, Dumas, Hugo, and other French poets who were at the height of their creativity. Upon returning to Buenos Aires, Echeverría not only began to publish poems in a Romantic tone and style but also founded the Asociación de Mayo (May, after the month in which Argentina attained independence), a literary club to promote the new movement. The club, which soon spread its influence to the provinces and to Uruguay, was also a political organization with liberal ideas that opposed the dictatorship of Juan Manuel de Rosas. A liberal and pre-Marxist socialist, Echeverría was vigorously involved in the opposition and eventually died in exile, in Montevideo.

With his journey to Paris and political and literary activities, Echeverría became the prototypical Latin American writer and intellectual, a model followed by many until the present. The Asociación de Mayo had its counterparts in other Latin American countries: gatherings of writers, mostly poets, who met to exchange ideas, read their works in progress, and conspire against the authorities.

Echeverría was not a major poet, but he was highly influential nevertheless. He is remembered mostly for a long, narrative poem, "La cautiva" (The Captive Woman), which appeared in his volume *Las rimas* (1837). The legend tells the story of Brian and

María during the fierce wars fought by the Argentine state against the Indians who roamed the country's vast plains, the *pampas*. Savage and bent on exacting revenge on the whites, the Indians fight ferociously and the soldiers respond in kind. Brian is severely wounded and left nearly for dead, but María courageously drags him to safety in the night, crossing turbulent rivers and raging prairie fires. He finally dies, and when Maria is rescued by the soldiers she is told that the Indians have also slit their son's throat. She too dies, and the couple is buried in a tomb graced by a cross and an *ombú* tree that grows robustly as if to mark their heroism. The tale is like an Ovidian metamorphosis.

While this melodramatic tale is somewhat overstated and even somewhat trite, Echeverría's poetry exhibits some innovative traits that would leave a mark. There is, in contrast to Bello, Olmedo, and Heredia, an absence of classical allusions as well as the abandonment of classic metrical forms in favor of shorter, traditional verse of the kind used by popular poetry. More importantly, perhaps, there is the presence of the Argentine landscape, a specifically American setting, with its typical flora and fauna, whose vernacular names—*ombú*, for instance—are regional words derived from Indian languages. But the most impressive feature of Echeverría's poem is the feeling of the infinite provoked by the measureless *pampas*, called "el desierto," but there is no sand in them; instead they are grassy plains extending to the horizon. Echeverría's Romantic sublime emerges from this sense of cosmic emptiness in which the self finds no bearings: "The desert, / measureless, wide open / and mysterious at his feet."

By the middle of the nineteenth century there emerged a group of poets, critics, and scholars who began to conceive of a Latin American literature, following the initiative of Bello. These individuals gathered in Paris and in Latin American cities in countries other than their own because they were sent there as diplomats by their governments, or because they were in exile from dictatorial regimes. They were Romantics, many of them Argentinean, but also Peruvian, Chilean, Venezuelan, and Colombian. Their sense of being part of one continental cultural and political domain is evident by the collections of essays and poems they published, containing authors from Latin American countries other than the editor's.

The Colombian José María Torres Caicedo (1830–89), a diplomat, essayist, and critic who lived in Paris around the middle of the century, was involved with many other Latin Americans, about whom he wrote in a series of books called *Ensayos biográficos y de crítica literaria sobre los principales publicistas, historiadores, poetas y literatos de América Latina* (Biographical and Critical Essays on the Chief Authors, Historians, Poets, and Men of Letters from Latin America). Torres Caicedo also brought out a journal in Paris called *El Correo de Ultramar* (The Overseas Courier), where he published articles on his fellow Latin American writers. The Chilean Diego Barros Arana (1830–1907) planned a *Bibliotheca Americana: Collection d'Ouvrages inédits ou rares sur l'Amérique* (American Library: A Collection of Unpublished or Rare Works on America) in which he attempted to publish (in Paris) editions of sixteenth- and seventeenth-century works—though the only one that appeared was *Purén indómito* (Indomitable Purén), by Captain Fernando Alvarez de Toledo.

Of all these books the most significant was the anthology *América poética*, by Juan María Gutiérrez (1809–78), a brilliant Argentine from Echeverría's Buenos Aires group. It was published in Valparaíso, Chile, where he was in exile. In a gesture proclaiming his desire to establish an American poetic tradition, Gutiérrez opens *América poética* with Bello's "Alocución a la poesía," as a kind of defining epigraph. Romanticism still had to produce a few more important figures and the finest Latin American poem of the nineteenth century: José Hernández's gaucho epic, *Martín Fierro*.

Among the many Romantic writers was the Cuban Gertrudis Gómez de Avellaneda (1814–73), the first important woman poet to emerge in the region since the Mexican Sor Juana Inés de la Cruz in the seventeenth century. Gómez de Avellaneda, born in the provincial town of Puerto Príncipe, today Camagüey, to a Cuban mother and a Spanish father, left Cuba at age twenty-two and spent most of her productive years as a poet, novelist, and quite successful playwright in Spain. A passionate woman who had a daughter out of wedlock, married twice, and is known to have had several lovers, Gómez de Avellaneda was a Romantic with a restrained style, probably the result of her readings of Spanish neoclassical poets in her youth. She achieved recognition in Spain, whose literature claims her as its own, but she was denied admittance to the Spanish Academy because she was a woman.

Her verse exhibits academic polish, and she used a variety of meters quite skillfully. She did return to Cuba in 1859 and was triumphantly received by the island's literati and cultural authorities. Gómez de Avellaneda always expressed longings for Cuba, which she considered her country, and wrote movingly of her yearnings for the island, most memorably in a perfect sonnet she claims to have improvised at twenty-two upon boarding ship to leave in 1836: "Al partir" (On my departure). She wrote a moving elegy for Heredia in which she speaks of Cuba's mourning for the loss of its bard and patriot. Although the daughter of a Spanish military officer and married to another military man, Gómez de Avellaneda was obviously in favor of Cuba's independence, and she wrote a solemn sonnet to George Washington, whom she celebrates as the liberator of his country. She returned to Spain in 1864.

Gómez de Avellaneda´s poetry exhibited a formal polish unusual for a mid-century Romantic. Her poems "A él" (For him) tell of an unrequited love for a man who was cool to her affections and eventually broke with her. She expresses deep feelings of attraction for him and disappointment rather than despair because of the separation. Gómez de Avellaneda was not an erotic poet, though she wrote ardent love letters. Her poem "A la poesía" (To Poetry) reveals a conception of her art as the guide to God in his creation of the world and that which endows nature with beauty and meaning. Hers is a belief in the powers of poetry that sounds more neoplatonic, pantheistic, and secular than Christian or Romantic. Gómez de Avellaneda sings to an abstract God in terms that are moving more because of their beauty than their passion. In the dull firmament of Spanish nineteenth-century letters she was a bright star.

José Hernández´s *El gaucho Martín Fierro* (1872) is unique in nineteenth-century poetry not only because of its epic quality but also because it achieved something that poets of the century yearned for but rarely achieved: a truly broad readership and incorporation into nationalistic myths. Hernández (1834–86) sold 100,000 copies of his book-length poem, which was distributed throughout Argentina, even in country stores in the rural regions in which the poem is set and its hero roamed. Hernández's gaucho voice was recognized and incorporated by real gauchos. This is a rare triumph for a modern poet. Hernández was able to mimic the speech of gauchos and to imitate the poetry of the *payadores*, country minstrels who sang their exploits–he had grown up in the provinces listening to them. Hernández had a keen ear for the archaic speech of the gauchos. Many rural terms come from the horse and cattle culture of the roaming gauchos, who seemed to be one with their mounts and hated to be off of them. The gauchos are like American cowboys, but they are more nomadic and isolated. In fact, they cherish their freedom, something that is at the core of Hernández's poem and feeds into its romantic ideology.

Martín Fierro has a very appropriate name: Martín comes from Mars, god of war, and *fierro* is old Spanish for "iron." He is tough but also artistic: the poem is a song he sings like a "lonesome bird to console himself." It is a sententious song, in which outrage and love of the land and the gaucho's way of life are celebrated in the popular poetry stanzas, using rural tropes and words that sound folksy, but never maudlin, apologetic, or condescending. Fierro's sorrows were caused by the government, which conscripted him into the army to fight the Indians who were still controlling considerable Argentine territory; as a result of having been forced into the army he lost his house, wife, and child, all of which he had to abandon. He becomes a deserter and a criminal, having "had" to kill a black man in a dance brawl. He is a quintessential romantic outlaw, a fugitive from justice; that is, from the nation-state that wants to turn him into its soldier.

Hernández's resentful hero embodies virtues that national mythmaking wanted to claim as the Argentineans' essential character traits: independence, courage, stoicism. Hernández not only created an Argentine national myth and gave shape to a strand of literature that would reach the work of Jorge Luis Borges, but he also produced the first Latin American literary myth—an enduring one at that. In a second part, *La vuelta de Martín Fierro* (The Return of Martín Fierro, 1879), Hernández has the gaucho return to the fold and, in a didactic mood, join in the effort of nation building. Romantic ideology created the medieval epic monuments that presumably stand at the beginning of European national languages and literatures (*Poema del Mío Cid*, *Chanson de Roland*), and Hernández endowed Argentine and Latin American literature with a modern epic of its own. He did so just as Latin American literature was about to produce its first literary movement, Modernismo, which would be the gateway to twentieth-century literature.

Modernismo has a clear beginning: Rubén Darío's *Azul . . .*, published in Valparaiso, Chile, in 1888. Darío (1867–1916) was born in Metapa, Nicaragua, and named Félix Rubén García Sarmiento, of parents of Spanish, Indian, and African blood. He later changed his name to the shorter, euphonious Rubén Darío, incorporating a patronymic that his father's family had used—it also has classical echoes, of course. He was raised in the politically and intellectually active Nicaraguan city of León. Darío acquired a vast and deep cultural education during his childhood and

LA VUELTA

DE

MARTIN FIERRO

POR

JOSÉ HERNANDEZ

PRIMERA EDICION, ADORNADA CON DIEZ LAMINAS

SE VENDE EN TODAS LAS LIBRERIAS DE BUENOS AIRES

Depósito central: LIBRERIA DEL PLATA, Calle Tacuari, 17

1879

3. Title page of the second part of *Martín Fierro*, a popular gaucho epic published by José Hernández of Argentina in 1879.

adolescence, and immersed himself in French poetry. He read avidly and learned nearly all of the metrical and rhyme schemes of Spanish poetry, the whole range of it. As a poet, he became a Mozart of Spanish verse, using thirty-seven different metrical lines and 136 stanza forms in his career; some were of his own invention. After publishing in local newspapers, Darío moved to Chile in search of better possibilities.

The prospect of becoming so well-read on the margins of the Spanish-speaking world was due to the uniformity of language and culture imposed on its empire by the Spanish crown as well as by advances in technology, particularly communications. These replaced the order enforced by the imperial bureaucracy. Gutenberg's revolution had truly exploded when steam power was coupled to the printing press in the nineteenth century, making books available in large numbers for the first time. Steamboats carried books as well as their authors across oceans, making the impact of a literary movement nearly instantaneous and widespread. It was these ships that made possible the meeting of Latin American writers and intellectuals in Paris in the 1850s. The transatlantic cable carried copy to newspapers all over the world. Poets living in New York or Paris could publish in Buenos Aires' *La Nación* or Santiago de Chile's *El Mercurio*. Darío's fame, and his own person, traveled quickly throughout Latin America and Spain. He became the first Spanish-language literary celebrity, and his influence spread not just to other Latin American countries but to Spain itself, where Darío lived for a number of years. Prolific, charismatic, with a penchant for decadent life, Darío was congenial with politicians, some of them minor dictators, to the dismay of his admirers.

Azul . . ., a slender book of 134 pages, privately printed, became the modern turning point in Spanish literary history on both sides of the Atlantic. Some of the early reactions to it were hostile. The major Spanish thinker and poet Miguel de Unamuno first said that a feather stuck out of Darío's hat, a slur about his Indian background, while Marcelino Menéndez y Pelayo, the most influential Spanish critic and scholar of all time, stopped his history of Latin American poetry (the first, published in 1893) in the 1880s, exactly at the point that Darío and Modernismo began to make their mark. But the Nicaraguan had had the nerve to send *Azul*... to the powerful Spanish writer and critic Juan Valera. Valera wielded his considerable influence as an author, critic, and member of the Spanish Academy of the Language to launch the young poet's career with two "letters" about his book, which were printed as a prologue in later editions of *Azul*... Though critical of Darío's fondness for French poets, Valera recognized his genius and predicted a bright future for the Nicaraguan.

Azul... is a mixture of poetry and prose (short stories) in an exquisite style evoking a timeless, mythic world of nymphs, princesses, and artists in pursuit of an aesthetic ideal, an ideal of beauty that would restore to the world its lost unity and harmony. This is art's highest mission, and Darío espoused it with religious fervor. The artists who appear in *Azul*... are constantly frustrated in their efforts by mindless, crass aristocrats lacking good taste. There is a rift between the ideal pursued and the possibility of its attainment, a constant in Darío's work that accounts for its melancholic undertones. But there are no fissures in the execution of the poems or prose pieces, which seem to have purged from their discourse anything vulgar or worn out, and to bring refined poetry to levels of unimaginable perfection. But in all its perfection there is always a sense of longing, wonder, and even self-doubt. This is why Darío chose the swan as the emblem of his poetry: the bird combined artistic purity in his shape and white feathers with the wistful question mark of its curved neck. Darío drew heavily from classical mythology as well as pre-Columbian myths and the whole spectrum of Western history and culture, which he seemed to have at his fingertips.

In all of this Darío was moving away from Spanish Romanticism, with its maudlin, rhetorical, and hackneyed ways, with emotion overpowering the sense of beauty, and from all of Romanticism in fact. Modernismo sought to freeze in beautiful forms the hot thrust of romantic poetry. This was its "modernity," to have the self's woes submit to the force of poetic language, in the same way that nature was being subjected and given shape by science and technology in the second half of the nineteenth century. Even in lines of Darío's best-known, hence most criticized and parodied poem, "Sonatina," one finds this shaping process: "The princess is sad, what could be wrong with the princess? / Sighs escape from her strawberry mouth / which has lost its laughter, which has lost its color." Sighs, emotion issuing from within the princess, her inner self, are exhaled through strawberry-colored lips. "Strawberry mouth" is an elegant, though shocking twist that draws attention to the mouth's shape and color rather than to the source or contents of the sighs. We no longer care about what is wrong with the princess, her state of mind, but only about the beauty of the strawberry-colored lips through which the sighs emanate. The entire poem, with its longing to become music—it is called, after all, *sonatina*—is contained in that daring trope by which the mouth, the source of language and meaning, turns into a spring of color and flavor that, because of Darío's genius, can easily go unnoticed.

Darío's poetic career unfolded in two halves. The first, the aestheticist Darío, turned into its convex mirror image in the second, the more reflexive and reflective Darío—the "deep Darío," was the old cliché. The break between the two was announced, according to an earlier school of Darío readers, by the opening line of his 1905 work *Cantos de vida y esperanza* (Songs of Life and Hope): "I am the one who only yesterday was saying." The self-critical stance of the *Cantos* led many to speak of two Daríos, one enthralled by empty verbal pyrotechnics and another beset by profound personal, poetic, and political anxieties. The two Daríos are in fact the same Darío using different poetic conventions to say the same things. A new Darío did emerge in his later poetry, as his work took on a more political tone, reflecting his feeling that his stature entitled him to speak for the Spanish world.

It was in 1898, with the Spanish-American War, that Darío's and Modernismo's poetics gelled. While he and other Latin Americans applauded the liberation of Cuba, Puerto Rico, and other colonies from the crumbling Spanish Empire, they became keenly concerned about the emergence of the United States as a new imperial power. To Darío and the Modernistas, the Spanish world seemed helpless in the face of American expansionism, not only in politics but, even more importantly, also in culture. Catholic countries that traced their cultural and religious roots back to Rome would now be taken over by a colonial power that was Anglo-Saxon and Protestant, and that espoused a pragmatic approach to material progress, which was dangerously at odds with their culture. Darío expressed these concerns in a rousing ode "A Roosevelt" where he speaks on behalf of an America that *still* prays to Jesus and speaks Spanish. The "still" shows Darío's fear for the future of Latin America. He calls the United States in this poem "the future invader." The United States had, in fact, invaded Mexico repeatedly by that time.

A Modernista poet who was instrumental in starting the Cuban War of Independence in 1895, which turned into the Spanish-American War three years later, was José Martí. Martí (1853–95) was born in Havana of Spanish parents and at an early age heard the call to free his motherland from the metropolis. Still in his teens when he was sentenced to forced labor for his conspiratorial activities, he was subsequently exiled to Spain, where he continued the struggle, began writing poetry, and acquired a law degree. A martyr who became the most revered Cuban patriot, Martí was a prolific journalist, orator, and poet whose renown spread throughout Latin America, where he traveled, spoke, and published extensively. He settled in New York City and set about organizing Cuban exiles and veterans of the failed independence war of 1868–78. He succeeded and managed to land in eastern Cuba with an armed party in the early spring of 1895. On May 19, at a skirmish in Dos Ríos, he was felled by bullets. Fulfilling the longed-for destiny of Romantic poets like Byron to die for a cause,

Martí became the model for Latin American revolutionaries, particularly writers and intellectuals. He was only forty-two when he died, but he left behind a voluminous oeuvre, particularly in the form of speeches, essays, newspapers stories (some in English), chronicles, and poetry.

Martí did not have the time, because of his early death and his frenzied political activity, to publish a vast and influential corpus of poetry. Only two slim volumes of poetry were printed during his lifetime—*Ismaelillo* (1882) and *Versos sencillos* (1891)—but he did attain renown as a poet because his works appeared in periodicals in New York and throughout Latin America. *Ismaelillo*, a tender book about the son Martí´s estranged wife had taken with her back to Cuba, contains some striking poems revealing the poet's turbulent feelings and longings. *Versos sencillos*, made up of quatrains of deceptive simplicity and sounding very much like traditional Spanish poetry, became Martí´s most acclaimed book. His posthumous *Versos libres* is the more daring of his two collections and the one that contains his best mature poetry. Some poems in this book, like "Amor de ciudad grande" (Love in the City) uncannily announce the work of avant-garde poets of the next century. Martí was exposed in New York to a modern metropolis. He had also been reading Poe and Whitman (about whom he wrote) in English, a poetry freed from the prosodic and rhetorical constraints of Spanish and French poetry. *Versos libres*, however, was not published until 1913, in a Cuban edition that included *Ismaelillo* and *Versos sencillos*, which probably had a limited circulation.

Modernismo, chiefly Darío but also Martí, generated an overabundance of poets throughout Latin American and Spain. They were, mostly, aspiring Daríos, though some were original enough to become notable and gain access to the movement's mainstream, and each country seemed to have its own modest Modernista luminary. Another Cuban, Julián del Casal (1863–93), wrote remarkable poetry and prose during his very brief life, which he led in an even more decadent style than Darío, emulating the French *poètes maudits*, particularly Baudelaire (he yearned to go to Paris but only got as far as Madrid). His *Nieve* (Snow, 1892) and *Bustos y rimas* (Busts and Rhymes, 1893) contains poems of arresting beauty, some evoking paintings and statues in a cold atmosphere in which, by contrast with the Cuban climate, they seem to exist in an independent ambiance of their own. Casal's is a radically gloomy poetry, deep in its evocation of "the glacial country of madness," as he put it.

José Asunción Silva (1865–96), a Colombian who also died young, like Martí and Casal, was a follower of Poe and an experimenter who tried free verse and unusual metrical schemes. This he did, above all, in his superb "Nocturno," a poem filled with dark melancholy in which the short and long lines, with no discernible pattern in their rhythm, seem to evoke sobs, or stammering. Silva had the rare ability to utilize silences and pauses to create a somber beauty evocative of music. In spite of his limited production, he is one of the major Modernista poets.

Bello's modernity stemmed from his awareness of being the founder of a tradition, of an American poetic language, and even of an American Spanish, rooted in history but fresh and ready to reflect and articulate new realities. His multifarious, ambitious poetry sought to chart a new intellectual and political course, even if his verse was still tied to neoclassical conventions.

Darío's Modernismo came as a result of Latin America's immersion in the new scientific and industrial realities of the second half of the nineteenth century, when the nature that Bello sang about as being subjected to agriculture was being exploited by new, far-reaching techniques, and the traditional ways and customs of what had been colonial Latin America were being replaced by those created by the capitalist frenzy of Europe and the United States. The outcome of the Spanish-American War signaled this change. Darío's poetry, and that of his many followers, countered with the creation and contemplation of beauty, and with a spiritualism that opposed the profitable, the pragmatic, and the certain. In "Lo fatal" (What is Fatal), from the 1905 *Cantos de vida y esperanza*, Darío answered the confidence of positivism in science and self-assertion in business and politics with this very twentieth-century line: "To be, and to know nothing, to exist without a known bearing." He both deflated the certainties of modernity and opened the way to modernity.

Chapter 3
Nineteenth-century prose: the revelation of Latin America

The chronicles of the discovery and conquest, in spite of vigorous poetic activity in the viceroyalties, dominate the panorama of colonial letters by their sheer numbers, size, and influence. During the Enlightenment and through the nineteenth century, however, the writing that prevailed in Latin America was that of descriptive and analytic prose, even when it took the form of fiction as short stories or novels. Prose is more attuned than poetry to political developments, and because nations were in the process of being founded throughout the continent during the nineteenth century, political writing, including polemics about institutions, epistles, and even the drafting of constitutions and legal codes was a major endeavor; these kinds of writing influenced what is commonly thought of as literature.

Another kind of writing that influenced literature was that issuing from the emergent social sciences: sociology, criminology, and above all anthropology. These, in turn, were often modeled after the writings of the many European scientific travelers who crisscrossed the continent and who wrote voluminous and detailed books about the flora, fauna, geography, and demography of Latin America. Chief among these was Alexander von Humboldt, a figure of the foremost importance in the development of the new nations. Conventional generic distinctions are difficult to apply to nineteenth-century Latin American writing, where political manifesto, sociological tract, anthropological study, public oratory, essayistic writing, newspaper chronicle, and social sketch commingle.

Narrative, even fictional stories, implies history, a temporal unfolding, which in turn calls for beginnings: when did time, the time we inhabit, begin? In the colonial chronicles the "Discovery" was seen as the only major break in Western history since the birth of Christ. Such was the view propounded by Fray Bartolomé de las Casas, who also held that the Aztecs and Incas were akin to the Romans. This idea was repeated by Garcilaso de la Vega, el Inca, in his *Royal Commentaries*, where he said that Cuzco and Mexico City were indeed like Rome; the centers of great civilizations that lacked only Christianity to be on a par with Europe. By the nineteenth century, history had acquired a much deeper past, as scientists discovered and studied fossils that proved that time reached down to a bottomless origin from which the universe had evolved. New schemes had to be devised to write about the history of the Americas, particularly as independence provided a new political beginning.

It was one of Bello's pupils, none other than Simón Bolívar (Venezuela, 1783–1830), who was among the first to ponder the future of the nations that he brought into being in a text that stands at the gateway into Latin American meditations on the identity of its culture, known as "La carta de Jamaica" (The Letter from Jamaica, 1815). The Liberator had retired to Jamaica after a disagreement over the conduct of the siege of Santa Marta. There he wrote this letter, in the style of classical epistles, addressed to a "Gentleman of this Island," probably the British governor. This conceit allows him to write as if in dialogue with his correspondent, a cultured man to whom the situation and future of Latin America has to be explained from the ground up. In the letter he justifies the revolutionary war, declares himself against monarchies, federalism, and democracy, and outlines his project for the Republic of Colombia, which would unite Nueva Granada (roughly today's Colombia) and Venezuela. His grandiose idea is the creation of a large country, with its capital in the Isthmus of Panama; in fact, given its advantageous position straddling Atlantic and Pacific oceans, he wonders if it could not, eventually, be the capital of the whole world.

Bolívar's range of allusions reveals his merging—like Bello—of a neoclassical education with a Romantic penchant for the local. He mentions or quotes Las Casas, von Humboldt, Rousseau, Montesquieu, and Saint-Pierre, and considers the various kinds of states proposed by the French Enlightenment thinkers. He declares, however, that the forms of representative government that they favor are not fit for countries that have just thrown off the yoke of the Spanish Empire, whose ills he underlines in what sound like echoes of the Black Legend. Bolívar's most often quoted statement about the emerging Latin America is a call to heed its difference and specificity in historical, geographical, and natural terms:

> We are a small human race of our own. We possess a separate world, surrounded by vast seas; we are neophytes in nearly all the arts and sciences, although in a certain fashion very old in the ways of civil society. I look upon the present state of America like that of the Roman Empire when it was dismembered and each member created a political system according to its interests or following the particular interests of some of its leaders, families or corporations. But with one difference: those dispersed members went back to re-establish their ancient nations with the changes that new things and goals demanded, while we barely retain vestiges of what existed in the past, because we are neither Indian nor European, but an intermediate type made up of the legitimate proprietors of the land and the invading Spaniards.

Bolívar's conundrum will be the bane as well as the point of departure for most modern Latin American literature: how to be European in a different way, how to balance a European mind-set and a Latin American context that escapes or even seems to be at odds with it, and how to express in writing these concerns.

The clash between civilization (Europe) and barbarism (America) will be at the core of the debate of Latin American literature and will first be articulated in those terms by Domingo Faustino Sarmiento who, like Bolívar, was not a detached observer but a very engaged participant in shaping his world. Others, namely José Martí and José Enrique Rodó, will continue the polemic, which permeated fiction and even poetry (as in Esteban Echeverría's "The Captive").

The wider issue of how to reveal the specificity of Latin American reality in writing will dominate Latin American literature from now on, aided by the turn to realism in fiction, which will call for descriptions as accurate and comprehensive as possible of the various geographical, cultural, and demographic contexts. The scientific travelers' writing, the methods of the emerging social sciences, and the rhetoric and techniques of realism in literature and the arts in general will provide the approach. A variety of realism called *costumbrismo* will prevail in Latin America precisely because its aim is to depict the customs of the folk, particularly those living in the marginal neighborhoods of cities.

Costumbrismo emerged from a combination of a Romantic interest in the common people, in nature in all its detail, and the conventions of realism, which had been developing since the work of Cervantes. The tendency favored brief, highly focused, descriptive texts that came to be known as *cuadros de costumbres* and in French *tableau des moeurs*; the development of newspapers encouraged this propensity. "Cuadro" and "tableau" reveal costumbrismo's kinship with painting, its effort to paint with words, as it were. "Costumbre" means custom, so costumbrismo concentrated on mores, habits, activities, often crafts and trades. These had to be appealing because of their oddity, hence the people depicted were peasants, workers, or people inhabiting poor

4. A statue of Simon Bolívar in Caracas, Venezuela.

neighborhoods in cities, so both the observer and intended reader belonged to an upper echelon of society, the bourgeoisie or higher.

The characters in costumbrista sketches were colorful, sometimes literally so (meaning that they were people of color), and their activities and the setting of their actions picturesque. Costumbrista writers paid close attention not just to the actions of the people but also to their clothing, tools, animals, and other objects proper to their world. Costumbrismo was like an inventory of the real, a kind of proto-ethnography.

Though not all Latin American prose of the nineteenth century was costumbrista, the movement's general tenets prevailed both in prose fiction and in expository texts about the new nations' social and physical features. In some of the most important works of the period it is difficult to separate prose fiction from costumbrista sketch, both in the case of short stories and longer genres. This is at the same time a virtue and a defect. Much Latin American fiction of the nineteenth century is overladen with description, a weakness that continues in the twentieth century; and many descriptive works are laced with a surfeit of anecdotes that are presumably appealing because of their colorfulness. The drive behind this descriptive tendency among Latin American writers is probably the feeling that because they felt themselves to be in that complicated and extraordinary situation of which Bolívar speaks, they must insistently explain it to their intended readers and to themselves.

Such a predicament led to the publication of what is considered the first Latin American novel, *El periquillo sarniento* (The Itching Parrot, 1816), by the Mexican José Joaquín Fernández de Lizardi (1776–1827), a prolific pamphleteer and minor poet. Lizardi found in the Spanish picaresque a perfect vehicle for his satirical picture of Mexican society. Cervantes's work and Mateo Alemán's *Guzmán de Alfarache* provided a realistic lens through which to narrate the life of a young, poor man who works for several masters, giving Lizardi the opportunity to offer a gallery of portraits besides that of the protagonist. Narrated in the first person, *El periquillo sarniento* provides a moralistic image of society and a critical life of the protagonist who, more than immoral, is weak and prone to follow bad influences. Thus his novel is moralistic and didactic, reflecting the teachings of Rousseau in the creation of his protagonist. It is a book that follows the ideas of the Enlightenment and, in that respect, is attuned to ideological currents that led to Mexican independence, though its author was not a proponent of it.

Much more successful examples of costumbrismo appeared in Argentina. The first was written by Esteban Echeverría (1805–51). Echeverría wrote in "El matadero" (The Slaughterhouse) one of the finest pieces of Latin American fiction of the nineteenth century. Written around 1838, it denounces the dictator Juan Manuel de Rosas, but it was unfortunately not published during Echeverría's lifetime. It is a fairly extensive, tautly written short story that narrates the brutal assassination by a bunch of thugs at the Buenos Aires slaughterhouse of a young man who opposes the dictator.

The costumbrista element is the detailed, gruesome description of the activities at the slaughterhouse and of the role the institution plays in the city's culture and economy. It is a brilliant sketch, perhaps the best piece of politically inspired fiction ever written in Latin America. But the story's power lies in the drama of the young man's slaying: because it mimics that of the slaughterhouse animals, it takes on the air of an atavistic ritual sacrifice. It is as if the slaughter were a scene of men re-enacting their subhuman origins while at the same time it becomes an allegory representing Argentina in the hands of Rosas and his henchmen.

Rosas's dictatorship would also inspire Domingo Faustino Sarmiento (Argentina, 1811–88) to write the most important book ever authored by a Latin American: *Civilización y barbarie: vida de Juan Facundo Quiroga* (The Life of Facundo Quiroga: Civilization and Barbarism, 1845). This is the work in which the dialectics or "civilization and barbarism" at the core of Latin American culture first expressed by Bolívar would be most thoroughly considered. *Facundo*, as the book is known, is a work combining various genres. It began as a political pamphlet, written against Rosas while Sarmiento was exiled in Chile. Sarmiento set out to write a biography of Facundo Quiroga, a provincial caudillo who had risen from gaucho to governor of La Rioja using the brutal methods with which his background had endowed him. The aim was to show that Rosas's dictatorship had its origin in the barbarism of the *pampas*, which had to be tamed with the civilization already prevailing in cultivated Buenos Aires, a capital that had modeled itself after the great European metropolises. Facundo would be like a specimen whose case study would reveal the barbaric essence that the Argentine character derived from the pampas' wilderness. This is the scientific thrust of Sarmiento's book, its presumed method.

But Sarmiento was a Romantic at odds with his rationalistic inclinations, which he had learned reading European books. *Facundo* turned out to be a wide-ranging, detailed, and loving description of the Argentine pampas and countryside in general.

Sarmiento pays close attention to gaucho culture in all its manifestations, from the gaucho's love of horses and horsemanship to his stoic aloofness and indifference to hardship and pain; from his unflinching courage to his astonishing skills with lasso and knife; from his minute knowledge of vast tracts of land and uncanny ability to orient himself in desertlike regions to his artistic tendencies as minstrel. Sarmiento chooses individual gauchos displaying each of those features and describes them in detail, telling riveting stories along the way.

There are unforgettable portraits of pathfinders, of *payadores* (minstrels), of *baqueanos* (guides), who know the pampas even by the taste of its various kinds of grass, of *rastreadores* (pathfinders), those who can follow the trails of fugitive men or animals (horses and cattle), minding the most subtle clues, and others who have developed a savage science derived from their environment and sufficient to cope with its challenges. This is ultimately what Sarmiento demonstrates in enthralling and excruciating detail: a gaucho society that has sprung up from the pampas and that is at one with it. In other words, Sarmiento loves what he presumably hates: barbarism.

5. A gathering of gauchos, ca. 1890–1923.

This struggle at the heart of *Facundo* is one of the elements of its literary appeal. Another is the portrayal of the protagonist. Sarmiento provides many anecdotes to show Quiroga's savagery, but in the end the caudillo emerges as a tragic figure, not only because he is betrayed by Rosas, who has him killed, but because Quiroga knows that he is going to be ambushed at Barranca Yaco and refuses to cancel his trip or deviate from his route. Like a tragic hero, Quiroga goes forth resolutely to meet his fate. This is the reason why he is legendary, and also the reason why he deserves to be the protagonist of Sarmiento's book. Sarmiento elevates the depiction of the life of the folk to high literature by showing that they are endowed with intelligence, competence, and courage, and that they have devised a full life, complete with all the features of civilization. Sarmiento, ultimately, does not take sides in the dichotomy laid out by Bolívar: he leaves it as what it is, a dialectic process out of which Argentine, and by extension Latin American, life is developing. He has also left a book that, for all the polemics it has created since its publication, cannot be bypassed and into whose compelling drama even its most acerbic critics are drawn.

Like Bolívar, Sarmiento was very much engaged in the development of the society in which he lived. He was an educator, like Bello, who did much to advance Argentine schooling and eventually became president of Argentina. (He and Bartolomé Mitre [1821–1906], another Argentine intellectual, poet, military officer, and translator of Horace and Dante, who also reached the presidency, began a Latin American tradition that extends to the present.) It was in that capacity that Sarmiento put into practice policies aimed at making Argentina as European as possible, policies that made him a polemical figure in the history of Latin America because he was associated with racialist conceptions of the new nations. But the struggle against Indians and the effort to modernize Argentina preceded Sarmiento and, whatever we think of them now, shaped the country as we know it today.

To see him as the proponent of civilization (European, whites) against barbarism (non-European, colored) is to caricaturize Sarmiento who maintained with pride that under the Argentine's European garb, a gaucho was concealed. In the Caribbean, the problems faced by Sarmiento had different protagonists; instead of gauchos and Indians, African slaves and their descendents created the conflicts involved in the establishment of new nations. The historical differences between the regions were major. The Africans were not in their land of origin, like the Indians and gauchos; their relative numbers were vast because of the labor demands of the sugar industry; and the emerging countries of the Caribbean were still under Spanish domination, not independent.

Still, the situation was structurally similar: it involved the assimilation of peoples whose cultures were radically different into civic societies based on Western ideas. In the case of the Africans, because of the distance from their homelands, the violent way they were wrested from them, and the variety of ethnic groups that they represented, their cultures had been destroyed and had to be rebuilt practically from the ground up and in unfamiliar circumstances. The harshness of sugar production, driven by a demanding international market, the development of machinery that accelerated the production process and imposed increasingly rigorous working conditions, and the struggles for independence from Spain by Creole groups, above all in Cuba, made for a very dramatic state of affairs.

Soon the aspirations for independence and the liberation of the slaves became common causes for intellectuals and artists as well as many others, and this coalescence gave rise to Cuban literature in the first half of the nineteenth century. As in Argentina and other regions of Latin America, costumbrismo was the underlying literary trend in prose, which soon acquired an antislavery thematic and made blacks and mulattoes the protagonists of more ambitious literary works, which included costumbrista sketches, and eventually full-fledged novels. The rebellious political and literary group, which was the counterpart of the Asociación de Mayo in Argentina, gathered in Havana at the home of Domingo del Monte, a Venezuelan-born writer and cultural promoter.

Romantics like the Argentines, these intellectuals found in the black slave a suitable pariah for their literary creations, and in the culture of blacks and mulattoes—some belonging to an emerging colored bourgeoisie—an attractive subject for their costumbrista sketches and novels. Among the writers was Anselmo Suárez y Romero (1818–78), who became known for his brief, descriptive sketches of life in the sugar mills, where slaves toiled in horrible conditions to which he called attention with such a keen eye for detail that one can see in them an emerging ethnography.

Suárez y Romero wrote an important novel, *Francisco o las delicias del campo* (Francisco or The Delights of the Countryside, written in 1838 but not published until 1880), which is a scathing denunciation of slavery. It narrates the unfortunate life of Francisco, a slave in the house of the widow Mendizábal in Havana. He falls in love with Dorotea, another house slave, who is desired by the widow's son, Ricardo, a cruel and frivolous womanizer. *Francisco* has a tightly woven plot, and its descriptions of life in the sugar mill, both that of the slaves and of their white owners, are sharp, detailed, and meaningful.

This is costumbrismo at its best, including the pointed political critique, which is on a par with Echeverría's "El matadero." Suárez y Romero's *Francisco* had been preceded by *Sab* (1841), with a similar theme and story, written by Gertrudis Gómez de Avellaneda (1814–73). Gómez de Avellaneda was a skillful novelist, whose other novel, *El artista barquero* (The Artist Boatman, 1861), a romance set in France about a young artist who tries to win his beloved by painting a convincing landscape of Cuba for her father, a Marseilles-based businessman who had fallen in love with the island while living there for commercial purposes. This novel is a much more valuable work of fiction than *Sab*, which has nevertheless attracted more attention because of its antislavery theme.

Neither Suárez y Romero nor Gómez de Avellaneda can measure up to Cirilo Villaverde (1812–94) and his *Cecilia Valdés o la Loma del Ángel* (*Cecilia Valdés or El Angel Hill*, 1882). Villaverde, who favored Cuban independence and lived as an exile in the United States for many years, devoted most of his life to writing *Cecilia Valdés*. *Cecilia Valdés* is an ambitious, substantial work of fiction whose protagonist, taken up in the twentieth century by musical theater, became a Cuban icon, a nationalist symbol of the island's people. The novel's conflicts spring from Cecilia's beauty. She is a very light-skinned mulatta courted by the rich, white, young man Leonardo Gamboa. The Cinderella plot lurks behind this predicament, but here it is much more complicated and leads to a very sad ending.

What neither Cecilia nor Leonardo knows is that they are half siblings. She is the illegitimate daughter of Don Cándido, Leonardo's Spanish father, the wealthy owner of a sugar mill and involved in other businesses, including the slave trade. Incest is at the core of *Cecilia Valdés*: one of Leonardo's full sisters, Adela, is the spitting image of Cecilia, and Leonardo lavishes attentions on her in a dubious way. Meanwhile, Leonardo's mother, Doña Rosa, is so taken with her son that she gives him gifts and money to indulge his passion for women: she does not really want him married. Leonardo is betrothed to Isabel Ilincheta, a white young woman of his social class, a relationship that he pursues lukewarmly while consummating his liaison with Cecilia. Cecilia is assiduously courted by Pimienta, a mulatto musician and tailor, who, knowing Cecilia's racial origins, feels more entitled to her than Leonardo. This conflict culminates at Leonardo's and Isabel's wedding, when Pimienta rushes up to the groom and stabs him to death. Cecilia has already given birth to Leonardo's child, a baby girl, and is in a hospital, suffering a severe nervous crisis.

Villaverde unfolds this plot while providing, as backdrop, a thick description of Cuban society at all levels, from the white, rich elite to the slaves in Havana and the sugar mills. In the Cuban capital, described in such minute detail that one can follow the action on a map of the city, there are lavish balls attended by the rich, colored dances attended by the emerging colored bourgeoisie (no slaves allowed), and scenes in the slums where the criminal elements engage in illegal and violent activities. The gallery of characters from the various social classes, drawn in superb satirical fashion, constitutes one of the great virtues of the novel. Villaverde has also cast all the conflicts among the characters in finely and authentically sketched political circumstances. The conflict among the Spaniards is noticeable, but less so than that between the Spaniards and the Creole Cubans, who yearn for independence from the mother country. The split between Don Cándido and his Cuban-born son Leonardo brilliantly dramatizes this political battle dividing the white elite.

The more pressing political crisis is fostered by slavery. Don Cándido imports slaves directly from Africa, sidestepping the ban on the practice imposed by a treaty between Spain and England. Slavery is legal in Cuba, however, and is the mainstay of the sugar industry. Many Cuban intellectuals, artists, and writers ardently opposed slavery, to which they added their desire for independence. This explosive conflict is at the heart of *Cecilia Valdés*. Erotic, social, and political conflicts coalesce in *Cecilia Valdés*, making the novel a masterpiece of nineteenth-century realism.

Other, more conventional and canonical nineteenth-century Latin American novels, like *Amalia* (1851–55), by the Argentine José Mármol (1817–71), and *María* (1867), by the Colombian Jorge Isaacs (1837–95), pale in comparison to *Cecilia Valdés*, but they are worthy works that have withstood the test of time. A third work, *Aves sin nido* (Birds Without Nests, 1889), by the Peruvian Clorinda Matto de Turner (1854–1909), perhaps because of its theme, which is parallel to that of *Cecilia Valdés*, is a more poignant novel that announces modern literary and ideological trends. Isaacs's *María* is, at first glance, an adaptation of Chateaubriand's *Atalá* to the real America that the French idealized. Efraín, in fact, reads to his beloved, María, pages of *Atalá*, which at times seems like the script they are following. *María* suffered from the saccharine love rhetoric of the protagonists, particularly Efraín, so distant from our contemporary sensibility. Matto de Turner's *Aves sin nido* narrates the story of Manuel and Margarita, lovers who turn out to be the children of the parish priest by two different Indian women.

A Peruvian prose writer who did successfully distort Peruvian reality, and one of the most important cultural figures of nineteenth-century Latin America, was Ricardo Palma (1872–1910). He is credited with having "invented" a genre with his *tradiciones*. These were brief, mildly satirical stories about colonial Peru. The country had such a rich colonial past (Lima was one of the most populous and sumptuous colonial viceregal capitals, the counterpart of Mexico City) that the historical and anecdotal archive was vast. Once Palma found his formula—quaint little stories about colorful people—he fell into a recognizable pattern of plot, character, and incident.

Because of his care for style and structure, Palma was instrumental in the development of the artistic short story in Latin America, and his incorporation of fantastic elements makes him a clear precursor of magical realism. The tradiciones were published in books from 1872 to 1891, after having appeared in newspapers. One collection, more than mildly pornographic, had the title *tradiciones en salsa verde* (tradiciones in green—i.e., smutty—sauce). Romantic in their evocation of the past, the tradiciones portray the colonial period as devoid of the social conflicts that actually characterized it. Through Palma's miniaturist art, Peru under Spanish rule seemed like a sometimes humorous world of legend and romance. Palma found a receptive audience in a post-independence Peruvian bourgeoisie that longed for an imagined history of privilege and pageant. Like Sarmiento, Mitre, and many Latin American authors to follow, Palma was multifaceted. He was a senator, a journalist, a playwright, and the author of historical volumes. He was also the founder and first director of Peru's national library.

Two essayists, José Martí (Cuba, 1853–95) and José Enrique Rodó (Uruguay, 1872–1917), close the founding century of modern Latin American literature, with contrasting views about the relationship of Latin America to Europe. Both had a tremendous impact on Latin American thought and literature. In spite of their radical differences, they have much in common, and their views are more complimentary than contradictory.

To begin with, both are part of the Modernista movement. Martí was one of the key figures of Modernista poetry. Rodó was probably the best prose writer of the movement. Both looked beyond their individual countries to engage the whole of Latin America in their consideration, being in that sense the heirs of Bolívar. In their analyses both Martí and Rodó are very much aware of the United States as political power and cultural influence. Martí lived for fifteen years in New York and was steeped in American literature and thought. Rodó wrote in the aftermath of the Spanish-American War, which Martí had been instrumental in starting by promoting the Cuban war of liberation to which he gave his life. To Bolívar the United States was a model to imitate in its separation from the metropolis; by the time Martí and Rodó wrote, the United States had become a leading imperial nation whose technical and industrial strength was made obvious by its easy defeat of the Spanish. Finally, both Martí and Rodó were in dialogue with Sarmiento, for whom the United States was an example to follow in many realms.

The genre in which Martí had no equal was oratory, and some of his best-known prose pieces began as speeches delivered to Cuban workers and veterans of the Ten Years War living in the United States. His speeches are charged with emotion, intended to rouse his audience to war. But he had a penchant for highly original, elaborate tropes in which the poet in Martí shows his talents. Martí's best poetry is contained in his speeches, which were also aphoristic, and from which strings of *pensamientos* (adages) have been culled and used for educational and doctrinal purposes.

Martí's newspaper chronicles and essays were, during his lifetime, his greatest literary success. These texts share much with costumbrismo, which is applied to life in the United States and in the other countries that he visited,: Mexico, Guatemala, and Venezuela. They are a blend of reportage, tableau, and essay that Martí took to its highest form through his powerful imagination, poetic eye, and ability to use striking tropes. He often wrote them not as an eyewitness report but from a collection of newspaper releases that he took from the wire or from American newspapers.

The chronicles found an eager audience because they dealt with—indeed were written from within—the United States, whose transformation into a major power inspired awe, admiration, fear, and, in some cases, resentment among Latin Americans. Martí was writing from within a country that dwarfed Europe in material progress and sheer physical size. In his chronicles, Martí captured the social, industrial, and political effervescence of the United States from the perspective of a Latin American who was both admiring and critical—detached from the events themselves, but not totally, for Martí was living in the United States and profiting from the opportunities and freedoms that the country offered to launch the liberation of his own. This mix, together with Martí's captivating style, was irresistible to his public, and the volume of Martí's publications attests to the recognition he enjoyed among newspaper editors in Latin America.

When he wrote about Latin America, which was often and incisively, Martí had the advantage of knowing the history of its developing nations and being aware of the political traps into which they had fallen. He was most critical of the rise of ruling elites who were oblivious to the plight of the poor, particularly the Indian masses, which he was able to observe in Mexico and Central America. Martí was also wary of the dangerous escalation of militarism, of the growth of a ruling class of military men and their descendents who had attained power during and after the wars of independence. Martí feared the turn to militarism among the former leaders of the Ten Years War who he was trying to organize to start a new war of liberation in Cuba.

Militarism had already created rifts among them, and it would continue to haunt the independence movement. Of Martí's concerns about the future of Cuba, militarism was the most justified and the one that unfortunately became a nightmarish reality in the nation after independence. But Martí had both hope and confidence in the future of Latin America if it followed its own character, built upon the New World's bountiful and varied nature.

Martí's best-known essay on this topic is the aptly titled "Nuestra America" (Our America), published in a Mexican newspaper in 1891. An inspired, rousing essay calling for a Latin American approach to understand and govern Latin America, Martí counters Sarmiento's arguments in favor of European civilization, while at the same time arguing for the sort of intimate knowledge of Latin American reality that Sarmiento both espoused and practiced in his *Facundo*. Martí writes, contradictorily echoing Rousseau, "There is no clash between civilization and barbarism, but between false erudition and nature. Natural man is good, and accepts and rewards superior intelligence, as long as the latter does not take advantage of his subjection to harm him."

Martí's nationalist plea has found many followers in Latin America, aided no doubt by his self-immolation in the field of battle, which has set the bar very high for would-be revolutionaries. His arguments, contradictory as they are in many respects, are really a synthesis of what Bolívar and even Sarmiento had been arguing for, and do not, as they appear at first glance, pre-empt or disagree with those of Rodó, made only a few years later.

Rodó's "Ariel" (1900) is the most influential Latin American essay ever published. Its title is that of the character in Shakespeare's *The Tempest*, a sprite or airy spirit, a statue of whom graces the room in which an old professor, known as Prospero, from the same play, addresses his students on the last day of class. The essay is a critique of positivism, pragmatism, and the mechanical conception of life allied to material, industrial progress, incarnate in the United States, whose easy defeat of Spain in the just concluded (1898) Spanish-American War alarmed Rodó. He was not so much troubled by the United States' imperial policies as with its influential materialistic culture, which was being admired and imitated throughout Latin America.

Rodó is an acerbic critic of the American Way of Life so much admired by Sarmiento. Rodó's Latin Americanism is not like Martí's, based on the specificity of Latin American nature or racial composition, as it is on its European, chiefly Latin (in the sense of Roman-derived) culture. He conceives this culture to be spiritual, artistic, idealistic, opposed to the crass materialism and commercialism of the United States. Rodó considers such a culture superior, more worthy of cultivation and imitation than that coming from the north. Rodó struck a chord in the Latin American psyche, one attuned to cultural origins but also motivated by frustration, resentment, and even envy.

The picture of the United States that appears in "Ariel" is a distortion, almost a caricature. American culture was not oblivious to artistic values, not just in its thriving literature, which included major poets like Whitman and Poe, and thinkers like Emerson, but in everyday life. To realize this one only has to think of the magnificent railroad stations being built at the end of the nineteenth century throughout the United States, which were like modern cathedrals in their adaptation of architectural beauty to modern technological needs. But Rodó needed the example of the United States for emphasis. His quarrel was against positivistic philosophy; it was a war of ideas, not of ideology. Unlike Martí, he had no real experience of the United States and did not live in an area that was threatened by its military might. Yet his appeal to European values was an instant success. His book circulated rapidly throughout Latin America, where Ariel "clubs" were even founded to discuss it. Rodó became a celebrity on the heels of Darío, whom he greatly admired.

Rodó's is a splendid prose. In contrast to Martí's it is cool, measured, with expansive cadences and sustained metaphors. Rodó sometimes invents stories to make his points. In "Ariel," to describe the life of the spirit, he imagines an elaborate castle in which an elderly king keeps himself away from the noise and bustle of the outer world. It is a fine fable of an enclosure within an enclosure, that of the make-believe classroom in which the old professor delivers his valedictory oration. It is not without dissonant tropes, such as those used to describe the process by which ideas are imprinted in the soul of the listeners, in which there lurk violent actions, such as that of striking coins to imprint figures in them. Rodó's is a full literary discourse that includes a jarring clash of concepts and images in a vain but stubborn search for full expression. There is an implicit, conflictive self in the voice of Prospero, the emblem of which is the heavy statue of Ariel whose meaning is presumed to be spiritual and weightless. It is in this deep stratum that "Ariel" conceals a kind of subconscious of modern Latin American writing, one in which that "most extraordinary and complicated situation" in which Bolívar says Latin Americans find themselves is always trying to find a solution.

Chapter 4
Poetry from Modernismo to Modernism

The biggest challenge facing Latin American poets in the wake of Modernismo was how to overcome Darío's influence. On a deep level it was impossible. Darío created a poetic stance, a voice, and an idiom for Spanish poetry that endure to the present. But poets had to shed his manner, and even that was not easy. Darío's poetry, disseminated widely because of the increasing proliferation of newspapers and magazines, permeated all poetry in Spanish, even popular songs. But ambitious poets, in search of originality and novelty had to find new ways to express themselves. Eventually, the avant-garde movements of the 1920s, what in English is called Modernism, provided a fresh poetics, one that, by discarding traditional prosody, led to the difficult kind of poetry that is still with us.

What Darío had done, particularly in his later poetry, like that in *Cantos de vida y esperanza*, was to acclimate the advances of symbolism to Spanish, something that had not been accomplished on either side of the Atlantic. This meant, above all, that poetry was not just the expression of individual feeling and a reflection of nature, like that of the Romantics, or the composition of exquisite verses, like that of the Parnassians, but a combination of both to achieve a kind of beauty that was the deep manifestation of poetic language rigorously subjected to the search for truth, for the absolute. Not even the best peninsular poets of the nineteenth century, like Gustavo Adolfo Bécquer, had reached that level, and among Darío's cohorts in Latin America, Martí, Silva, and Casal did so only sporadically.

The decadent lifestyle and the priestly devotion to poetry, disregarding all else, were an ancillary but significant part of that quest. This was the Romantic legacy. But the unrelenting search for the ultimate fusion of beauty and truth in a poetic language devoid of sentimentality and resolutely rejecting everyday speech was only comparable to the coeval impressionist movement in painting. Some young Latin American poets inherited Darío's mantle, acquiring a following throughout the continent and, like Darío, began to be recognized in Spain, where poetry was never the same after him.

They were all the heirs of symbolism, which had been the self-conscious assertion of a modern poetic practice that has lasted. In France, where the movement began and from where it spread, it meant first of all a loosening up of the tight prosodic strictures of French, beginning with the mandatory use of Alexandrine verses and the adherence to prescribed rhyming and rhythmic patterns. The situation was different in Spanish (and it had been discarded in English long ago), because varieties of meter and rhymes were commonly accepted. But there was a poetic idiom in the language that fluctuated from the academic to the mannered traditional (phony popular), and in which a vast number of clichés and prosodic commonplaces had accumulated. Darío did away with all that using a wide array of stanzas, meters, and rhyme schemes, even inventing some.

The symbolists had eschewed prosodic rules. They followed only one: the intimate emotion of the poet determines the stops and the length of the line, which does not end in a rhyme, or does at best in an assonant rhyme. Or, if the rhyme is preserved, its role is now to trace a melodic motif and to punctuate throughout the poem the ending of the irregular lines that make it up. This was so particularly in Verlaine, for whom musicality was foremost. Mallarmé had been the other master of the symbolists; like him they maintained that the material world was nothing but appearances, symbols. But symbolizing what? Above all, they were symbols of the deep conditions that determined the appearances themselves. The most evanescent nuances were called upon to express the secret laws of nature and of being, of the self. Between the fluidity of appearances and the infinity of causes the particular reality of the body seemed to vanish. The whole of nature was nothing more than a dynamic image, a veiled and fluid symbol of eternal laws.

At a higher level of complication, this dematerialized world could also translate the sentimental state of the poet, or an idea. The sentiment hearkened back to Verlaine; the idea to Mallarmé. This program Darío's followers learned from him and directly from the French sources, as he had. It remained the basic poetic policy for those who tried to overcome him and for Latin American poetry for the balance of the twentieth century.

Two Mexicans are among the important poets that stand out during Darío's last years and beyond, Amado Nervo and Enrique González Martínez. Nervo (1870–1919) was greatly admired in his day and continues to appear in anthologies and programs of study throughout Latin America. He was a mystic, obsessed with God, interested in Oriental religions, and a reader of Nietzsche. Nervo proclaimed that he was satisfied with his fate and the world: "Cry? Why?" He wrote a poem to Kempis, "that pale ascetic," known by heart by many, but he is mostly remembered for "La amada inmóvil" (The Still Beloved), where he pours his heart out for his dead lover but remains optimistic in spite of his despair. Apolitical, Nervo was interested in erotic themes, with which he dealt prudishly. His poetry tends to be simple, prosaic, without the musicality of conventional Modernismo, yet he claimed that, inspired by his beloved "My poetry found arcane cadences." Nervo's placidly pathetic poetic persona, his search for God and fulfillment through love, found many devoted readers, and his fame at one point rivaled that of Darío. He was the first notable modern Mexican poet.

His compatriot, Enrique González Martínez (1871–1952), was probably a better poet, yet he is mostly remembered today for a poem whose anti-Darío resonances he did not mean. The poem's most celebrated line goes: "Twist the swan's neck, with its deceptive plumage." The swan, notoriously, was the symbol Darío chose for his poetry, both for its beauty and the question mark suggested by his curved neck. The line, and González Martínez's avowed preference for the owl, symbol of reason and wisdom, turned him into Darío's slayer and his poetry into the signpost for the end of Modernismo. But González Martínez was an admirer of the Nicaraguan, particularly of his later poetry. He also followed the themes of French symbolism. González Martínez was drawn by deep, final questions. His eyes, his pupils, read the dark book of night, as he put it. In a poem he meets a ghost, a man who was returning from death but does not find the right questions to ask him. In another poem, included in the appropriately titled collection *Los senderos ocultos* (The Hidden Paths, 1915), a character is a "romero," a pilgrim—etymologically someone traveling to Rome, meaning looking for the truth. There is music in his verse, and alliterations such as "Your pupils pregnant with problems," as well as highly original tropes, like "Deep life's crystal soul."

As in Mexico, Modernismo was the rage in the countries of the Southern Cone (Argentina, Uruguay, Paraguay), especially in the thriving metropolis of Buenos Aires, where Darío arrived in 1893 and became a celebrity. Many were the Nicaraguan's followers, but none were more accomplished than Leopoldo Lugones (Argentina, 1874–1938), who dominated Argentina's literary scene for thirty years, even being named inspector general of education, and eventually director of the national library. Lugones was not only a skillful, exquisite poet with superb control of all poetic resources but also an influential essayist and fiction writer. As an essayist he proposed in his collection of lectures, *El payador* (The Minstrel, 1916) that *El gaucho Martín Fierro* was the epic of Argentine identity, which unleashed a long polemic. His involvement in politics led him gradually to an ardent nationalism and to support authoritarian military governments.

Lugones was repudiated for this by some, but his literary accomplishments were such that he was recognized as a key figure by subsequent Argentine writers like Jorge Luis Borges, and Lugones remains a major figure in the history of Latin American poetry. Perhaps anguished by his political decisions and by an unfortunate love affair with a young woman, Lugones poisoned himself in 1938.

Lugones's first book of poems, *Las montañas de oro* (Golden Mountains, 1897), put him on the far side of Modernismo, that is, he exaggerated some of the novelties brought about by Darío and his disciples. His next book, *Los crepúsculos del jardín* (Garden Twilights, 1905) saw him perfect the Parnassian side of Modernismo and the symbolist penchant for stringing images, some of which were shockingly fresh, as when he writes "On the clothes hanger on the wall / the crucified tail coat." Or the following stanza from a moving poem called "El solterón" (The Bachelor):

> Through the pink clouds,
> the swallows, hunting
> invisible butterflies,
> trace mysterious letters
> as if penning goodbyes.

There is a tinge of Darío in this scene, with its rosy clouds, swallows, and butterflies, but to turn the darting of the swallows into writing, and writing into a farewell is novel; the trope strains Modernista metaphor. The key to the image is that the butterflies are invisible, making the swallows' flight gratuitous, free, like poetry, most relevant when what they do is writing. The goodbye adds a tinge of melancholy. Lugones was a very refined poet.

But his most significant book was *Lunario sentimental* (1909), a title that literally means "sentimental moon calendar." Lugones had come under the influence not only of the usual symbolists but of Jules Laforgue, which gave his poetry an ironic touch that moved it beyond Modernismo and announced the poets of the avant-garde or Modernism. The irony can already be felt in the title. Lugones has taken the moon of Romantic poetry, with its somber moods, and that of Modernismo, with its silvery rays highlighting the shapes of beautiful objects, and reduced it to a calendrical instrument. This is the moon of tides and other natural cycles, boringly predictable in its mutations. "Lunario" is not a pretty word in Spanish; it sounds vulgar. Lugones is introducing a note of common speech into poetry, something alien to Modernismo, which would not enter poetry until the avant-garde generation. To add "sentimental" to the title intensifies the irony, because excessive feelings are being spent on something as humdrum as a calendar. "Sentimental" adds a touch of kitsch to the title of the book. Lugones's wit is subtle, as is his humor, an element missing altogether from Modernista poetry. His novel stance and manner were recognized all over the Hispanic world, and he became a luminary in the horizon of Spanish-language poetry.

A different fate was that of Lugones's near contemporary and neighbor from nearby Montevideo, Julio Herrera y Reissig (Uruguay, 1875–1910), who never traveled, except across the River Plate to Buenos Aires. Though he had a coterie of friends and admirers during his short lifetime, his fame, which grew to be considerable and enduring, arrived posthumously. From a distinguished but impoverished family, Julio, as he was known, made the tower on top of his parents' house, which was essentially the upstairs of a notorious brothel in Montevideo, his study and literary salon. The structure gave the name to one of his most celebrated suite of poems, *La Torre de las Esfinges* (The Sphinxes' Tower, 1909).

Diagnosed with a heart condition in childhood, Julio used morphine and lived the life of a recluse and an addictive reader. He devoured the French symbolists in books brought to him from Paris by a friend. He also learned Latin and Greek, so his mythological allusions, though following the Modernista vogue, came from their original sources, and his pastoral excursus had a genuine classical foundation, as one can tell by his epigraphs. Herrera y Reissig's poems were published in Montevideo as *Los peregrinos de piedra* (The Stone Pilgrims) in 1910, but a subsequent Parisian edition of 1913, with a splendid prologue by the Venezuelan Rufino Blanco Fombona, is the book that circulated throughout Latin America and spread his fame.

Herrera y Reissig is known primarily for having pushed Modernismo farther than Lugones and also for having anticipated, with his proclivity for daring and multiple metaphors, the Dadaists and Surrealists. In addition, he bared his subconscious through grotesque figures and incorporated elements of occultism. Aware of his drug use, some critics, perhaps too literally, attribute to that the morbid aspects of his work. Yet his poetry has an unrestrained quality that one would never associate with Darío, or even Lugones. The avant-garde poets found a kindred spirit in Herrera y Reissig. He had already arrived to where they were going.

Darío was still alive and active when Herrera y Reissig wrote, but the movement he had created had clearly gone beyond him. The next group of significant poets, straddling Modernismo and the avant-garde, would be made up of four women, all from South America; three from the Southern Cone. That they were women was not in itself a novelty. The Cuban Gertrudis de Avellaneda had been one of the notable Latin American poets of the nineteenth century, and there were Modernista women poets, such as Juana

Borrero (1877–96), also a Cuban. But as women they signaled the strong foothold that poetry had gained in Latin American society with the advent of Modernismo and the wide public acclaim Darío had received. The fact that one of the women, Gabriela Mistral, was awarded the Nobel Prize also meant that Latin American literature, independent of Spanish literature, was beginning to be recognized in the West.

More important, these women brought to the new poetry a new slant and themes. Love and desire now appeared from a female perspective, with different symbols, subject to different constraints, and with a different approach to death. Physical beauty and decay were topics that now surfaced too. Motherhood and the love of children also enter poetry, in some cases in the form of lullabies. Resentment and complaint of male privileges turn up too, giving poetry a political tone that it currently lacked for the most part and anticipating the literature to come in the 1920s. These women were serious, committed poets who pursued final questions.

Darío met Delmira Agustini (Uruguay, 1886–1914) in Buenos Aires and was enthralled by her poetry, beauty, and charm. He wrote a prologue for her book *Los cálices vacíos* (The Empty Chalices, 1913) in which he said, memorably and accurately, that not since Saint Theresa had there been poetry of such intensity in Spanish. Delmira was mesmerized by the great man, whose poetry she so admired. A precocious, passionate young woman, she wrote poetry of as unabashed eroticism as was possible at the time and even went beyond, which brought her some grief. No Modernista poet, except for the scandalously gay Colombian Porfirio Barba Jacob (Miguel Ángel Osorio) (1880–1942), had published such explicitly sexual poetry. She shocked the bourgeois society in which she lived in provincial Montevideo, where she had been born and raised.

A friend of Herrera y Reissig and his group, she availed herself of the same French books they studied and emulated. From the symbolists she learned a metrical freedom that gave her poetry very startling and pleasing cadences that seek to match her sensuous themes. They are verses moved by passion and express it not just in the images and tropes but in their rhythms. There is no vulgarity in Agustini's elevated eroticism. She was a superb poet. In her own life, however, she experienced a more turbulent kind of sexuality. She ended her marriage after a month but later took on her former husband as a lover. During a clandestine encounter he murdered her and committed suicide.

Another Uruguayan poet, Juana de Ibarbourou (Juanita Fernández Morales) (1895–1979), lived a long life and enjoyed wide recognition, being called "Juana de América." Also a poet driven by desire, Ibarbourou was keenly aware of her body, of its beauty, of its palpitating cravings, and of potential decay. Hers was a pagan, joyful kind of eros, apparently devoid of Judeo-Christian guilt, which expanded to encompass nature in pantheistic rapture. She had captured that side of Modernista poetry: the exaltation of physical beauty for its own sake, or for the sake of pleasure. Her joy of the flesh extended to life after death, for she believed that her body would go on desiring and actually rise again. So in a poem she asks her lover to bury her in a very shallow grave, so that her flesh may feel the throb of life and be resurrected. She was as unabashed in her sexuality as Agustini: "Take me right now while it is still early / and I have fresh dahlias in my hand." Toward the end of her life Ibarbouru ruefully contemplated her deteriorating body, claiming that she was now "shadows," feeling nothing anymore "In the stopped-up hub of the petals." Her renown beyond the Southern Cone was large and lasted throughout most of her life, though by the end she was forgotten and cast aside. But she retains a solid place in Latin American literary history.

Alfonsina Storni (Argentina, 1892–1938) was also a passionate lover, but she was tortured by her sense of woman's subservience to man. Her early poetry manifests these contradictory feelings, which eventually led to her suicide. She was very successful at first, being the first woman to break into the male-dominated Buenos Aires literary cafe life. Her poetry, like her, was bold, fresh in every sense. She expressed both a pagan need for sensual love and contempt for men that bordered on revulsion. In her best-known poem she talks about how neither her father nor grandfather ever cried, being men of steel, but how her lover's tear fell into her mouth, and she had never tasted such poison in her life. She is a "weak woman," but one who understands, not in the sense of empathy, but of having the capacity to glean, to grasp tasting that tear the "Centuries of pain of which I learned as I drank it." By the end of her short life she turned her back on her fame and, abandoning the kind of poetry that had brought it to her, began to write hermetic, deeply troubled verse, including a truly remarkable sonnet, "I am going to sleep" in which she announces her intention to commit suicide. In October of 1938 she walked into the sea and drowned herself.

It is said that Gabriela Mistral (Lucila Godoy Alcayaga, Chile, 1889–1957) made up her melodious pen name, combining those of two of her favorite writers, Gabriele d'Annunzio and Frédéric Mistral, though the second part may have come from the *Mistral* wind of Mediterranean France. She was born in Vicuña, a provincial town, into a poor family of Basque and Indian background. Self-taught, she became a school teacher by age fifteen. Education would become an important part of her poetic persona, as she rose to become the poet with the largest following in Latin America and a world-renowned personality who played an important role in the educational systems of Mexico and Chile. She was Chilean consul in Naples, Madrid, and Lisbon, and lived the last years of her life in the United States. Mistral led campaigns in support of children who were victims of poverty and war, and wrote immensely popular lullabies that were sung by mothers all over the Hispanic world. Her fame both as a poet and as an ambassador for noble causes earned her the Nobel Prize for literature in 1945.

Mistral's life story is inseparable from her aura and implicated in the understanding of her poetry. Her first love shot himself, a trauma that marked her for the rest of her life; it inspired her first book of poems, *Sonetos de la muerte* (Death Sonnets, 1914), which won a provincial literary prize and brought her attention in Chile. Another volume, *Desolación* (Desolation), was published in New York in Spanish in 1922 and brought her a measure of international fame. In 1924 *Ternura* (Tenderness) appeared; it was a book whose theme was childhood, a subject that expanded to include motherhood in *Tala* (Felling), published in 1938 in Buenos Aires. These were her best poems. Mistral was by then widely recognized as a major voice in Spanish-language poetry and had assumed the role of itinerant celebrity poet that had earlier been played by Darío, and which would be picked up by Pablo Neruda and Octavio Paz in the future.

The suicide of her boyfriend fixated forever in Mistral's mind a sense of discontinuity with creation as proclaimed by the Christian doctrine, and she was a believer. It was this feeling that impelled her to talk to God in her poems. In one, memorably, she asks forgiveness for her dead lover, a plea for his inclusion among the blessed in spite of the mortal sin he had committed by killing himself. From her earliest poems Mistral was a serious though not somber poet. In her early poems she addresses not only God but also her dead beloved, whom she tries to console by telling him that she will go down into the grave to "dream" with him. In others she turns him into a child who needs cuddling, affection, and understanding. Mistral believed in the power of poetry as a form of lay prayer. Some of her poems have biblical themes and characters, like Ruth, with whom she identified. The tenderness for children she expressed was determined both by her frustrated maternity—she condemned herself to barrenness in protest for the disappearance of her beloved—and by the belief that they could repair the rupture caused by death. Her poems to and for children combine maternal tenderness with a cosmic aspiration for wholeness, as in this stanza from a lullaby:

God the Father silently rocks
his thousand worlds.
I feel his hand in the darkness
and rock my baby.

This was Mistral's triumph, to express pain and hope in ways with which everyone could identify, in a poetry that made no concessions to pathos and observed the highest standards of poetic expression. For this she was respected and even revered.

Although Mistral's work continued to appear until the fifties, her first book of poetry was published in 1914, the year that World War I broke out and finally brought the nineteenth century to an end. The kind of poetic wholeness in which the symbolists ultimately believed, one that could be found in the depths of the poetic self and its relation to the deep causes of the world of appearances expressed in symbols, was shattered by the Great War, one that pitted the great imperial powers of the nineteenth century against each other. Europe was devastated, and with it the high promises of the West became empty and lost their promise of a better future for humanity.

Harbingers of the twentieth century had begun to appear in the philosophy of Nietzsche, the work of Freud, and, in 1906, Einstein's theory of relativity, all of which undermined common perceptions of the psyche and of reality. Impressionism had already shaken our expectations about the appearance of everyday things and events, even the transparency of air and the effects of light on our eyes. Since the turn of the century, new artistic movements had been developing a worldview in which the "correspondences" that Baudelaire had sung about were no longer available.

Latin American poets could not readily find in European poetry anymore a foundation on which to build their works; a radically new idiom had to be invented. The same feeling of loss as well as of freedom, of course, was felt by the European artists themselves, who sought in avant-garde movements as extreme as Dadaism, Futurism, and Surrealism venues to express the new freedom. The avant-garde Latin American poetry, which reflected this state of affairs, found its first leaders in two Chileans, Vicente Huidobro and Pablo Neruda, and a context provided by a constellation of Spanish poets of the highest quality, which came to be known as The Generation of 27: Federico García Lorca, Vicente Aleixandre, Jorge Guillén, Rafael Alberti, Pedro Salinas, and Dámaso Alonso.

Two other Spanish poets from an earlier generation, Juan Ramón Jiménez, who would win a Nobel Prize in 1956, and Antonio Machado were active and influential. The combined work of all those poets and the new Latin American poetry, which would eventually comprise, beyond Huidobro and Neruda, César Vallejo, Jorge Luis Borges, Octavio Paz, Nicanor Parra, and José Lezama Lima, added up to a golden age of Spanish-language poetry.

If World War I was literally a worldwide cataclysmic event, two others shook the Hispanic nations, fostering a sense of shared ideals and a common idiom among poets from all of Latin American and Spain: the Mexican Revolution (1911–17) and the Spanish Civil War (1936–39). The latter, in particular, turned into an integrative process, a magnet for poets not only from the Spanish-speaking world but also from everywhere and from many languages. It was a defining moment for twentieth-century literature, but particularly for poets, who found themselves united by political causes, together in the streets of Madrid and Barcelona, and even on the field of battle. Among the Latin Americans there were Neruda, Vallejo, Nicolás Guillén, Paz, and many others of lesser fame. The Spanish Civil War brought together the artistic and political avant-garde movements for one incandescent moment, which was brief but had lasting consequences.

Avant-garde poetry took the symbolist drive to freedom to its highest peak, following the lead of precursors such as Lautréamont and Mallarmé. It not only abandoned prosodic conventions of meter, rhyme, and stanza but also grammatical and logical rules and principles. This move was parallel to Cubist, Dadaist, and Surrealist avoidance of realist practices in painting, the breaking up of space and the rejection of perspective as well as the use of colors in imitation of those in nature. Meaning in poetry was now dependent on images and metaphors with no obvious sequence linking them. Tropes represented states of mind freely associated, or associated following nonconventional practices, leaving it up to the reader to assemble them according to his or her own perceptions and state of mind. By most common standards much of modernist poetry is hermetic, inaccessible to the average reader with normal expectations. The breaks, the stops are arbitrary, sometimes reproduced visually on the page by unusual printing schemes, like the lines in a Cubist painting. Parallel developments occurred in narrative, and in other arts such as film (with montage, for instance). By the 1920s the new poets that emerged were heirs of Darío only in the most general and abstract way, but they did not begin, as Herrera y Reissig or Mistral, as Modernistas; they were full-fledged Modernists.

César Vallejo (1892–1938) was born in Santiago de Chuco, a small town in the Andes of northern Peru. Both his grandfathers were Spanish priests; both his grandmothers, their native concubines. Vallejo would always profess pained pride in his Indian background, and not a few echoes of Quechua slip into his poems. He went through secondary education in the provinces and twice started university studies only to drop out for lack of funds. Eventually he finished a bachelor's degree in philosophy and letters in 1915 at Trujillo. In subsequent years he studied law, also at Trujillo. In 1918 Vallejo published his first collection of verse, *Los heraldos negros* (Black Heralds), which brought him some attention, and he was able to secure jobs teaching and writing for newspapers. Now in Lima, Vallejo joined the artistic and intellectual avant-garde, which was turning to politics as the economic and social situation of Peru worsened. By 1923, after a political incident that landed him briefly in jail, Vallejo left for Paris, where he became a political activist and joined the Communist Party in 1931. This was followed by the obligatory trips to the Soviet Union and long periods of political work in war-torn Spain. Vallejo would never return home, but he carried Peru within him.

Los heraldos negros is a book written still under the sway of Modernismo, not so much Darío's as that of Lugones's *Lunario sentimental* (1909). It is a turning point in Latin American poetry, the beginning of Modernist as opposed to Modernista poetry, since Vallejo broke with syntactical and prosodic conventions, making his verse difficult to read. Poetry would no longer be of the kind that even the late Darío wrote, deep and somber but comprehensible to all. Vallejo's despair now expressed itself through tortured grammar and shocking figures; it was irrational and unwilling to be subjected to prosody. There are Parnassian vestiges of the early Darío that had infused all Latin American writing, but *Los heraldos negros* shares with Modernist poetry elsewhere an apocalyptic hopelessness characteristic of the first post–world war period—it is evident in the very title of the book. Something at the core of Western civilization had broken down, as T. S. Eliot expressed in *The Wasteland*, and art had to reflect such a breakdown, not cover it with a veil of beauty. The first lines of *Los heraldos negros*, which have become a commonplace in the Spanish language to express gloom, set the tone:

> One suffers such harsh blows in life . . . I can't tell!
> Blows like God's hatred; blows so hard it is
> as if the dregs of all suffering
> pooled within the soul . . . I can't tell.

Anguish, however, is not just pervasive and vague, as in those lines, it is also personal, contingent: grief for the death of a brother, for instance, or for that of a beloved. The beauty of despair in Vallejo's poetry is its intimacy but also its fervor and intensity, a sense of having been betrayed by God and all the useless religious rituals and prayers.

Though *Los heraldos negros* is a harbinger of things to come, Vallejo's next book, *Trilce* (1922), is so radical that it can hardly be said to have been announced by anything that he or anyone else had published before. It is the Latin American avant-garde book of poems par excellence, the benchmark of modern poetry in the language. Its very title is already an indication of its wildly inventive poetics: "trilce" is a made-up word whose root and meaning critics have been debating since the book's publication. It is as if Vallejo were saying that he is creating not just poetry but language itself. The poems that follow do justice to that bold beginning. *Trilce* combines breathtakingly innovative poetic discourse with ordinary everyday language. Syntax and spelling are deliberately flouted, making meaning difficult to fathom, even irrecoverable. Nothing like it had been written before in Spanish. *Trilce* was a catharsis that merged with the convulsion brought about by Vallejo's political awakening; he did not publish another book of poems again. His best was to come posthumously, in *Poemas humanos* (Human Poems), a book whose title was not his but his widow's, and is perhaps the best collection of poetry in modern Spanish poetry, rivaling Lorca's, Neruda's and Paz's.

In this book, which contains poems from the 1920s up to Vallejo's death and includes those written during the Spanish Civil War, the poetry often glides off into prose, tense and dense poetic prose, but prose. It is as if Vallejo were wont to remake poetry from everyday language about everyday things and chose to eschew prosody, or reach it only after having gone through prose and the prosaic. The poems are about ordinary lives, including his own, commonplace settings and situations that nonetheless contain transcendental messages concerning suffering, time, the banality of existence, the randomness of evil and sorrow, the commonality of human misery. I suppose this is the reason for the title (even if it is not Vallejo's), which opposes "human" to "divine," worldly to heavenly. The book includes within it a book dedicated to the defenders of the Spanish Republic at the front, where it was printed in 1938 but never bound, *España, aparta de mí este cáliz* (Spain, Take Away This Chalice).

España, aparta de mí este cáliz contains the most powerful, poignant, beautiful political poetry in the Spanish language. It evokes the artistic masterpiece of the war, Picasso's *Guernica*. It has the same apocalyptic force of the picture, a cry so loud against violence that it transcends partisanship. The tone is appropriately prophetic, with distinct echoes from the book of Revelation (the title, however, is from Matthew 36:29), with expressions of increasing emotion conveyed by escalating anaphora and a meaning that emerges through the accretion of figures of amazing originality. Some poems are new versions of common prayers, like the "Our Father." The book reflects the concluding moments of the war, when the defeat of the Republic was hanging on every battle, an enumeration of which gives the sequence of poems a narrative thread of sorts. No one has better expressed the clash of metal against flesh, or more movingly the death of ordinary men, particularly peasants, whose understanding of the conflict is more telluric than intellectual, and who enter death stoically. But Vallejo goes farther than human conflict and suffering. In his poems there is a generalized battle among things animate and inanimate, a whirling of matter in a state of chaos that is simply dazzling. He succumbed, like Byron, to the role of romantic victim of his vocation. On April 15, 1938, Good Friday, practically destitute, Vallejo died in Paris, the desired place for such a sacrifice by a Latin American poet, after years of poverty, despair, family and amorous disasters, and wearying political activism.

A more fortunate Latin American poet who lived for several years in Paris was the Chilean Vicente Huidobro (1893–1948), who was not on the level of the Peruvian but incarnated the avant-garde spirit as no other. His real surnames were García and Fernández, which could not be more ordinary, so he made up

Huidobro, showing from the start his fascination with words and fondness for breaking them up and putting them back together in unusual combinations. His attraction to French poetry was such that he turned into a French poet, publishing French poems in *Nord-Sud*, a Paris-based avant-garde journal published by Pierre Revérdy. Huidobro, who was quite adept at self-promotion, moved effortlessly among the Parisian avant-garde, becoming a friend of Guillaume Appollinaire, Pablo Picasso, Juan Gris, and Gertrude Stein. He claimed to have initiated the movement called Creationism even before Revérdy, and he engaged in many polemics about the matter throughout the years. Huidobro was, in fact, a polemicist in matters artistic and political, and once even ran (unsuccessfully) for the presidency of Chile.

Huidobro theorized about the kind of poetry he wrote, sometimes in the form of manifestos, affirming in his poem "Ars poetica" that the poet was a small god, who should create out of nothing realities to stand on an equal footing with other realities. He adds: "Why do you sing of the rose, oh poets! / Make it bloom in the poem." His "theory" is, in fact, the quite common avant-garde claim about the freedom of poetry to use language and poetic resources unconcerned for tradition or the demands of sense or meaning; the notion of the poet as a minor god goes back to the Romantics. In practice, however, Huidobro was quite original and wrote some of the major poems of Spanish-language Modernism.

One in particular, *Altazor* (1931), is the showpiece of Latin American Modernism and one of the greatest poems of the twentieth century. Huidobro claims to have written most of it in 1919. Fragments had appeared in journals before the first book-length edition, published in Madrid, which caused quite a splash and featured a portrait of the poet drawn by Picasso. The full title reads: *Altazor o el viaje en paracaídas. Poema en VII cantos (1919)* (Altazor or the Voyage in a Parachute: A Poem in VII Cantos (1919)). The title is a portmanteau word combining "alto," high, and "azor," goshawk, a bird of prey used in falconry;

"highhawk" might be a suitable translation. It suggests hunting at very high altitudes, which is the central conceit of the poem, whose subtending mythic story is that of Icarus; Huidobro's poem has this and much else, in common with Joyce's *Ulysses*, a work that is, at least in composition, its contemporary (the novel is from 1922). *Altazor* is an ambitious long poem; the first edition was 111 pages long.

The notion of this Icarus figure traveling in a parachute that is like an umbrella lends a humorous tone to the poem, an ironic distance. The idea of the fall, with all of its Christian resonances, also gives the poem an allegorical cast tempered by irony. The poem is like a series of dialogues the speaker holds with himself, with God, with the reader, or with an implicit interlocutor who seems to have asked questions. At times the poem becomes a long monologue about a variety of topics of the utmost seriousness, though their expression might seem humorous because of the many puns, repetitions, lists, anaphora, disconnected statements, and random words. There is a progression from canto to canto, though these are not of uniform length, and each varies, though not uniformly, in tone. The progress is toward the dissolution of language: the poem ends with a series of letters, presumably representing arbitrary sounds. Man is, according to the poem, "a metaphysical animal burdened with sorrows."

Thematically *Altazor* sometimes reads like Heidegger's *Being and Time* (1927) put to poetry, although it is difficult to conceive that Huidobro would have read the German philosopher. But the self represented in the poem has fallen into time and is in search of meaning in a world devoid of certainties of any kind. His existential quest, as he presumably soars, is for a way out of the anguish he feels; *angustia* (anguish) is a word used repeatedly in the poem. The speaker of Altazor is in a void, represented by infinite cosmic space and also the sea, but he is not in a historical vacuum. He rues that he has come into being when Christianity is dead and there is nothing to replace it. Europe has buried all of its dead, meaning World War I is over, and the repeated mention of new technologies, such as airplanes, gives the protagonist a context that is reminiscent of Futurism. These scientific discoveries, astronomy foremost among them, appear to announce possible answers and solutions, but they do not seem to be near.

Altazor is a complicated poem. It is not even consistently poetic. There are fragments that read like prose poems. Poetry, in fact, in the traditional sense, is the object of repeated mockery and is represented by musical instruments such as violins, violas, harps, and pianos, but never performing their given functions. Altazor, the speaker, acts as if possessed of a superior knowledge that allows him to know the secrets of things and the causes of events at a level that is beyond conventional poetic understanding. The world he describes is in a state of metamorphosis that is reminiscent of Ovid's. Things and beings are transformed by unusual reasons, and their resultant new appearance is expressed by words that are combinations of words, or words endowed with unconventional meanings. Altazor knows that he is trapped in language and tries mightily to work free of it by breaking it down and putting it back together with the glee a child would have doing the same to his toys. In one long sequence the word "mill" is paired with many different adjectives and prepositional phrases performing the turning and grinding of the device. The parallel with Joyce's *Ulysses* is clear, and so is the resemblance, thematically, to Eliot's *The Wasteland.*

Huidobro, for all his accomplishments and self-promotion, was soon upstaged by his compatriot Pablo Neruda (1904–73), a poetic volcano who became one of the leading poets of the twentieth century and a prominent political figure. Born in Temuco, a southern Chilean town, he changed his name, Ricardo Neftalí Reyes, to conceal from his father that he wrote poetry, taking Pablo as his first name in homage to Paul Valéry and borrowing the surname from the Czech novelist Jan Neruda. In 1921 he moved to Santiago to study French but devoted himself mostly to writing poetry and to the bohemian life. In 1923 he published his first book, *Crepusculario* (a combination of "crepuscular" and "calendar" evocative of Lugones's *Lunario sentimental*). *Veinte poemas de amor y una canción desesperada* (*Twenty Love Poems and a Song of Despair*) appeared the next year; it was to become a best seller throughout the Spanish-speaking world. No book of poetry has ever circulated more in Spanish. With his newly acquired fame, Neruda was able to secure a very minor diplomatic post as honorary consul in Burma. It was at least a chance to travel, and the beginning of a long career in the foreign service.

Neruda became a great and greatly acclaimed poet with a poem he wrote while in the East, *Residencia en la tierra* (*Residence on Earth*, 1933), which reflected his reading of English poetry (Blake) and the French symbolists and Surrealists as well as novelists like Proust and Joyce. Some believe that Neruda revolutionized Spanish verse as much as Darío had. The second, 1935 edition of *Residencia* (the first had been very small) was extremely influential in Latin America and Spain. These were poems with lines of varying lengths, mostly blank verse, and torrents of tropes that make them obscure, yet emotionally stirring. Some are starkly autobiographical and erotic, narrating the travails of a self alienated from the world and from itself, and desperately seeking communion with others and with nature: "I happen to tire of being a man."

The poems of *Residencia* were more powerful than anything the Surrealists or any other avant-garde poets ever wrote, perhaps because Neruda was closer to the romantic sources of the avant-garde. These poems represented a world in ruins, a "godless apocalypse" as Amado Alonso once put it. Their chaotic language seemed to express inchoate passions, fears, and desires in a language that seems appropriate to those moods, a language that is symphonic in its cadences and movement, as if the subconscious had found an idiom free from reason and conventional meanings. Named consul to Barcelona in 1934 and a year later to Madrid,

Neruda joined the poets of the Generation of 27, with whom he issued a journal, *Caballo verde para la poesía* (Green Horse for Poetry), and witnessed the beginning of the Spanish Civil War.

Neruda was dismissed as consul because of his political involvement, but he remained in Spain, where in 1937 he helped organize a congress of antifascist intellectuals and published *España en el corazón* (Spain in the Heart), his first book of political poems. This book would later be reprinted at the front lines in Barcelona on paper made by the soldiers from captured flags, rags, bloodied gauze, and other trophies of war. It is, with Vallejo's, the highpoint of political poetry in the language. In 1939, at the conclusion of the Civil War, a more sympathetic Chilean government sent Neruda to Paris as consul for Spanish emigration, with the mission of aiding refugees from the Spanish Republic by finding countries that would take them. After stints in Chile, Neruda wound up in Mexico, where he was named consul general.

When he left the Mexican capital to return again to Chile in 1943, he was given a farewell banquet attended by more than two thousand guests. In that year he published *Canto general de Chile* (General Song of Chile), which would become the *Canto general* (General Song) in 1950. On his way home he visited the pre-Incaic ruins of Macchu Picchu in Peru and in 1944 published *Alturas de Macchu Picchu* (The Heights of Macchu Picchu), which would also be incorporated into the *Canto general.* In 1944 he was elected senator and the next year joined the Chilean Communist Party; he would be an obedient member for the rest of his life. After a polemic with the Chilean president, Neruda escaped on horseback over the Andes to Argentina and later surfaced in Paris, bearing the passport of a friend, the Guatemalan novelist Miguel Ángel Asturias.

Neruda's *Canto general*, one of the highest poetic achievements of the twentieth century, was published in a special edition printed in Mexico City, with drawings by the great muralists Diego Rivera and David Alfaro Siqueiros. Neruda was then forty-six. The vast poem was a return to origins and a rebirth, a sweeping recollection that included not only memories of Neruda's intimate and poetic self but also the natural and collective history of Latin America. He gathers here his avant-garde experience, particularly the surrealist, and tempers it with the keen historical awareness forced on him by the political catastrophes of the 1930s and '40s. The poem expressed the hope that out of the ruins of Europe and of Western civilization in general, Latin America would emerge as a new, vital force, untainted by the errors and sins of the Old World. At the core of the *Canto general* is an effort to create an American myth, a version of American history that can constitute the cipher of American destiny. Because Neruda is a Romantic, that myth had to have as protagonist his own poetic self, the individual whose suffering and vision the myth will legitimize. Hence his journey through life is a story woven into the fabric of the poem, as is the evolution of the poetic voice within its fictive time.

"Canto general" means "general song," perhaps in contrast to Whitman's *Song of Myself*. A general song would be the song of all or about everything, meaning the objective, concrete world that we call real and the history of the world—the entire history of the world, reminiscent of the aspirations of general histories in colonial times. This is consistent with the sweep of the poem, which begins in pre-Hispanic America, or even prehistoric America, when humanity is just about to emerge from the clay, and moves along until it reaches the here and now of the poet writing in 1949. Perhaps a good translation of the title would be "Song of All," meaning the history and the concrete world but also the mind of man, his beliefs and ethics, his fears and aspirations. The poem is a solemn celebration of all, a chant in a major key. Its deep resonances come from its long, sonorous lines, occasionally broken by shorter ones for emphasis, and by its avalanche of metaphors. Neruda's poem is a cornucopia of tropes. Everything is in a state of flux, in the process of becoming something or of looking like something else. The analogue here is America's proliferating nature: "in fertility time grew." There is no conventional rhyme, meter, or strophic arrangement, and although the history recounted begins before the beginning of history, it does not flow chronologically from there until the end. The *Canto* establishes its own inner rhythms, like a liturgy being founded, its grandiose tropes not just naming but anointing things.

After the triumph of the *Canto general*, which also includes a paean to Stalin, Neruda began a series of extended trips through Europe as a sort of roving cultural ambassador representing the Communist Party. He also initiated a radical change in his poetry, toward a simpler mode of expression. In 1952 he published anonymously *Los versos del capitán* (The Captain's Verses), a collection of love poems, and in 1954 the first volume of his *Odas elementales* (*Elementary Odes*); three would appear in the 1950s. These were poems in which the poet wished to look anew at the humblest elements of reality, to isolate and celebrate with his gaze objects and beings normally left out of the purview of poetry—an onion, an artichoke, a cat.

In 1959, still in his role as itinerant poetic and political conscience of the Americas, Neruda traveled to Cuba and, as a result, wrote *Canción de gesta* (Epic Song), a poem in praise of the Revolution; later he would have a major quarrel with the cultural commissars of Castro's regime. But Neruda's next volumes of poetry, *Cantos ceremoniales* (Ceremonial Songs) and *Memorial de Isla Negra* (Isla Negra Memorial), turned inward and backward, to his childhood, to his life on the Chilean coast. In 1971 Neruda returned to Europe, now as Chilean ambassador to France, representing the government of his longtime friend Salvador Allende, who had been elected president. It was a year of hope and revolutionary plenitude, soon crowned by Neruda's long-expected Nobel Prize, which some believed had been delayed because of cold war politics. But now Neruda was ill with cancer. He returned to Chile in 1972 where he witnessed the downfall of Allende and died full of grief on September 23, 1973.

Another poet who went to Spain during the Civil War was also a Communist and wrote politically inspired poetry: the Cuban Nicolás Guillén (1902–89). A mulatto, Guillén was the leading figure of the Afro-Cuban movement, which began in the mid-twenties as an exaltation of the African component of Cuban culture. It involved composers, poets, and novelists and was chiefly a poetic movement. Guillén incorporated into his verse rhythms that mimicked those of popular Afro-Cuban music and words derived from the African languages spoken on the island: these languages were mostly liturgical, for ritualistic use. In Spanish they sounded odd, like meaningless combinations of sound similar to those used by Huidobro. They did have a meaning, however, even if the reader did not understand it, and they provided a beat. Guillén's first and most famous book was *Motivos de son* (Song Motifs, 1930), which caused quite a stir in Cuba and the rest of the Antilles. The title is clever. "Motivo" means "motif," as in musical motif, but it also means motive or reason for something. Thus the title could be taken to mean "reasons for this kind of *son*." "Son" is a kind of popular Cuban music, but it also means "music" in general, and is the third-person plural of the verb "to be." The poems in the book are equally sophisticated, though at first they do not seem to be. They are very theatrical, dramatizing dialogues, sometimes comical, among characters, often a man and a woman.

Guillén adapted Modernist techniques to create poetry that sounds Afro-Cuban. His success was great because he was a very good poet, not just because of the Afro-Cuban inflection of his poetry. In books like *Sóngoro cosongo* (1931), *West Indies Ltd.* (1934), and *Cantos para soldados y sones para turistas* (Songs for Soldiers and *sones* for Tourists, 1937), Guillén's poetry became increasingly political. In Spain, where his poetry acquired a more international dimension, he published *España: poema en cuatro angustias y una esperanza* (Spain: a Poem in Four Anguishes and One Hope, 1937). In 1937 he attended the antifascist congress in Valencia organized by Neruda. Guillén, a Communist since the

1930s, joined the Castro regime when it came to power and served as president of the Writers' Union until his death.

A very young Octavio Paz (Mexico, 1914–98) was also at that congress in Valencia with Neruda, Guillén, and many others. He was destined to become the next Latin American poet to win the Nobel Prize and Neruda's antagonist, both in poetry and in politics. Paz went to Spain as a politically committed intellectual with Marxist leanings and left-wing connections. One of his first books, *¡No pasarán!* (They Shall not Pass!, 1936) takes as its title one of the slogans of the Republican cause in Spain. Back in Mexico he broke with the Left as a result of the Nazi-Soviet Pact of 1939, and became a bitter and persistent critic of Communism for the rest of his life. He founded two important journals in the 1940s, *Taller* and *El hijo pródigo*, and in 1943, thanks to a Guggenheim Fellowship, he moved to the United States for two years, living first in California and later in New York. In 1945 Paz began his diplomatic career with a post in Paris, where he was associated with André Breton and what was left of the Surrealist movement in France.

He returned to Mexico at the end of the decade and was involved with the Spanish writers and intellectuals who had settled there having fled the Franco regime. This group was made up of disciples of José Ortega y Gasset, the Spanish philosopher who had become a follower of Heidegger after the 1920s. The Spaniards in Mexico were Heideggerians, with one, José Gaos, publishing a translation of *Being and Time* in 1949. While Paz would be influenced by other tendencies, mainly Eastern philosophies as a result of his trip to Japan and India in the early fifties, Surrealism and Existentialism were the main influences in his intellectual development. Paz found in Eastern religions a way to translate existentialism into a language with liturgical substance, but without the ideological ballast of the West, which seemed to have been emptied by Heidegger (and earlier by Nietzsche). The void of being can be filled with poetry, a poetry whose configuration is given by a set of beliefs that is alien, yet compelling, a poetic religion that can be the mirror of being. The pull of the East had been felt since Romanticism, but Paz managed to assimilate it without turning it into something exotic.

With the publication of his essay *El laberinto de la soledad* (*The Labyrinth of Solitude*, 1950), a brilliant interpretation of the Mexican character, Paz had become by the 1950s a very visible public intellectual. In that decade he also published his most ambitious attempt at a poetic theory in *El arco y la lira* (*The Bow and the Lyre*, 1956), the most sophisticated statement in Spanish on the topic. This was followed by *Los hijos del limo* (*Children of the Mire*, 1974), a major proposal about the origin and evolution of modern Latin American poetry. His poetic production did not lag behind. In fact, it was during this period that Paz published his most significant volumes of poetry, *Libertad bajo palabra* (Freedom under Parole, 1949), and *Piedra de sol* (*Sunstone*); the latter incorporated the Aztec calendar into a profound meditation on the meaning of time and history. These were followed by many books that make up a substantial poetic oeuvre. The central poem, however, is *Sunstone* because it is a synthesis of Paz's major topics, from the precariousness of the self, caught in the void of existence in time, to eroticism, derived in part from the Far East, to the nature of poetry. With *Altazor* and *Canto general*, *Sunstone* is one of the three peaks of modern Latin American poetry, and among the major poems of the twentieth century.

In *Sunstone* a nameless voice appears to be falling through space and time. Falling is a major trope in the poem, reminiscent of *Altazor* and related to Heidegger's notion of the self as being in a fallen state. But falling is also part of the cosmic resonances of the poem, a Dantesque tumbling through the heavens. Dante is also present in the erotic desire animating the journey and sustaining the self through it. The anxious poetic voice seeks connectedness, communion, as the cosmic debris of historical catastrophes floats by: we were by then in the space age. Love looms as the only salvation; but desire must become incarnate in the here and now, a present in which physical love will provide a momentary sense of order, a flash of plenitude. Two bodies, naked and intertwined, leap over the gap of time, they are invulnerable, nothing can touch them, they return to the source in each other, through each other, there is no longer you, nor I, no tomorrow, no yesterday, no names, the truth of two in a single body, a single soul, total being achieved in the instant of love.

But violence and sacrifice appear as offerings to hungry and demanding gods. Christian and Aztec mythology furnish the context here. Mythology is given historical embodiment in the figures of Lincoln, Moctezuma, Trotsky, and the slain president of Mexico, Francisco Madero, all leaders assassinated in the pursuit of good. Eros and good are held in precarious balance. At the end of the poem the opening lines are repeated. Unable to reach the lasting plenitude it seeks, the voice falls into repetition, a physical, sexual repetition that joins together disparate echoes in the reader's mind and provides a momentary bliss; a recognition of sorts. The repetition also signals the cosmological structure of *Sunstone*. The poem's 584 lines reflect the Aztec calendar's period, as well as the synodical period of the planet Venus (the time between two successive conjunctions of the planet with the sun). Goddess of love in Western mythology, Venus is the guiding star; the voice's fall through time was always measured by eros.

Sunstone contains the master plot of Paz's poetry and of his vision of history. Denuded of its verbal finery, the plot appears reductive. But it is far from it in the poetic texts themselves, in the drama of poetic self-creation. Paz was a poet who lived in and through desire, through nostalgia for sacredness, a sacredness that is briefly revealed in the ruins of ancient religions or in quivering bodies by ever-present love. That master plot continues to furnish the subtext of poems written in the 1960s and '70s in which there is an increasing appearance of the city as the site of historical catastrophe and of the East as a landscape strewn with ruins left by colonialism but also as a place in which a sense of the sacred abides. Utopia remains an erotic feast. The copulating figures in Indian architecture defy the shattering effect of history and return to an origin in which the poet can reinvest the ruins with sacredness.

In his 1960 book, *Homenaje y profanación* (*Homage and desecrations*) Paz rewrote "Constant Love beyond Death," a sonnet by Quevedo, thereby claiming as his poetic precursors the baroque poets of the seventeenth century, whose echoes were audible in his poetry much earlier. His return to the baroque is emblematic. Realizing that the language inherited from the Spanish-language Romantics was derivative and hollow, modern Spanish poets reached back to Quevedo, and above all to his contemporary and bitter enemy Luis de Góngora and their disciples as the only worthy models, poets who had achieved an original poetic revolution. Paz is torn between the glittering imagistic world of Góngora, who became the patron saint of the Generation of 27 poets, and the wit, paradox, and sober vision of Quevedo, but he seems to settle finally on the latter as a mentor, as well as on the seventeenth-century Mexican nun and poet Sor Juana Inés de la Cruz, whose biography he wrote. Quevedo's language, oscillating between excrement and the most purified love, repulsion and desire, is particularly appropriate for Paz's sense of the failure of history.

Paz served as ambassador to India until 1968 when he resigned in protest against the government's massacre of students at the Tlatelolco Plaza in Mexico City. He returned to Mexico, where he remained an influential literary and political figure through his new journal, *Vuelta*, a splendid artistic magazine that became the leading such publication in the Spanish-speaking world. He also traveled abroad, again in the role as international literary celebrity that he had inherited from Darío and shared with Neruda until the latter's death. When the superb group of Latin American novelists who brought about what is known as the "Boom" of the Latin

American novel emerged, Paz joined them as part of a very visible jet set of literary luminaries. He quarreled with some of them for their support of the Castro regime in Cuba and other left-wing causes, and he celebrated the collapse of the Soviet Union in 1990. It was probably Paz's courageous denunciations of Communism and its fellow travelers that delayed his reception of the Nobel Prize, which finally occurred in 1990, when he was seventy-six.

The Cuban José Lezama Lima (1910–76), who was probably as great a poet if not greater than Paz, lived in relative obscurity in his native Havana, a city he deeply loved and rarely left, even for other cities on the island. He is the perfect example of a writer who, because he was so steeped in his own language and so innovative in his work, was recognized only by a small group of admirers for most of his life. In Cuba, Lezama did have around him a coterie of friends and associates whom he led. It came to be known as the *Orígenes* group after the magazine by that name that Lezama published with his fellow poet José Rodríguez Feo. *Orígenes* ran from 1944 to 1954, publishing major writers from Latin America and translations of such important figures from abroad as Wallace Stevens. It was a wonderful journal, uncompromising in its devotion to art and with a generally Roman Catholic orientation. Among Lezama's eccentricities, from the perspective of Modernism, was his Catholicism. But the most relevant was his extremely obscure manner of expression, be it in conversation or in his writings, be they in prose or poetry, obstinate as they are in their pursuit of truth and beauty at the expense of intelligibility. But once Lezama's idiom is accepted, the splendor of his work shines through: it is perhaps the most original in the Spanish language since the time of Cervantes and Góngora.

Lezama wrote in that idiom from the very first poem, *Muerte de Narciso* (Death of Narcissus), to the last, *Fragmentos a su imán* (Magnet's Shards, 1977), as well as in his most famous book, the novel *Paradiso* (Paradiso, 1966). In contrast to most Latin American writers of note, Lezama was neither a cosmopolitan nor a polyglot. He traveled only briefly to Jamaica and Mexico, was never in Paris, and Spanish was his only language, though he could presumably make his way reading French. All of his readings, which were vast and idiosyncratic, were in Spanish, but his erudition was stupendous, if capricious. He was knowledgeable in the fathers of the church and knew the Spanish classics, major and minor, in excruciating detail. He was steeped in Latin American literature from the colonial period to his day, being in touch through *Orígenes* with the writing, particularly poetry, being done in other countries. Contemporary Spanish poets he knew intimately, sometimes personally as they came to Havana as a result of the Civil War. Juan Ramón Jiménez, who spent some months in the Cuban capital in 1937, grew fond of the young Lezama. Cuban poets flocked around Lezama, hoping to be published in his journal. Lezama lived in relative obscurity before the Revolution and was harassed by the commissars after the Communist government took over.

Lezama rejected the major ideological trends of Modernism: he was not a Marxist, rejected Freudianism (for him psychoanalysis turned a stage of human development into a system); disdained existentialism (man is not for death, as Heidegger proclaimed, but for resurrection), and was oblivious to the "isms" of the avant-garde. His language is prelapsarian, meaning that it is a language written before the Fall, before original sin, before the law. Hence Lezama is careless with his spelling, cavalier with his citations, and his syntax is sinuous, like Proust's, but not deliberately elegant. Lezama mixes rhetorical registers, blending the high with the low, the vulgar with the sublime. Shedding the prejudices inherent in all the ideologies and trends mentioned is difficult for the reader, but in doing so Lezama's universe appears coherent and systematic. The key notion is the "hypertelic," or that which takes place beyond the end, beyond intention, beyond structure, limits, or goals. That is the realm of poetry or of art in general, and obviously also the realm of resurrection, that which emerges after death, the most definitive of boundaries. It is a poetics of superfluity and excess, which is the reason why Lezama so admired the baroque and made its tenets his own.

A survivor of the avant-garde and a major poet, who was overshadowed by giants like Neruda, Vallejo, and Paz, is Nicanor Parra, born in 1914 in Santiago, Chile. Parra followed a different route to poetry. He was originally a theoretical physicist, a subject he studied at Brown University in Rhode Island, among other institutions, and taught at the university level in Chile and elsewhere. The chief trait Parra picked up from the avant-garde was a playful humor that makes him unique in Latin American poetry, and that anticipates the novels of the Boom, where it first appears consistently in fiction. Charlie Chaplin was among Parra's masters, and like Chaplin Parra projected the image of an eager, fumbling individual trying to assert himself with feeble powers and abilities, who stumbles upon the obstacles reality places in his way. One of his most important poems is "Soliloquio del individuo" (Soliloquy of the Individual). It is a long poem that mocks the very idea of the individual self by telling in a sardonic tone what amounts to the entire history of the human race as told by this funny fellow who lists, deadpan, the major moments in human development as if he had lived through them all. The recurring refrain is "I am the individual," which is a hollow boast given that things seem to happen to him, to not be his doing. It is an anti-Whitmanian poem and hence an anti-Nerudian poem. In contrast to his distinguished fellow Chilean, Parra abhorred rhetoric and poked fun at the poetic tics and tricks of Modernism, favoring instead popular musical and poetic forms, such as the *cueca*, a Chilean kind of song and dance. *Poemas y antipoemas* (*Poems and Antipoems*, 1954) is Parra's best-known collection.

Parra was accompanied in today's Chile by yet another survivor of the avant-garde, a major poet in his own right, Gonzalo Rojas, born in 1917 and the recipient of many literary prizes, who died on April 25, 2011. Rojas was a presence in Chile and the rest of Latin America, known for his having founded the Surrealist group in the 1930s and for his years of exile during Pinochet's dictatorship, when he roamed the world (Germany, the United States, Mexico) as the new ambassador for Latin American poetry. Equidistant from Neruda and Parra, Rojas sounds at times very Baudelairian in his complaints about the ravages of time (one of his collections is called *Contra la muerte* (Against Death, 1964), but yet more optimistic and whimsical, as in his poem "Al silencio" (To Silence), in which silence is portrayed as the all-encompassing voice of the cosmos.

When Paz died in 1998, the chapter was closed on Latin American poetry of the twentieth century. No poet of his stature was left at that time, and none has emerged since. It was a remarkable century of poetry that began with the disciples of Rubén Darío and ended with poets like Lezama and Paz, who had overcome the master of Modernismo, but were still true to Darío's devotion to the pursuit of beauty and the rigorous cultivation of poetic language. Darío is still revered in Latin America, even if his fame has not transcended the Spanish language.

Chapter 5
Latin American fiction in the twentieth century: Regionalism to Modernism

Prose fiction, except for the short story, fell behind poetry in the evolution of Latin American arts toward Modernism in the early part of the twentieth century; there were no equivalents to Pablo Neruda, César Vallejo, or Gabriela Mistral until the 1940s. In spite of the existence of a group of distinguished regionalist novelists, modern Latin American literature was thought to be then preeminently a literature of poets. Neruda and Mistral, with international recognition and living in countries like Spain, France, and the United States, drew most of the public attention.

When the novelists who brought about what has come to be known as the Boom of the Latin American novel changed this radically in the 1960s, it was because prose fiction caught up with the poetry, incorporating Modernist narrative techniques. It was not a sudden development, as the word would suggest, but a gradual one that began, tentatively in the thirties and forties, accelerated in the fifties, and came to full bloom in the sixties. Latin American fiction then contributed original features to the modern novel in the West, but this was partly due to its belated adoption of practices that had been common since Proust, Kafka, Joyce, and Faulkner. By the twenty-first century, Latin American prose fiction was in step with the rest of literature in the West, a full participant in the international, indeed global commerce of the arts.

In the early twentieth century, the Latin American short story continued under the sway of Rubén Darío and Modernismo. The new short-story writers were still intensely concerned with form, and their successors have continued to be so because, like poetry, the short story relies on the deployment of exacting techniques under the pressure of the need for brevity. Some of the short-story writers, like Leopoldo Lugones, were also poets. The most accomplished and influential writer of the period was the Uruguayan Horacio Quiroga (1878–1937), who wrote, perhaps tongue in cheek, a much-quoted "Decalogue of the Perfect Short Story Writer" (1917). The ambience of perversion, the ghoulishness, the presence of disease of both mind and body permeate Quiroga's fiction and reveal the pervasive influence of Edgar Allan Poe.

Quiroga's own life was fraught with violence: his father died in a hunting accident, and his stepfather committed suicide, as did Quiroga's wife, and ultimately he himself, when he was terminally ill with cancer. Quiroga spent the requisite season in Paris but returned to live in the tropical jungle of Misiones in northern Argentina. Devoid of sentimentality and local color, his stories, are stark, tragic, shocking in their themes and rigorous execution. *Cuentos de amor de locura y de muerte* (Stories about Love, Madness, and Death) appeared in 1917, and *Cuentos de la selva* (Jungle Stories, translated as *South American Jungle Tales*) in 1918. In Quiroga's stories the exquisite Modernista aesthetic has been cast aside to face the violent, turbulent natural and human landscape of Latin America with astonishing results. He continues to be regarded as a master of the genre, admired and imitated by writers of subsequent generations.

The natural and human landscape of Latin America was the setting for the vast, ambitious novels that dominated the first half of the twentieth century. Quiroga may have had an impact on some of their authors, but the aesthetics of these books were quite different from his. These were books that largely adhered to the tenets of nineteenth-century realism and were oblivious to the changes brought about by Modernism in the novel. They were concerned with the uniqueness of individual countries owing to their peculiar natural features, mainly their geography, and how the available resources were exploited. It was implicit that the "earth," that nature, determined the character of each nation, that it was a cipher of its social and political destiny. Hence they are known as *novelas de la tierra*, or "novels about or of the earth." Their authors had at heart an anthropological mission: to probe the culture of their nation by studying its folklore, its linguistic peculiarities, its beliefs, myths, and even popular poetry, and to provide a synthesis, an interpretation of that culture. Also, these authors, who were typically from the capital, went to the countryside to explore the ways of the folk, as their precursors the *costumbristas* had done in the nineteenth century, but now armed with more refined techniques derived from the developing social sciences.

The novels were the fictional counterpart of an entire movement in modern Latin American literature to find the cultural identity of individual countries and, also, of the whole of Latin America. This tendency developed in the wake of Sarmiento and especially Rodó and his "Ariel," which was a great success. Soon there followed essays by such academics as the distinguished Dominican essayist Pedro Henríquez Ureña, the Marxist Peruvian José Carlos Mariátegui, the Mexican intellectual and statesman Samuel Ramos, and many others. The trend culminated with *El laberinto de la soledad* (*The Labyrinth of Solitude*, 1950), by the Mexican poet Octavio Paz, and "La expresión americana" (American Expression, 1957), by the Cuban poet José Lezama Lima. Paz's psychoanalytic approach, in which he cast Spanish conqueror Hernán Cortés as the violent father of Mexico, and his Indian mistress and interpreter La Malinche as the ravaged mother, was enormously popular and influential.

The prevalence of the topic of national identity in the essay and other genres has abated somewhat, but in the first half of the twentieth century it was the dominant one in Latin American literature, particularly in the novel, where the analyses were protracted and presumably based on firsthand observation, like that of an ethnographer (in reality, the writers rarely ventured too far from their homes).

Study of the countryside would presumably yield a kind of knowledge that could lead to a cleansing of the deviations that had accrued in the corrupted cities, a variation of the pastoral outlook hearkening back to classical times. The popularity of the novelas de la tierra was great and enduring, and their production through all the Latin American countries extensive. The trend was led by three writers, Ricardo Güiraldes (Argentina, 1886–1927), José Eustasio Rivera (Colombia, 1888–1928), and Rómulo Gallegos (Venezuela, 1884–1969).

Güiraldes, who spent his early years in Paris and is reputed to have learned French before Spanish, was a link to the avant-garde, having founded two magazines, *Martín Fierro* and *Proa,* that promoted the new movements. His reputation, however, was established by the novel *Don Segundo Sombra* (1926), with which he created an Argentine literary myth, that of the old gaucho. The novel is a paean to the booming cattle industry in Argentina (the source of Güiraldes' family's considerable wealth), with Don Segundo, the old gaucho, as a key figure. He embodies the wisdom of the countryside, acquired in the demanding work of the cowboy, and passes it on to a young man from the city.

The story is a *bildungsroman*, a novel of education, and an elegy. *Don Segundo Sombra* is a reprise of José Hernández's gaucho epic *Martín Fierro* and a deliberate intervention into the debate about the Argentine character that the poem had sparked. It concludes with Don Segundo going away on his horse, over a hill, and the narrator, the young man who is now a ranch owner like his father, writing that seeing him leave felt like a bleeding. Don Segundo had advised his apprentice gaucho "Be tough, boy." The labors of the pampas harden the Argentine soul. *Don Segundo Sombra* transcended Argentina, however, both because other Latin Americans could identify with the kind of folk wisdom and stoicism of the protagonist and because of the novel's many aesthetic virtues, not the least of which is its lyricism.

Rivera was a bohemian poet who fell prey to the decadent elements of Modernismo and lived a short, intense life hounded by health problems and obsessed by the lack of recognition for his novel, *La vorágine* (*The Vortex*, 1924). A lawyer, he was named to the commission assessing boundary disputes between Venezuela and Colombia, and he traveled to the jungle to study the situation. There he was appalled by the conditions endured by the workers of the rubber plantations. This experience, and probably readings of European explorers and perhaps even of Conrad's *Heart of Darkness*, led him to write *La vorágine*. In it, Arturo Cova, the protagonist, escapes to the jungle with his lover only to find a world of violence and disease. It is in a hallucinatory state that he writes what purportedly will become the text of the novel. The plot leads him progressively farther into a kind of tropical hell from which he cannot escape, and eventually, as the ending of the novel reads, "The jungle swallowed them."

Rivera's Romantic imagination allows him to make sublime descriptions of the brutal natural world and of the pitiless relations among the characters, including a particularly compelling woman who seduces Cova with her wiles and frenzied sexuality. He feels himself slide down a path of degradation and mental instability in which all values vanish. *La vorágine* is a ruthless book without the idealizations of *Don Segundo Sombra*, a novel of social and political protest that, beyond the novela de la tierra, founded another subgenre, that of the *novela de la selva*, or "novel of the jungle."

Of all the novelas de la tierra the prototypical one is Gallegos's *Doña Bárbara* (1929). It is the one that most directly engages the Latin American literary tradition and that had the greatest impact on subsequent Latin American writing. In the protagonist, Doña Bárbara, Gallegos created another literary myth, with greater reach than Güiraldes's Don Segundo Sombra. Gallegos himself gained international acclaim when he published the novel, becoming the first Latin American novelist to do so. A liberal with a commitment to popular education (he had been a teacher), Gallegos opposed the Venezuelan dictator Juan Vicente Gómez (in power from 1909 to 1935) and suffered exile in New York and Mexico, among other places. In 1948, during a period of democratic rule, he was elected president of Venezuela but was deposed within the year by a military coup, which eventually brought to power Marcos Pérez Jiménez, who governed with an iron hand until 1958. Gallegos spent those years in Cuba, the United States, and Mexico, countries in which he was much admired. In Mexico, *Doña Bárbara* was turned into a film with the Mexican star actress María Félix in the leading role.

Doña Bárbara is a long novel that dramatizes the conflict between civilization and barbarism at the core of Latin American culture proposed by Sarmiento in his *Facundo*. The very fact that the protagonist is called Doña Bárbara indicates that the story is allegorical; her lover's name is Santos Luzardo ("luz" means light). She rules a vast tract of the Venezuelan plain, the *llano*, which she has progressively acquired by illicit means, and using her potent sex appeal (she is known as "la devoradora de hombres," the devourer of men). Luzardo, legal heir to the land, has come back to it from Caracas, where he has become a lawyer. Their struggle, which turns into love, makes up the plot of the novel. Santos wants to bring the law and barbed wire to the llanos, and intends to stop the practice of fraudulent branding of cattle to restore order and regain his property. He is put to the test by Doña Bárbara´s men, who consider him a softie from the city, but he proves them wrong by showing off his skill as a horseman. Santos eventually prevails.

But the allure of the "barbarous," embodied by Doña Bárbara, is such that it becomes more attractive than the liberal ideology propounded by Gallegos through his male protagonist. In any case, in spite of the conventional cast of the novel, the conflicts dramatized by the protagonists take on a mythic aura that involves the very writing of the novel, which appears to be related to the branding of cattle and the parceling of the land with barbed wire. The law, as represented by these activities, seems to be subverted by their very violence. This makes *Doña Bárbara* a very compelling text that would be rediscovered by younger writers after it had been dismissed by those immediately following. Gallegos was most probably unaware of these repercussions in his novel, though he did write others with equally powerful forces at play.

A concomitant development to the novela de la tierra was the novel of the Mexican Revolution. The revolution had wide repercussions all over Latin America, and the mural art that developed as a result of it was very influential in the region. But so were novels about the revolution that began to be written during its unfolding and continued to appear in the 1940s, '50s, and even '60s. These novels also followed the patterns of nineteenth-century realism, but necessarily had an epic component. Martín Luis Guzmán (1887–1986), for instance, wrote prolix chronicle-like novels like *El águila y la serpiente* (The Eagle and the Serpent, 1928) and *La sombra del caudillo* (The Caudillo's Shadow, 1929) about the revolution and the political turmoil that followed. The best of the novelists of the Mexican Revolution, however, was Mariano Azuela (1873–1952), whose *Los de abajo* (*The Underdogs*, 1915) became a classic of Latin American literature.

A physician, Azuela joined the forces of Julián Medina, a Pancho Villa follower, serving as field doctor. Later he was exiled to El Paso, Texas, where he wrote *Los de abajo*. The protagonist is Demetrio Macías, a peasant, who joins a group fighting against the Federales of Victoriano Huerta. The Federales take or destroy their property, steal their wives, and kill indiscriminately. Macías's men are no better. When they take a town they loot and kill, oblivious to any ideals. In the end Macías recognizes that he is acting without aim and compares himself, in a memorable scene, to a stone he throws down a canyon and sees bounce here and there toward the bottom. Azuela is a skillful narrator whose chief virtue is the starkness of his descriptions and his concentration on the action. After his return to Mexico he was recognized as a great writer and awarded literary prizes. No Mexican writer has bested Azuela as a narrator, and *Los de abajo,* together with Juan Rulfo's *Pedro Páramo,* are the best Mexican novels of all time and among the best from Latin America.

The Latin American novel, however, was straitjacketed by the constraints of nineteenth-century realism: a third-person, omniscient narrator who views reality from the perspective of bourgeois common sense, a prose that tries not to be dissonant or call attention to itself; a plot that follows consecutively without interruptions toward an end that is consistent with the preceding action. The way out of this discursive prison was to allow the voices of the strange folk depicted to resonate, to invade the text with their quirks, discord, and noise. This is precisely what two novelists from different Latin American countries who met in Paris would do: the Guatemalan Miguel Ángel Asturias (1899–1974) and the Cuban Alejo Carpentier (1904–80). Asturias won the Nobel Prize in 1967, the first Latin American novelist to do so.

Carpentier, of Franco-Russian origin, had been born in Lausanne, Switzerland, but claimed throughout his life to have been born in Havana, where his parents had settled sometime after his birth and where he grew up. He was one of the founders of the Afro-Cuban movement that sought to exalt the African component of Cuban culture by incorporating some of its features into the arts, mostly poetry and music. Carpentier, who had training in music and was attuned to the Parisian avant-garde, wrote about painting, music, and literature. He also produced librettos for Afro-Cuban ballets and scripts for musical theater. He participated in political opposition to President Gerardo Machado, who had extended his presidential term by changing the constitution and who persecuted those who opposed him, particularly university students. Carpentier left for Paris in 1928, where he joined the Surrealist group led by André Breton and was involved in some of their squabbles. He continued writing musical theater, even some poetry, all in the Afro-Cuban vein, as well as one short story, which he wrote and published in French.

Carpentier was also writing an Afro-Cuban novel in which he attempted to incorporate some of the innovations of Cubism, Futurism, and Surrealism. The action was set in a sugar-mill town and in the marginal neighborhoods of Havana, populated by blacks. It was going to be, then, a regionalist novel—a novela de la tierra—focused on the countryside and the main industry of Cuba. The plot follows the life of Menegildo Cué, a young black who kills another for a woman, winds up in a Havana jail, and is killed in a brawl between two warring Afro-Cuban gangs. The action is interrupted by descriptive scenes written in staccato rhythm, without prepositions or transitions, replicating the beat of the machines of the mill or the music of a ritual. The black characters speak in their peculiar dialects, reproduced phonetically. There is a lavish dramatization of an initiation ceremony into one of the gangs, which belong to competing religious sects, and even pictures of the ceremonial objects and foods. Called *!Écue-Yamba-O!* (Lord, Praised be Thou, in one of the African languages), the book has many of the makings of an ethnographic treatise. The novel, published in Madrid by a small house, did not have much impact and later, when he had become one of the greatest novelists in the world, Carpentier dismissed it as a failed experiment. It may have been, but it had pointed the way out of the aesthetics of realist fiction.

Asturias had better luck, perhaps because he waited nearly twenty years to publish his novel, *El señor presidente* (1946). He was of Mayan and Spanish ancestry, and in his childhood Estrada

Cabrera's harsh dictatorship had forced his family to move from Guatemala City to the countryside, where he came into contact with Indian cultures. But it was not until he studied Mayan culture at the Sorbonne that Asturias really learned about it. He translated the sacred book of the Mayas, the *Popol Vuh*, into Spanish but from a French translation, and in 1930 published *Leyendas de Guatemala* (Legends of Guatemala), a compilation of brief mythic stories. It was a great success and had the honor of a prologue by Paul Valéry. This book made Asturias's reputation, and it continued to suggest that Latin American fiction should assimilate the cultures of the region's non-European populations. It is still considered, with good reason, a superb book, and one of the turning points in the history of the Latin American short story, like Quiroga's collections. Alongside Carpentier, Asturias had also been writing his own novel, based on Estrada Cabrera's dictatorship and integrating into its composition some of the procedures of avant-garde poetry and art, particularly of Surrealism. *El señor presidente* became at once a classic of Latin American literature and the creator (or continuator, if one takes *Facundo* into account) of yet another literary myth, the dictator, and of a new subgenre, the dictator novel.

El señor presidente takes place in an unnamed country, and while the action is based on the activities of Estrada Cabrera and his henchmen, there are no real names in the novel. It is history on the verge of becoming myth, with characters that possess exaggerated features that make them grotesque to the point of unreality. There is an air of masquerade in the novel; some scenes are like something out of a nightmare. These effects are produced by the language, which is sometimes comprised of obsessive repetitions and of words that are created from the echoes of others, as well as onomatopoeias, like the very first sentence of the novel: "!Alumbra, lumbre de alumbre, Luzbel de piedralumbre! (Shine, shining light of alum, Lucifer of shining stone!). These are Surrealist tricks, reminiscent of automatic writing, or of the untamed language of the subconscious. The dictator is larger than life in his evilness, almost a figure out of a baroque *auto sacramental*, the allegorical one-act plays in which various kinds of sins are represented. There is a great deal of Roman Catholic lore in the novel, often parodied. Cara de Ángel, "Angel Face," is a diabolical, shifty character that combines beauty and perversion, and plays off the sexual desires of others. *El señor presidente* is not a doctrinaire novel, as there is no apparent source of all the wickedness, which at times seems to be gratuitous and endemic to the human condition. Sadism has almost an aesthetic appeal, to be part of a decadent society that consumes itself by its penchant for evil. The mythic element increased in Asturias's next novel, perhaps his masterpiece, *Hombres de maíz* (*Men of Maize*), drawn from Mayan lore, and with characters that altogether abandon realist conventions, something that did not quite happen in *El señor presidente*.

Asturias's innovations were nearly contemporary with those of five writers who are considered forerunners of the Boom of the Latin American novel in the 1960s, and who should rightly be considered as part of it: Jorge Luis Borges (Argentina, 1899–1986), Carpentier, Juan Carlos Onetti (Uruguay, 1909–94), Augusto Roa Bastos (Paraguay, 1917–2005), and Juan Rulfo (Mexico, 1918–86). It must be stated, in fact, that all of these writers were not only of as high a quality as their disciples, but better. This is particularly so in the cases of Borges, Carpentier, and Rulfo. Onetti and Roa Bastos had discovered Modernist writing and adopted some of its techniques. Onetti, who in 1980 received the Miguel de Cervantes Prize in Spain, the most prestigious in the Spanish language, was an early Latin American disciple of William Faulkner. His best-known novel is *El astillero* (*The Shipyard*, 1961), but *La vida breve* (*A Brief Life*, 1959) is also well known and highly regarded. He uses several unreliable narrators who tell the same story in different ways, and creates in the town of Santa María a self-sufficient fictional world. There is a sense of doom and an air of degradation in Onetti's world that is reminiscent of Dostoyevsky and even Louis Ferdinand Céline.

Roa Bastos is even more experimental, particularly in his masterpiece *Yo el Supremo* (*I the Supreme*, 1974). He too won the Miguel de Cervantes Prize, in 1990. Persecuted by the tyrant Alfredo Stroessner, Roa Bastos spent many years in exile, first in Buenos Aires and later in Paris. He was keenly concerned with the plight of the Guaraní Indians in Paraguay, many of whom are not Spanish speakers, and hence he was obsessed with the topic of the Spanish conquest. But in *Yo el Supremo* he follows Asturias's dictator-novel plan and Sarmiento's *Facundo* to focus on the rule of José Gaspar Rodríguez de Francia in Paraguay (1814–40). It is also an exploration of Stroessner's rule. But the novel is at the same time a very elaborate exploration of the relationship of writing to power, following the most advanced literary theories of the 1960s and 1970s. Neither Onetti nor Roa Bastos had anything to envy in the Boom novelists with whom they shared the limelight.

A reclusive, self-effacing, and self-destructive man, Rulfo was fanatical about artistic perfection and integrity. He published only two slim books, but they are both masterpieces. One, a short-story collection, *El llano en llamas* (*The Burning Plain*, 1953), is a highpoint in the history of the Latin American short story, along with books by Quiroga, Asturias, Borges, and Carpentier. His novel *Pedro Páramo* (1955) is considered by many the best Latin American novel. It is set in provincial Mexico in the aftermath of the revolution (1910–17). The fictional town Comala (a *comal* is the pan-like utensil to make tortillas) is ruled by Pedro Páramo, a caudillo who controls the lives of all the inhabitants and is consumed by his love for Susana San Juan. His son Juan Preciado has come back looking for his father and finds a village in which he learns in fragmented narratives, sometimes in the monologues of characters who are already dead, the tragic history of the region and his origins. *Pedro Páramo* is an intricately wrought novel in which the imprint of Faulkner is clear, but some have seen it as reminiscent of Dante's *Inferno*. Like the postbellum South described by the American master, Comala is a rural community living after an upheaval that unleashed the violence inherent in the human condition. Comala is a doomed world, and the tone of Rulfo's prose is one of resignation.

The starkness in Rulfo's narrative is consonant with that of the ambience of his fictional town and the attitudes of his characters. Comala is a rocky realm, and at the end, when Páramo dies, he crumbles to the ground like a pile of stones. There are mythic overtones in Juan Preciado's search for his father, in Pedro Páramo's patriarchal rule, which seems biblical, and in the relationship between the earth and the people. No translation has been able to capture Rulfo's language, so imbedded in Mexican speech patterns, so archaic and rooted in the essence of Spanish. Only Proust, Joyce, and Faulkner have managed to similarly plumb the depths of their own languages to produce their inimitable prose and to create their unique fictional universes.

Carpentier waited until 1949, sixteen years after *!Écue-Yamba-O!*, to publish another novel, *El reino de este mundo* (*The Kingdom of This World*). In that period he reinvented himself as a writer and came up with a formula that was not only a success for him but that also had a lasting impact on Latin American fiction. Carpentier found that the history of Latin America was the apposite subject for Latin American fiction, and that that history was contained in the chronicles of the discovery and conquest of the New World as well as in the myriad historical documents, the treasure trove of papers contained in libraries and archives. That history was full of characters, many of them minor actors, whose deeds were of the utmost interest for writers of fiction. Carpentier made this discovery as he conducted research to write a history of Cuban music, which he published in 1946. He also found that those documents were written in an archaic language whose patina was worth recovering and incorporating into contemporary prose.

El reino de este mundo is about the Haitian Revolution. The collision of the African and European worlds in Haiti allowed Carpentier to posit and practice the theory of "marvelous

American reality," which later would come to be known as "magical realism." In a dramatic scene in which the colonists burn the rebel slave Makandal at the stake, the blacks believe that using his magical powers, he flies away unharmed. But the magic of the novel as text is that it is built on a complex numerological structure involving the dates of the events and even the number of the chapters. It is a scheme that Carpentier claims in the prologue imposed itself on him unconsciously, an instance of the marvelous American reality expressing itself through him. Although he criticizes Surrealism in that prologue, this claim is a vestige of Surrealism. Similar practices and scenes occur in short stories that Carpentier wrote in the period, the 1940s, and which he later collected in *Guerra del tiempo* (*War of Time*, 1958), a book that had great influence in the 1960s among the new novelists and that contains the paradigmatic magical realist stories.

By 1958 Carpentier had published two new novels in which his work had again recast itself: *Los pasos perdidos* (*The Lost Steps*, 1953), and *El acoso* (*Manhunt*, 1956). The first would become his best-known novel, inspiring some critics to call for a Nobel Prize for Carpentier. It is the first-person tale of an intellectual—a composer and musicologist—who travels to the South American jungle in search of some primitive instruments to prove his theory about the origins of music. The most important thing that the narrator-protagonist discovers is that mankind is not one with nature, with the natural cycles that he claimed infused him with the numerological scheme that made up *El reino de este mundo*. That realization leads Carpentier to look for political developments as the foundation of history and the model for narrative. This is what supports the structures of his subsequent novels: *El acoso*, which is the tale of a student activist who betrays his comrades and is hunted and killed, and *El siglo de las luces* (The century of lights, unfortunately translated as *Explosion in a Cathedral*, 1962), in which he returns to the period of the Haitian Revolution but broadens the scope to include much of the Caribbean, France, and Spain.

Carpentier's reinvention of himself during the 1940s was concomitant with his readings of the most influential Latin American writer ever, not so well known at the time, Jorge Luis Borges. Borges made Carpentier rethink the process of writing fiction in the midst of the radical changes that Modernism had brought about. Because he took a turn toward historical fiction, Carpentier did not follow Borges's example, but Borges had made self-reflection and self-awareness of the craft of fiction as the basis of writing, and Carpentier took this to heart. Asturias was still too local and linked to regionalism, while Borges, without abandoning his appreciation of Argentine traditions, was producing stories that reached to the essence of writing itself.

It is good to remember that Borges's most celebrated book, *Ficciones*, appeared in 1944, and that the stories in it had been previously published in journals that Carpentier may have had access to in Havana, and after 1945, in Caracas. All of Latin American fiction is indebted to Borges, and that debt began to accrue early, even before he became known outside Latin America.

Borges started as a poet and was one of the founders of *Ultraísmo*, one of the radical movements of the twenties. Born in Buenos Aires to a family of some distinction, he was a bookish, introverted boy and young man, who had a thorough education at home, in his father's library, in school, and later in Switzerland. In Europe he learned German and French; English he knew from home because his maternal grandmother, who lived with the family, was from England. An avid if selective reader, Borges became, back in Buenos Aires in the thirties, an influential intellectual and writer. He was one of the founders and promoters of *Sur*, one of the most significant journals in Latin American literary history.

Although Borges had left-wing leanings in his early youth, he became increasingly disenchanted with political movements and came to abhor both Fascism and Communism. The publication of *Ficciones* in 1944 and *El Aleph* in 1949 solidified his reputation as one of the leading Argentine and Latin American writers, although, except for France, he was still largely unknown elsewhere. After receiving together with Samuel Beckett the Formentor Prize in 1961, he became one of the most influential modern writers.

There is a Borges world made up of recognizable objects: the library, the labyrinth, mirrors, the encyclopedia, the book. There are also Borgesian themes: the infinite, games, systems, the universe as a book, a programmatic self-effacement, and a recognizable kind of wit, or wisdom, which is preserved not only in his texts but also in a vast repertory of anecdotes. Many are witticisms. Borges liked to deflate clichés, received values, and reputations. There is a Borges style, whose main feature is a passion for brevity and the rejection of rhetoric. His Spanish has the terseness of English. Brevity and concision are also keys to his narrative and his approach to knowledge. The most ambitious theories can be reduced to an encyclopedia entry; he loved encyclopedias, especially the *Britannica*. Borges wrote using startling adjectives, as if the world were made up of secondary qualities, not of essences; many times the adjective is an oxymoron.

There is a Borges "effect" that can be perceived in John Barth, Julio Cortázar, Carpentier, García Márquez, Italo Calvino, Umberto Eco, and in Maurice Blanchot, Michel Foucault, Gerard Genette, and Jacques Derrida. That effect is also projected retrospectively by Borges's particular way of reading classics such as Homer, Dante, and Cervantes. An elegant, playfully ironic skepticism, together with a fondness for the undecidable, enigmas, puzzles, and labyrinths, as well as for minor genres such as the detective story, are the most visible components of Borges's style and thought. Taken together these components suggest theories about writing and reading that John Barth has associated with postmodernism, a literature that is accessible to readers, that does not deny Modernism and its repudiation of nineteenth-century pieties but that transcends it. Postmodernist literature is one that showcases its being fictional and displays its literary make-up. He gives as examples Calvino and García Márquez.

Borges came to world attention in 1961, two years before the publication of Julio Cortázar's *Rayuela* (*Hopscotch*, 1963), which was the book that detonated the Boom of the Latin American novel. Borges would bask in the glare of publicity with Cortázar and the other writers who came to prominence in the sixties, Gabriel García Márquez (Colombia, 1928), Carlos Fuentes (Mexico, 1928), Mario Vargas Llosa (Peru, 1936), and others like José Donoso (Chile, 1924–96), José Lezama Lima (Cuba, 1910–76), and Guillermo Cabrera Infante (Cuba, 1929–2005). An Argentine like Borges, Cortázar (1914–84) had published his first story in *Anales de Buenos Aires*, a journal that the author of *Ficciones* ran in the late forties, and was obviously Borges's disciple. But what Borges did not share with Cortázar and most of the others was their politics, and especially their support of the Cuban Revolution, which had triumphed in 1959 and was one of the chief factors in the elevation to prominence of Latin American literature.

The Cuban Revolution brought attention to Latin America all over a world now connected by the mass media, especially television, as no other event before, including World War II. The image of Fidel Castro speaking to the masses after Fulgencio Batista's flight was instantaneously flashed to all continents. Here was a young, bearded revolutionary who had defeated a regular army with a ragtag group of followers, one of whom, the Argentine Ernesto "Che" Guevara, was as photogenic and quotable as Castro. Both seemed to embody a casual, informal approach to politics and the military that was unheard of in Latin America, where strutting generals in elaborate uniforms were the norm. Castro and his group seemed free from any connections to old political parties like the Communists; they wanted independence for their island republic. Theirs was a nationalist revolution, parallel to efforts in other countries, like Algeria, to break free from the shackles of colonialism. Support for the revolution was nearly universal in Cuba and enthusiastic and multitudinous elsewhere, where it was seen as the spearhead of a worldwide anti-imperialist movement.

The Cuban Revolution seemed like the dawn of a new era, and intellectuals and artists flocked to display their devotion to the cause. Ernest Hemingway, who lived near Havana, seemed to join in the spirit briefly. Jean-Paul Sartre soon visited Cuba; Carpentier, who had been living in Caracas since 1945 moved back to Havana, and Neruda visited the island. Very soon García Márquez, Fuentes, and Vargas Llosa did so too. The Cuban capital became the hub of Latin American literature and even of the literature of what came to be known as that of the Third World.

The new regime took advantage of the situation and created cultural institutions to channel the fervor. One was *Lunes de Revolución*, a tabloid published on Mondays by the official newspaper *Revolución* (hence the name), which reached unheard of levels of readership. It published a wide variety of writers from Cuba and around the world. It was directed by Guillermo Cabrera Infante, a rising star who had worked as a film critic for *Carteles*, a popular weekly in the 1950s.

Casa de las Américas, which published an ambitious literary journal by that name was founded to bring together artists and intellectuals from Latin America. It held symposia, gave literary prizes in various categories, and invited to Havana important figures in literature and other arts. (For example, issue 26 of *Casa de las Américas*, from 1964, features work by Alejo Carpentier, Julio Cortázar, Juan Carlos Onetti, Ernesto Sábato, Carlos Fuentes, Mario Vargas Llosa, Juan Goytisolo, Italo Calvino, Alain Robbe-Grillet, and others.) A writers' union was organized, which also offered awards. The Afro-Cuban poet Nicolás Guillén was named its president. All of these activities bore fruit. Havana became the center of Latin American art and literature, parallel to Paris, Barcelona, Buenos Aires, and Mexico City, yet surpassing them all because it combined, as never before, a political as well as an aesthetic comradeship.

As the Castro regime hardened and turned into a dictatorship allied to the Soviet Union, enthusiasm for its cultural policies waned. In 1961 *Lunes de Revolución* was closed at a meeting at the National Library; Castro announced that everything within the revolution was allowed, but nothing against the revolution was permitted. Thousands of alleged homosexuals were sent to concentration camps, among them many artists. The persecution of dissidents began in earnest, as did the flight of writers like Cabrera Infante. In 1967 Heberto Padilla, a poet, won an official prize with his book *Fuera del juego* (*Out of the Game*), but he was reprimanded and later jailed. These actions provoked a critical uproar throughout the intellectual and artistic world, and many broke with Castro. But others, like García Márquez and Cortázar, remained loyal to the regime, as did Carpentier, who had become a cultural advisor to the Cuban diplomatic legation in Paris, a position from which he comfortably observed the disputes and was safe from the deteriorating living conditions in Havana.

Outraged that he was criticized by the cultural commissars in Havana for attending a Pen Club meeting in New York, Neruda distanced himself from the Castro regime and in his memoirs mocked some of its supporters, including Carpentier. The group of young and not so young Cuban writers that emerged after 1959 thinned out with the exile of Severo Sarduy, Reinaldo Arenas, Antonio Benítez Rojo, Padilla, and many others. Lezama Lima lived out his life in his beloved Havana, marginalized by the conformist cultural bureaucracy. After the death of Guillén, the Writers' Union was directed by a series of figures of diminishing stature. But the initial impact of the revolution on Cuban and Latin American literature was deep and lasting, and one of the results was the Boom of the Latin American novel, even though Fuentes and Vargas Llosa broke early with the regime.

Simultaneous with developments in Havana, there appeared in Paris a journal, *Mundo nuevo*, directed by the Uruguayan critic Emir Rodríguez Monegal, that gathered together many of the same writers who were going to Havana and the progressively larger number of those who did not. Vargas Llosa, García Márquez, Ernesto Sábato, Octavio Paz, Clarice Lispector, Sarduy, a brilliant new Argentine novelist Manuel Puig, and many others published in *Mundo nuevo*, a magazine that because of its inclusiveness and high quality, not to mention that its seat was Paris, was instrumental in the promotion of the "nueva novela" or "new novel," as the emerging movement was called. *Mundo nuevo* also published poets such as Paz, as well as the Uruguayan Juana de Ibarbourou, the Mexican Homero Aridjis, the Venezuelan Guillermo Sucre, and the Chilean Nicanor Parra.

The booming Latin American novel was accompanied by a group of excellent poets. In the contentious spirit of the cold war, and motivated by envy because *Mundo nuevo* was stealing its thunder, the Cuban cultural bureaucracy accused *Mundo nuevo* of receiving funds from the CIA (as if the Cuban regime were not being financed by the Soviets). The journal was supported by American foundations that may have received some funds from the CIA, but the journal did not discriminate on the basis of politics when it came to deciding whom to publish. Pablo Neruda and Ernesto Cardenal contributed poems, the first a notorious Communist, the second would become a pillar of Sandinismo in Nicaragua. *Mundo nuevo*, because of the literature and criticism it published, including that of its director, is a high watermark in Latin American literature and was a decisive vehicle in the emergence and development of the new Latin American novel.

Born in Brussels of Argentine parents but raised in Argentina, where he studied to be a teacher, Cortázar lived in Paris from 1952 until his death, working in the translation department of UNESCO. His Belgian childhood and long years in Paris left him speaking Spanish with a guttural French "r." A gentle giant, six and a half feet tall, Cortázar was predominantly a short-story writer. Before 1963, when he published *Rayuela* (Hopscotch), he was already the author of three story collections, *Bestiario* (*Bestiary*, 1951), *Final del juego* (*End of the Game*, 1956), and *Las armas secretas* (*Secret Weapons*). More than Borges, Cortázar was drawn by instances of the fantastic and uncanny. His characters tend to be young people, often in Europe, who face amazing situations, like the one who goes to the Paris aquarium to look intensely at an axolotl (Mexican salamander) only to become or discover that he is one; another begins to vomit bunny rabbits. A cosmopolitan polyglot, Cortázar easily blended in with the counterculture of the sixties when he became famous and joined left-wing causes with more enthusiasm than thoughtfulness.

Rayuela was an instant hit and best seller, whose translation into English by Gregory Rabassa won the National Book Award in 1966. It is a huge novel of more than six hundred pages, foreboding at first. But it comes equipped with a "Table of Instructions" giving the reader several options about the order in which to read the book, and how many of the 155 chapters to read, a good number of which are declared to be "expendable." Cortázar himself referred to it as an "antinovel."

As its title indicates, *Rayuela* is like a game, a playful work made up of brief chapters, often consisting of newspaper articles, such as the one from London's *Observer* about the dangers for boys of catching their foreskins in the zippers of their pants. A few consist of quotations from other writers. One is completely written in gibberish. Some chapters contain the ruminations of one Morelli about literature; he represents the author within the novel, though Horacio Olivera, the protagonist, is also a writer. The expendable chapters furnish details about the main plot, which is ultimately very traditional. It involves Horacio's quest for Lucía, known as La Maga, his lover, a strange woman he loves and who represents truth. The first sentence of the novel is: "¿Encontraría a la Maga?" (Would I find La Maga?). Both belong to a group of young people, the Club, who are not so young any more, living in Paris.

The novel is divided into three parts, "Del lado de allá" (the other side), which is Paris, "Del lado de acá" (this side), which is Buenos Aires; and "De otros lados" (other sides), which contains the expendable chapters. Horacio returns to Buenos Aires, where he meets his old friend Traveler who, despite his name, never travels. He has married Talita and lives a conventional life working in the administration of a circus. But the circus owner sells it to buy a mental institution, to which they all move. Horacio has rediscovered his obsessive love for La Maga, whom he now confuses with Talita, creating a tense triangle with his friend. In one scene Horacio thinks he sees La Maga playing hopscotch in the yard, but it is Talita. The game of hopscotch, with its various squares that the player must visit after throwing his markers on his way to the last one, sometimes called "cielo" or "heaven" is an apt (perhaps too much so) representation of the "game of life," thus a good symbol for Horacio's quest. He begins to build an elaborate if precarious defense, a flimsy barricade, against Traveler, whom he fears will come after him. In the end Horacio builds a precarious bridge between buildings from which he intends to jump to commit suicide. But the novel ends without the reader knowing for sure if he does so.

Like the underlying plot of *Rayuela*, a conventional quest romance, Cortázar's concerns are the same as those of other Argentine writers, like Eduardo Mallea and Ernesto Sábato, not to mention all the Latin American writers who quested for identity in their essays, poems, stories, and novels. Perhaps what *Rayuela* proposes is that playfulness and humor are essential to interpret the most pressing issues of the human condition. That being the case, *Rayuela* deserves, like the *Quijote*, a very important place in literary history, though in truth its fame has diminished with the passing years, and Cortázar is now mostly admired for his short stories.

In the 1950s, García Márquez also spent his season in Paris, working as a correspondent for Colombian newspapers, who paid him little and sporadically. Born in the small Colombian town of Aracataca, García Márquez abandoned his law studies early to become a bohemian journalist and writer, living for a time in

Cartagena, on the Caribbean coast of Colombia that he seems to prefer. He published two novels, *La hojarasca* (*The Leaf Storm*, 1955) and *La mala hora* (*In Evil Hour*, 1962), and a novella, *El coronel no tiene quien le escriba* (*No One Writes to the Colonel*, 1961) before his masterpiece *Cien años de soledad* (*One Hundred Years of Solitude*, 1967). The early novels have gained importance retrospectively but are run of the mill; the novella was excellent and introduced the town of Macondo, which would be the famous setting of *Cien años de soledad*. In the interim García Márquez had been to Cuba, and he worked in New York as a correspondent for the Castro regime news agency, Prensa Latina. García Márquez's bond with Castro has lasted until today, having now exceeded fifty years of servitude.

The Nobel Prize he received in 1982 turned him into an international celebrity, a star who could afford to have apartments or houses in Paris, Mexico City, and Havana (provided by the grateful regime). He continued to produce, publishing *El otoño del patriarca* (*The Autumn of the Patriarch*) in 1975, a dictator novel, *Crónica de una muerte anunciada* (*Chronicle of a Death Foretold*) in 1981, a novella, and the ambitious *El amor en los tiempos del cólera* (*Love in the Time of Cholera*) in 1985. In 1989 *El general en su laberinto* (*The General in His Labyrinth*), about Simón Bolívar, appeared, and in 1994 *Del amor y otros demonios* (*Of Love and Other Demons*), both well received. His journalistic exercise *Noticia de un secuestro* (*News of a Kidnapping*, 1996), about the dreadful political situation in Colombia, was not as well liked, and he has been criticized for his tale of senile love *Memoria de mis putas tristes* (*Memories of My Melancholy Whores*), published in 2004. The last does seem to reveal a decline in García Márquez's creative power.

Cien años de soledad is the hundred-year saga of the Buendía family in the town they founded, Macondo, in the midst of the jungle. While the historical events surrounding Macondo—civil wars, exploitation by the United Fruit Company, the massacre of banana workers who go on strike—is verifiably Colombian, the town's history is like a synthesis of all Latin American history, from the discovery and conquest by the Spanish until the early twentieth century. It might even be argued that, because time begins before things have names in a setting that is paradisiacal, and an original sin of sorts sets off the family's history, the story of Macondo is that of mankind. There is an Old Testament air about those patriarchs who father numerous and intricate families and lead their peoples through the wilderness.

One of the many virtues of the novel is how García Márquez combines these vast, legend-like, and potentially allegorical or mythical tales with the minute, particular passing of time and the unfolding of daily life in the home of the Buendías and the ordinary activities of Macondo. Another is the tone of the narrator, who seems to tell the story from within the world of the characters, with their traditional beliefs in the existence of the supernatural. It is a tone in which hyperbole prevails as a hint of irony because people, things, and events cannot be that large, that many, or last that long. In that regard, this is a very funny novel. Another ironic twist is the overtly literary character of certain events, characters, and allusions, and the discretely but powerfully constructed nature of the whole fictional world, a tightly woven construct that seems to be the work of a watchmaker or jeweler. It is as if Borges, instead of writing the short story "Tlön, Uqbar, Orbis Tertius," had written a true regionalist novel, not a parody.

Fuentes, of all of the Boom writers, is the most cosmopolitan. The son of a diplomat, he was not born in Mexico, but in Panama. He grew up in Washington, D.C., and in Santiago, Chile, and studied at the University of Mexico and in Geneva. He speaks English like an American and is fluent in French. Active in Mexico's complicated political world, he has been a diplomat (ambassador to France), and a polemical commentator on national and international events. He has been intensively concerned with the issue of Mexican identity, both in his fiction and in his considerable essayistic and journalistic production. Fuentes was indelibly influenced by Paz's *El laberinto de la soledad* in his early work, and he has been a follower of artistic, philosophical, and critical trends throughout his career.

French thinkers like Michel Foucault and Jacques Derrida enthralled him at some point, as did the Spanish cultural historian Américo Castro, whose theories about the important role played by Arabic and Jewish cultures in Spanish history he followed, particularly in his writings about Cervantes. Fuentes has always been anxiously *au courant* and has cultivated celebrities in politics and the arts. Like Vargas Llosa and García Márquez, he was an early supporter of the Cuban Revolution, spent time in Havana, and learned much from Carpentier, whose work left an imprint on Fuentes's best-known novel, *La muerte de Artemio Cruz* (*The Death of Artemio Cruz*, 1962). He broke with Castro following the Padilla affair mentioned earlier. *Aura*, a novel also published in 1962, follows Henry James's *The Aspern Papers* and is one of Fuentes's best works.

La muerte de Artemio Cruz follows the structure of Carpentier's story "Viaje a la semilla" (Journey Back to the Source). It is told backwards, from Artemio's deathbed to his birth. He is an immensely powerful and wealthy man who has profited in the aftermath of the Mexican Revolution through guile and arm-twisting. A combatant in the revolution, he has used his influence to cajole others in doing his bidding, controlling newspapers, finances, and the corrupt politics of the postrevolutionary period. One of Fuentes's models for the novel is Orson Welles's film classic *Citizen Kane*, which is based on the life of newspaper tycoon William Randolph Hearst. But Fuentes has added the innovation of having the story told by three voices, Artemio's "I," "you," and "he," as if they were a drama within his conscience, first as he lays dying (another model is Faulkner's novel by that title), and later in key episodes of his life. At the time, in Spanish, this was quite a startling technique, and it is effective in the portrayal of the protagonist from several perspectives. Fuentes's novel anteceded Cortázar's *Rayuela* by one year, but it was not quite as scandalous in theme or method and did not provoke as great a reaction as the Argentine's. But *La muerte de Artemio Cruz* did have a very recognizable subject in Latin American terms: the Mexican Revolution. It was a novel that followed in the tradition of Guzmán, Azuela, and Rulfo, and it appeared at a time when the topic of revolution was in the air because of Cuba.

Though he published other novels before *Terra Nostra* (1975), like *Cambio de piel* (*A Change of Skin*, 1967), *Zona sagrada* (*Holy Place*, 1967), and *Cumpleaños* (*Birthday*, 1969), the massive *Terra Nostra* was Fuentes's most ambitious project in the 1970s and perhaps of his entire career. The novel is a probe into Hispanic culture through three of its principal literary myths: Don Quijote, Don Juan, and Celestina. In a way, Fuentes is following a system similar to that of Giambattista Vico by approaching a culture through the stories it has created. There are other legendary characters, like Philip II; Antonio Pérez, the traitor; Guzmán de Alfarache, the rogue; and even the unnamed shipwreck victim in Góngora's *Soledades*. *Terra Nostra* attempts to be a summa. Cervantes is the chronicler who will morph into Carlos Fuentes, no less, and Philip II will become Francisco Franco. Each of these seminal figures will produce images of themselves in the future. They all speak in their "own" voices. Toward the end, characters from contemporary Latin American novels appear.

The ideological underpinning is Américo Castro's theories about Spanish culture being divided against itself because of the caste struggle provoked by friction among the three religions present in the Peninsula during the Middle Ages. That conflict is imperfectly resolved by the Catholic Kings, who defeat the Moors at Granada and expel the Jews, just as the New World is being discovered by Columbus. The New World will be a grandiose repetition of the Old, with all its defects and discord.

The youngest of the principal writers of the Boom was Vargas Llosa. He was raised in Bolivia and in his native rural Peru, an experience that would be reflected in several of his major novels. He moved to Lima as a young man, where he studied under the historian Raúl Porras Barrenechea, and began working as a journalist. He soon distinguished himself as a short-story writer, winning a literary prize that sent him to Paris. He was fascinated by the French capital and its intellectual and artistic debates. It was the 1950s, and Sartre and Camus were the principal voices heard. In 1962, when he was only twenty-two, Vargas Llosa won the coveted Seix Barral Prize with his first novel, *La ciudad y los perros* (The city and the dogs, translated as *The Time of the Hero*). Set in a military school in Lima, the novel tells the story of sadistic quarrels among the students, the bullying of the weaker ones, and the corrupt authoritarianism bred in such an institution. It was rightly interpreted as a critique of the Peruvian military establishment, and Vargas Llosa prudently remained in Europe, except for visits to revolutionary Cuba.

In 1965 he published an even more daring and ambitious novel, *La casa verde* (*The Green House*), named after the whorehouse in which much of the novel takes place. Bonifacia, who is about to become a nun, is transformed into "La Selvática," or the Jungle Native, the most notorious prostitute in the Casa Verde. In 1967, the novel won the first Rómulo Gallegos Prize in Venezuela, an award that became very prestigious and would be won later by García Márquez and Fuentes. Vargas Llosa, who was not only being published in *Mundo nuevo* but written about admiringly by its director Rodríguez Monegal, was being buoyed by the loudest bangs of the Boom. It was about this time that he, along with many others writers and intellectuals, broke with the Castro regime. He would become in the future its persistent critic and adversary.

After his successes in the 1960s and 1970s, Vargas Llosa's production continued unabated. A recent success was his *La fiesta del chivo* (*The Feast of the Goat*, 2000) about Trujillo's dictatorship

6. Mario Vargas Llosa of Peru won the Nobel Prize in 2010.

in the Dominican Republic, but this is but one among many. He is a prolific, fluent, and original storyteller in the manner of Balzac and Pérez Galdós, and the variety of novels that he has published is astonishing, from *La tía Julia y el escribidor* (*Aunt Julia and the Scriptwriter*, 1977), a hilarious novel about a writer of soap operas who mixes the plots of the several stories he is writing, to *La guerra del fin del mundo* (*The War of the End of the World*, 1981), a retelling of the Canudos incidents in nineteenth-century Brazil, in which a band of religious fanatics build a city and the government tries to dislodge them: it is a story told in the Brazilian classic *Os sertoes* (*Rebellion in the Backlands*, 1902) by Euclides da Cunha. This may be Vargas Llosa's masterpiece. It is a symphonic novel in which he includes da Cunha as a character, and in which his familiar concerns about violence, heroism, and guilt resurface. In 2010, Vargas Llosa was awarded a long-deserved Nobel Prize.

A less visible member of the Boom club was the Chilean José Donoso (1924–96). Educated partially at Princeton and involved with the Iowa Writers' Workshop, Donoso spoke English and was steeped in American fiction. His first stories, in fact, were written in English. His best-known novels are *Coronación* (*Coronation*, 1957), *El lugar sin límites* (*Hell Has No Limits*, 1967), and *El obsceno pájaro de la noche* (*The Obscene Bird of Night*, 1970). He also wrote a history of the Boom, *Historia personal del Boom* (*The Boom in Spanish American Literature: A Personal History*, 1977). *Coronación*, which antedates the Boom, is a very Jamesian novel about the Chilean bourgeoisie with touches of the grotesque, a Donoso trait.

El lugar sin límites takes place in a brothel. It is the story of an enormously endowed homosexual who impregnates a whore. *El obsceno pájaro de la noche* is the most experimental, difficult, and disconcerting of Donoso's novels, dealing essentially with madness and the loss of identity. It is a massive novel that Donoso claimed almost cost him his own sanity. The best description of its fictional world is the Indian myth of *imbunche*, which appears in the novel, in which the victim is monstrously transformed by closing off all of his body's orifices. Donoso's fiction is equally sealed off and self-contained, a hallucinatory kind of microcosm. But it was his gift to be able to create such an airless environment without its existing in a vacuum. An exile in Mexico, the United States, and Spain for most of his life, and a critic of the Pinochet dictatorship, Donoso returned to Chile at the end.

An even less visible associate of the Boom was the Cuban José Lezama Lima (1910–76). Lezama was a poet and the least cosmopolitan writer imaginable, although his erudition was immense. In contrast to the Boom writers, he was known for not traveling abroad and having only Spanish as a language of culture. Yet his novel *Paradiso* (*Paradiso*), published in 1966, caused a scandal as well as widespread astonishment and admiration. The scandal was provoked by the explicit description of homosexual acts, which, together with Lezama's indifference to the Castro regime, led to having half the print run confiscated by the authorities. Surprise and approval came precisely because of the frankness with which homosexuality was dealt with, and because of the truly shocking originality of the work. Cortázar expressed his admiration in a widely disseminated essay.

Lezama's novel is a protracted *bildungsroman*, reminiscent of Joyce's *Portrait of the Artist as a Young Man*, but richer, and more like *Ulysses* in its minute depiction of Havana and in the language Lezama uses, which is exactly like that of his poetry: dense, allusive, oblivious to grammar, and rhetorical registers. *Paradiso* is a profound work that invents its own discourse and responds to the deepest issues in the human condition. Because of Lezama's reluctance to travel, added to denials of permission to leave Cuba by the Castro regime, and the strangeness of his work, which is not reducible to the conventionalities of Modernism, *Paradiso* did not become as popular as works by García Márquez, Fuentes, or Vargas Llosa. But the writers knew that in him they were facing a master who may very well have outdone them all, working from his modest home in old Havana.

A different kind of Boom fellow-traveler was the Cuban Guillermo Cabrera Infante (1929–2005), best known for his hilarious and highly experimental novel *Tres tristes tigres* (translated as *Three Trapped Tigers*, 1966) and for his persistent opposition to the Castro regime, with which he was associated in the early years. The novel is Joycean in its use of monologues, variations of Havana speech, and protracted discussions among the characters, young men and women trying to make it in the prosperous media and showbiz environment of the Cuban capital in the late fifties. It also shows features derived from Cortázar's *Rayuela*.

It is a novel rife with social melodrama; most of the characters are poor, some mulattoes or blacks, and from the provinces, all desperately transforming themselves to pass as sophisticated and talented. One of them, dead by the time the novel begins, Bustrofedon, has an uncanny ability to play with language, and the others are in possession of audio tapes in which he parodies well-known Cuban writers as if they were narrating the death of Trotsky. The parodies are brilliant and the constant language games throughout the book dazzling. It is, moreover, a novel that begins with the emcee at the Tropicana Nightclub introducing some of the characters who later will appear in the fiction; hence the whole of it is to be taken as a nightclub act, a show: the world is a stage. Cabrera Infante was among the younger writers who published in *Mundo nuevo*. He lived in London for many years, and died there, a very bitter exile rightfully obsessed by the fate of his country.

A first generation of younger novelists, still associated with the Boom, was led by the Cuban Severo Sarduy (1937–93) and the Argentinian Manuel Puig (1932–80). Like Cabrera Infante they were both published in *Mundo nuevo*. Sarduy produced highly experimental novels that were, in many ways, parodies of those written by the novelists of the Boom. In Paris since 1960, he was among the first Cuban writers to flee the Castro regime. In the French capital he was associated with the *Tel Quel* group. This was the journal around which gathered the Structuralist and post-Structuralist groups. Sarduy was the only Latin American intellectual to be really immersed in *Tel Quel*'s work, though they had an influence on the likes of Paz and Fuentes. His adherence to their theories made him difficult to read, but he was extremely original and deep. His *De donde son los cantantes* (translated as *From Cuba with a Song*, 1967), and especially *Maitreya* (1978), are minor masterpieces that will never have a readership as wide as that of books by García Márquez or Fuentes, but because of their originality, they will remain as important works in the history of Latin American literature.

Puig's obsession was the impact of the mass media, particularly film, on ordinary people and therefore on literature. His *La traición de Rita Hayworth* (*Betrayed by Rita Hayworth*, 1968), set in a small, fictitious Argentine town, has much in common with the work of the boom writers and is just as good. *El beso de la mujer araña* (*The Kiss of the Spiderwoman*) was something fresh and a masterpiece in its own right. It is the story of a political activist and a homosexual confined to the same jail cell in Argentina, with the latter seducing the former by telling him the plots of films he has seen. Although highly original, Puig is refreshingly unself-conscious and easy to read. This book was turned into an excellent movie. The early death from AIDS of Sarduy and Puig, two accomplished yet still promising writers, made a smooth transition from the Boom to a new generation of novelists impossible. Another early death of the same disease was that of Reinaldo Arenas (Cuba, 1943–90), a truly gifted writer who had suffered relentless harassment by the Castro regime until he escaped during the Mariel boatlift and left enduring works like *El mundo alucinante* (*Hallucinations*, 1966), a retelling of the life of Fray Servando Teresa de Mier, a Mexican priest (1765–1827) who called for independence and was persecuted relentlessly. Arenas also published a gripping memoir, *Antes que anochezca* (*Before Night Falls*, 1992), which became a successful film.

Chapter 6
Latin American literature today

The emergence of such a clear-cut historical movement as the Boom of the Latin American novel, which was accompanied by a parallel one in poetry if we consider that Pablo Neruda, Octavio Paz, José Lezama Lima, Jorge Luis Borges, and Nicanor Parra were active in the period, inevitably provoked the desire to discern the appearance of another break, particularly one that decisively closed off such a recognizable era. If there was a Boom, then there had to be a post-Boom. But in literary history it is very difficult to distinguish breaks from continuities unless truly major works and writers arise, as with the Boom, and no new figures of the stature of the Boom writers have appeared, and no poets like those mentioned have come forward.

Major writers are a rarity, even if the advent of several at once makes one expect the next group to promptly rise above the horizon. On the whole, Latin American literature—though active and producing many works of quality—is not today what it was in the last three decades of the twentieth century. The death of Paz in 1996 may very well have meant the end of an era.

In the 1980s, a deliberately post-Boom literary movement that attempted to distance itself from magical realism and the Modernist aesthetics of the Boom novelists emerged, dubbing itself "MacOndo," an irreverent takeoff on the name of the town in

Cien años de soledad, Macondo. The writers involved portrayed a Latin America that is urban, globalized, and overwhelmed by U.S. culture, such as McDonald's restaurants. A similar group, mostly Mexican, called itself "Nueva Onda," "New Wave," and opposed not only Fuentes but also Paz and his hegemonic literary group. Neither of these groups produced works of enduring value or a compelling literary figure of national—much less international—acclaim. Macondo, like Homer's Ithaca, Virgil's Rome, Balzac's Paris, or Dickens's London, cannot be denied its place in literary history.

Gathered in two groups, the newer Latin American writers clearly opposed the Boom: MacOndo and the Crack. MacOndo was in fact the title of a short-story anthology edited by the Chilean writers Alberto Fuguet and Sergio Gómez in 1996. In that same year a group of Mexicans published the "Crack Manifesto." They rejected the exoticism they perceived in followers of García Márquez, who portrayed a rural Latin America that Europeans and Americans wanted to read about made up of ghostly towns, ruled by outrageous military dictators, and rife with improbable happenings attributed to local magical practices.

The new writers favored instead an image of Latin America as the product of globalization. They wrote realist stories and novels with urban settings that were heavily influenced by the media. These writers may have been part of a veritable paradigm shift. It is true that the Boom writers, heirs to Modernism, were deeply and centrally concerned with the issue of Latin American identity, which they sought through their experiments with language and probes into history. The new writers claim not to be preoccupied by the issue of cultural identity, but of individual identity in a world shot through with the alienating images with which film, television, and advertising bombard them.

The French philosopher François Lyotard spoke in *La Condition postmoderne: rapport sur le savoir* (*The Postmodern Condition: A*

Report on Knowledge, 1979) of the collapse of the grand narratives like Marxism, philosophical doctrines that offered an all-encompassing view of the world and of history. These doctrines, derived from the Enlightenment but in my view ultimately stemming from Christianity, provided the novel with a large context for its own narrative. Identity was a grand, comprehensive narrative in Latin American literature, but by the time the work of Severo Sarduy appeared it had already been shattered, and he wrote about constellations of its shards.

The collapse of the Berlin Wall and the implosion of the Soviet Union marked the downfall of Communism, the historical version (or perversion) of one of those narratives. In Latin America Marxism has been, and in many places persists in being, a secular religion in spite of the failure of Communism. Perhaps the so-called post-Boom, if it does exist, is an expression of this postmodern condition. The feeling now is that the world cannot be changed by literature or by the intellectuals, whereas before, utopia was a palpable thing, available in places like Cuba.

Movements like MacOndo and the Crack reified and distorted the Boom in their competitive zeal. García Márquez may very well have been the most influential writer, but there were others, like Fuentes, Cortázar, Vargas Llosa, Donoso, and more recently Puig and Sarduy, who were already reflecting some of the realities of contemporary Latin America that these movements mention. A larger problem for the new writers is that while rebellions against authority make good journalistic copy and sound bites, they have to be accompanied by significant literary works to have a lasting impact, and none of those involved in MacOndo or the Crack has yet published a work that comes close to *Cien años de soledad* in terms of quality or reception.

Two of them, however, have achieved some recognition for meritorious books and stories. Associated with MacOndo, the Bolivian Edmundo Paz Soldán (1967) has published, among other novels, *El delirio de Turing* (*Turing's Obsession*, 2003), a complex but readable story about a cryptographer and hackers in a Bolivia under dictatorial rule. It is a fresh topic. Paz Soldán seems to be keenly interested in riddles: one of his best short stories, one of the finest from Latin America in the past thirty years, is about a man whose job is to compose crossword puzzles. Jorge Volpi (Mexico, 1968), was associated with the Crack. He has published a few well-received novels. One, *El fin de la locura* (*End of the Madness*, 2003), deals with Paris during the post-Structuralist sixties. It is a satire and a deconstruction, particularly of French psychoanalyst Jacques Lacan and his gullible Latin American followers. It is also indirectly a good final assessment of the Boom. *En busca de Klingsor* (*In Search of Klingsor*, 1999), which won the Biblioteca Breve Prize in Spain, deals with the pursuit of the atom bomb by German scientists during World War II.

Two women from the Boom years, Luisa Valenzuela (Argentina, 1938) and Isabel Allende (Chile, 1942, but born in Lima, Peru) have steadily continued producing work that has been acknowledged in some quarters. Allende, in particular, is very popular in Europe. In her early work she was a very close follower of García Márquez, especially in her novel *La casa de los espíritus* (*The House of Spirits*, 1985). Her work regularly appears in English translation. The daughter of writer Luisa Mercedes Levinson, Valenzuela was raised in a literary household in Buenos Aires and began to write at an early age. She has published novels against the rule of the military in Argentina from a feminist perspective that questions typically Latin American patriarchal attitudes. These include her 1982 collection of short stories *Cambio de armas* (*Change of Guard*), and in 1983 *Cola de lagartija* (*The Lizard's Tail*). She has not fared as well as Allende in English or in Europe, but her work has generated interesting academic criticism.

The essay is flourishing anew, particularly in the work of two exiled Cuban writers, Antonio José Ponte (Cuba, 1964) and Rafael Rojas (Cuba, 1965). Ponte, who also writes poetry and fiction, has published highly original essays, like *La fiesta vigilada* (The Guarded Fiesta, 2007), which in part chronicles the visit of an Italian photographer to Cuba. The essay deals with the progressive decay of Havana under the Castro dictatorship and the construction of architecturally innovative buildings that are never finished or used and become instant ruins. Ponte has an ironic, smooth prose and a sharp eye for details, as when he describes a decrepit jukebox in an old bar that is being refurbished to receive tourists; or his deadpan report of a visit to a museum in which state security displays items from its long history of repression. *La fiesta vigilada* reads like a novel. Rojas, a historian by profession, is a very prolific essayist who has won two prestigious prizes for books on Cuba. In *Tumbas sin sosiego* (Graves without Rest, 2006), he draws a balance of revisionist versions of Cuban history by intellectuals allied with Castro. It is a well-researched book that, because it is written with the balanced approach of a historian, is a devastating indictment of some of the more prominent government intellectuals and their predecessors.

Rojas and Ponte, along with writers from Latin America and Spain, publish their work in a journal, *Letras libres*, which is the heir to all the great Latin American literary magazines from the past. Based in Mexico City, where it is directed by the distinguished historian Enrique Krauze, who had been involved with Octavio Paz in publishing *Vuelta*, *Letras libres* also brings out each issue, slightly different, in Madrid. It includes cultural and political commentary, reviews of current books, as well as fiction and poetry. It is the most important cultural Latin American publication of the moment. Cuba's venerable *Casa de las Américas* still comes out, but it lost its influence long ago.

Two writers who have brought Latin American literature back to a place of prominence are the novelists Fernando Vallejo (Colombia, 1942) and Roberto Bolaño (Chile, 1953–2003). Vallejo was born in Medellín, which he left early. He studied philosophy, but later finished a degree in biology. In Rome he studied cinematography and later returned to Colombia to produce films, but he had difficulties with the Colombian government and moved to Mexico in 1971. He still lives there and has taken Mexican citizenship. Vallejo's interests, which are reflected in his fiction and films, are drugs, homosexuality, violence, grammar, and religion. He is openly gay, flamboyant, and a lover of animals, particularly dogs. All of these elements intersect in his most accomplished novel, *La virgen de los sicarios* (*The Lady of the Assassins*, 1994), which is a fictionalized account of his return to Medellín. The narrator-protagonist is a middle-aged homosexual, author of grammar textbooks, who has consecutive relationships with two very young men, teenagers, who work as killers for rival drug cartels. In deadpan style, Vallejo describes the lives of these killers for hire who wind up being killers for pleasure and shoot people dead in the streets at the slightest provocation, real or imagined.

The language of the novel and its title reveal a religious substratum that filters through, as when the boys call the bullet-hole on the foreheads of victims "cross of ashes," like the one Catholics have stamped on their foreheads on Ash Wednesday. The grammarian expresses his love for these boys in lyrical terms, tinged with his knowledge of classical Spanish poetry. *La virgen de los sicarios* is a powerful, pitiless novel, not only because of the sordid, violent ambience that it describes but also because it seems to delve deeply into the worst perversions of the human soul. There is no reprieve in this fiction that reads as if Nietzsche had turned novelist.

In 2003 Vallejo was awarded the Rómulo Gallegos Prize in Caracas, the same honor that had been bestowed on García Márquez, Fuentes, and Vargas Llosa, among other notables. At the ceremony, in protest against prevailing political conditions in Venezuela under Hugo Chávez, he gave a scandalous speech in which he mockingly compared Fidel Castro to Jesus Christ, and he donated the prize money to a society for the protection of animals. Vallejo was subsequently expelled from the country. He provoked another scandal when, upon taking Mexican citizenship, he wrote an outrageous letter explaining why he was renouncing his Colombian citizenship. Vallejo's attitudes and actions seem like a throwback to Decadentism and the *poètes maudits* (Baudelaire, Verlaine, and Rimbaud) that he avowedly admires. Against the background of the pious politically committed and politically correct writers of the Boom and after, Vallejo's stance is a fresh one in every sense of the word.

Bolaño, who is the only recent Latin American writer to have become a celebrity comparable to the Boom writers, had the misfortune of dying at age fifty, when his fame was on the rise and his work was peaking. Posthumously, his reputation has remained very high for a very good reason: the quality of his work.

The son of a truck driver who dropped out of high school to write poetry, Bolaño moved to Mexico while still very young and joined a group of rebellious poets who formed a gang of literary terrorists who shouted at the poetry readings by the élite writers. Their bête noire was Octavio Paz. He would immortalize these young poets in the novel that made him famous, *Los detectives salvajes* (*The Savage Detectives*, 1998), for which he received the Rómulo Gallegos Prize in 1999. By that time Bolaño had settled in Barcelona and had recovered from a heroin addiction he had picked up in his bohemian travels through Europe. The novel was compared to the best by the writers of the Boom and to *Paradiso* by Lezama Lima (Bolaño despised García Márquez and anything that smacked of magical realism). The group activities, narrated by many narrators and centering on the aptly named Ulises Lima, has echoes of the club in *Rayuela*, and Bolaño, who admired Cortázar, was also a follower of the Surrealists and shared other tastes with the Argentine.

Fearing that liver disease would kill him, Bolaño wrote furiously during his last years, concerned about the fate of the two children he had from his Catalonian wife. The new novels were not as lengthy as *Los detectives salvajes*, but they continued to be just as ambitious. *Nocturno de Chile* (Chile nocturne, but translated as *By Night in Chile*, 2000) is a minor masterpiece; less than two hundred pages long, its narrator-protagonist is a dying Chilean priest who recounts his life. A tremendously cultured man who masters the Latin and Greek classics, the priest, who at one point serves as tutor to General Augusto Pinochet and his associates, travels from church to church in Europe helping eradicate the pigeons that rain droppings on them. The solution found by each church, the deployment of falcons, each with a name appropriate to the language and culture of where the church sits, is hilarious and fraught with all kinds of symbolic possibilities. Bolaño has the rare ability of being funny and deep at the same time, and his take on the Catholic Church can be called reverentially satiric. He shows, through his priest, that he knows his Dante, perhaps as well as Jorge Luis Borges, his literary hero.

Will another Bolaño emerge in the near future? There are many literary journals in Latin America, groups of writers gather in the various capitals to discuss their works, and artists and intellectuals from all the Spanish-speaking countries still meet in Paris, Madrid, New York, and other cities around the world for the same reasons (political persecution, yearning for new horizons). In their own countries, even in provincial towns, aspiring novelists and poets sit around café tables to exchange ideas and read each others' texts. A new Bolaño may already exist among them, only waiting to be discovered. Or, better yet, a writer unlike Bolaño, but as original as he was when he appeared on the scene, may surprise all with a work of enduring quality. It is impossible to predict. The patterns of literary history are only noticeable retrospectively.

Further reading

Primary sources

For the texts mentioned or discussed in all chapters, the best source is *The Borzoi Anthology of Latin American Literature* (New York: Knopf, 1977), in two volumes, edited by Emir Rodríguez Monegal. It also covers the colonial period. Modern poetry, from the late nineteenth century (Modernismo) until the end of the twentieth may be read in *Twentieth-Century Latin American Poetry: A Bilingual Anthology*, edited by Stephen Tapscott (Austin: University of Texas Press, 1996). These books should suffice for chapters 1, 2, 4, and 5. A translation of a major modern poet that can be consulted is Pablo Neruda, *Canto General*, trans. Jack Schmitt, introduction by Roberto González Echevarría (Berkeley: University of California Press, 1991).

Most of the authors discussed in chapter 3 also appear in *The Borzoi Anthology*, but the following may be added:

Gómez de Avellaneda, Gertrudis. *Sab* and *Autobiography*. Translated by Nina M. Scott. Austin: University of Texas Press, 1993.

Rodó, José Enrique. *Ariel*. Translated by Margaret Sayers Peden. Austin: University of Texas Press, 1988.

Sarmiento, Domingo Faustino. *Facundo: Civilization and Barbarism*. Translated by Kathleen Ross. Introduction by Roberto González Echevarría. Berkeley: University of California Press, 2003.

Villaverde, Cirilo. *Cecilia Valdés*. Translated by Helen Lane and Sibylle Fischer. New York: Oxford University Press, 2005.

Fragments of the novels commented upon, as well as short stories, are also included in *The Borzoi Anthology* and in *The Oxford Book of Latin American Short Stories*, ed. Roberto González Echevarría (New York: Oxford University Press, 1997). The following may be added:

Borges, Jorge Luis. *Collected Fictions*. Translated by Andrew Hurley. New York: Viking, 1998.
Carpentier, Alejo. *The Kingdom of This World*. Translated by Harriet de Onís. New York: Knopf, 1957.
Fuentes, Carlos. *The Death of Artemio Cruz*. Translated by Sam Hileman. New York: Farrar, Straus and Giroux, 1964.
Gallegos, Rómulo. *Doña Barbara*. Translated by Robert Malloy. New York: Peter Smith, 1948.
García Márquez, Gabriel. *One Hundred Years of Solitude*. Translated by Gregory Rabassa. New York: Harper and Row, 1970.
Lezama Lima, José. *Paradiso*. Translated by Gregory Rabassa. New York: Farrar, Straus and Giroux, 1974.
Rulfo, Juan. *Pedro Páramo*. Translated by Margaret Sayers Peden. New York: Grove Press, 1994.
Vargas Llosa, Mario. *Time of the Hero*. Translated by Lysander Kemp. New York: Grove Press, 1966.

The best two contemporary novelists, Fernando Vallejo and Roberto Bolaño, who are discussed in chapter 6, may be read in the following editions:

Bolaño, Roberto. *By Night in Chile*. Translated by Chris Andrews. New York: New Directions Books, 2003.
Vallejo, Fernando. *Our Lady of the Assassins*. Translated by Paul Hammond. London: Serpent's Tail, 2001.

Secondary sources

The best source of information about Latin American literature is *The Handbook of Latin American Studies*, coordinated by the Library of Congress. It is an annotated bibliography, updated weekly online at http://lcweb2.loc.gov/hlas/hlashome.html.

A print edition is published by the University of Texas Press. Each year, the coverage of the print edition's new volume alternates between humanities and social sciences. The humanities bibliographies cover both literature and criticism.

Adorno, Rolena. *The Polemics of Possession in Spanish American Narrative*. New Haven, CT: Yale University Press, 2007.

Anderson Imbert, Enrique. *Spanish-American Literature: A History*. Detroit: Wayne State University Press, 1963.

Bloom, Harold, ed. *Modern Latin American Fiction*. New York: Chelsea House Publishers, 1990.

Covington, Paula H., ed. *Latin America and the Caribbean: A Critical Guide to Research Sources*. Westport, CT: Greenwood, 1992.

González Echevarría, Roberto. *Myth and Archive: A Theory of the Latin American Narrative*. Durham, NC: Duke University Press, 1998.

González Echevarría, Roberto. *The Voice of the Masters: Writing and Authority in Modern Latin American Literature*. Austin: University of Texas Press, 1985.

González Echevarría, Roberto, and Enrique Pupo Walker, eds. *The Cambridge History of Latin American Literature*. 3 vols. New York: Cambridge University Press, 1996. Vol. 2 is on modern Latin American literature.

Hart, Stephen M. *A Companion to Latin American Literature*. London: Tamesis, 2007.

Henríquez Ureña, Pedro. *Literary Currents in Hispanic America*. Cambridge, MA: Harvard University Press, 1945.

Jrade, Cathy L. *Modernismo, Modernity, and the Development of Spanish American Literature*. Austin: University of Texas Press, 1998.

Kirkpatrick, Gwen. *The Dissonant Legacy of Modernismo: Lugones, Herrera y Reissig, and the Voices of Modern Spanish American Poetry*. Berkeley: University of California Press, 1989.

Luis, William, ed. *Modern Latin-American Fiction Writers*. First Series. Detroit: Gale, 1992.

Luis, William, and Ann González, eds. *Modern Latin-American Fiction Writers*. Second Series. Detroit: Gale, 1994.

Paz, Octavio. *Children of the Mire: Modern Poetry from Romanticism to the Avant-Garde*. Cambridge, MA: Harvard University Press, 1974.

Pérez Firmat, Gustavo, ed. *Do the Americas Have a Common Literature?* Durham, NC: Duke University Press, 1990.
Picón Salas, Mariano. *A Cultural History of Spanish America, from Conquest to Independence*. Translated by Irving A. Leonard. Berkeley: University of California Press, 1962.
Solé, Carlos A., ed. *Latin American Writers*. New York: Charles Scribner's Sons, 1989.
Unruh, Vicky. *Latin American Vanguards: The Art of Contentious Encounters*. Berkeley: University of California Press, 1994.

“牛津通识读本”已出书目

古典哲学的趣味
人生的意义
文学理论入门
大众经济学
历史之源
设计，无处不在
生活中的心理学
政治的历史与边界
哲学的思与惑
资本主义
美国总统制
海德格尔
我们时代的伦理学
卡夫卡是谁
考古学的过去与未来
天文学简史
社会学的意识
康德
尼采
亚里士多德的世界
西方艺术新论
全球化面面观
简明逻辑学
法哲学：价值与事实
政治哲学与幸福根基
选择理论
后殖民主义与世界格局

福柯
缤纷的语言学
达达和超现实主义
佛学概论
维特根斯坦与哲学
科学哲学
印度哲学祛魅
克尔凯郭尔
科学革命
广告
数学
叔本华
笛卡尔
基督教神学
犹太人与犹太教
现代日本
罗兰·巴特
马基雅维里
全球经济史
进化
性存在
量子理论
牛顿新传
国际移民
哈贝马斯
医学伦理
黑格尔

地球
记忆
法律
中国文学
托克维尔
休谟
分子
法国大革命
丝绸之路
民族主义
科幻作品
罗素
美国政党与选举
美国最高法院
纪录片
大萧条与罗斯福新政
领导力
无神论
罗马共和国
美国国会
民主
英格兰文学
现代主义
网络
自闭症
德里达
浪漫主义

批判理论
电影
俄罗斯文学
古典文学

德国文学
戏剧
腐败

儿童心理学
时装
现代拉丁美洲文学